Histórias de Horror
O mito de Cthulhu

Howard Phillips Lovecraft

TEXTO INTEGRAL

Tradução: Lenita Rimoli Esteves

A ortografia deste livro foi atualizada segundo o Acordo Ortográfico da Língua Portuguesa (1990), que passou a vigorar em 2009.

Dados Internacionais de Catalogação na Publicação (CIP)
(Câmara Brasileira do Livro, SP, Brasil)

Lovecraft, Howard Phillips, 1890-1937.
Histórias de Horror: o mito de Cthulhu / Howard Phillips Lovecraft; tradução Lenita Rimoli Esteves. — São Paulo: Martin Claret, 2011. — (Coleção a obra-prima de cada autor; 317)

"Texto integral"
ISBN 978-85-7232-822-7

1. Contos norte-americanos I. Título. II. Série.

11-07696 CDD-813

Índices para catálogo sistemático:

1. Contos: Literatura norte-americana 813

COLEÇÃO A OBRA-PRIMA DE CADA AUTOR

Histórias de Horror
O mito de Cthulhu

Howard Phillips Lovecraft

TEXTO INTEGRAL

MARTIN CLARET

CRÉDITOS

Idealização e Coordenação
Martin Claret

Produção Editorial
Taís Gasparetti

Capa
Ilustração
Getulio Delphin

Miolo
Revisão
Pedro Baraldi
Alexander Barutti A. Siqueira

Projeto Gráfico
José Duarte T. de Castro

Direção de Arte
José Duarte T. de Castro

Editoração Eletrônica
Editora Martin Claret

Papel
Off-Set, 70g/m²

Impressão e Acabamento
Paulus Gráfica

Editora Martin Claret Ltda. – Rua Alegrete, 62 – Bairro Sumaré
CEP: 01254-010 – São Paulo – SP
Tel.: (11) 3672-8144 – Fax: (11) 3673-7146

www.martinclaret.com.br / editorial@martinclaret.com.br

Agradecemos a todos os nossos amigos e colaboradores — pessoas físicas e jurídicas — que deram as condições para que fosse possível a publicação deste livro.

5ª REIMPRESSÃO - 2018

Sumário

Histórias de horror: O mito de Cthulhu

A história do livro e a coleção "A obra-prima de cada autor"

MARTIN CLARET

Que é o livro? Para fins estatísticos, na década de 1960, a Unesco considerou o livro "uma publicação impressa, não periódica, que consta de no mínimo 56 páginas, sem contar as capas".

O livro é um produto industrial. Mas também é mais do que um simples produto. O primeiro conceito que deveríamos reter é o de que o livro como objeto é o veículo, o suporte de uma informação. O livro é uma das mais revolucionárias invenções do homem.

A *Enciclopédia Abril* (1972), publicada pelo editor e empresário Victor Civita, no verbete "livro" traz concisas e importantes informações sobre a história do livro. A seguir, transcrevemos alguns tópicos desse estudo didático.

O livro na Antiguidade

Antes mesmo que o homem pensasse em utilizar determinados materiais para escrever (como, por exemplo, fibras vegetais e tecidos), as bibliotecas da Antiguidade estavam repletas de textos gravados em tabuinhas de barro cozido. Eram os primeiros "livros", depois progressivamente modificados até chegarem a ser feitos — em grandes tiragens — em papel impresso mecanicamente, proporcionando facilidade de leitura e transporte. Com eles, tornou-se possível, em todas as épocas, transmitir fatos, acontecimentos históricos, descobertas, tratados, códigos ou apenas entretenimento.

Como sua fabricação, a função do livro sofreu enormes modificações dentro das mais diversas sociedades, a ponto de constituir uma mercadoria especial, com técnica, intenção e utilização determinadas. No moderno movimento editorial das chamadas sociedades de consumo, o livro pode ser considerado uma mercadoria cultural, com maior ou menor significado no contexto socioeconômico em que é publicado. Como mercadoria, pode ser comprado, vendido ou trocado. Isso não ocorre, porém, com sua função intrínseca, insubstituível: pode-se dizer que o livro é essencialmente um instrumento cultural de difusão de ideias, transmissão de conceitos, documentação (inclusive fotográfica e iconográfica), entretenimento ou ainda de condensação e acumulação do conhecimento. A palavra escrita venceu o tempo, e o livro conquistou o espaço. Teoricamente, toda a humanidade pode ser atingida por textos que difundem ideias que vão de Sócrates e Horácio a Sartre e McLuhan, de Adolf Hitler a Karl Marx.

Espelho da sociedade

A história do livro confunde-se, em muitos aspectos, com a história da humanidade. Sempre que escolhem frases e temas, e transmitem ideias e conceitos, os escritores estão elegendo o que consideram significativo no momento histórico e cultural que vivem. E, assim, fornecem dados para a análise de sua sociedade. O conteúdo de um livro — aceito, discutido ou refutado socialmente — integra a estrutura intelectual dos grupos sociais.

Nos primeiros tempos, o escritor geralmente vivia em contato direto com seu público, que era formado por uns poucos letrados, já cientes das opiniões, ideias, imaginação e teses do autor, pela própria convivência que tinham com ele. Muitas vezes, mesmo antes de o texto ser redigido, as ideias nele contidas já haviam sido intensamente discutidas pelo escritor e parte de seus leitores. Nessa época, como em várias outras, não se pensava na enorme porcentagem de analfabetos. Até o século XV, o livro servia exclusivamente a uma pequena minoria de sábios e estudiosos que constituíam os círculos intelectuais (confinados aos mosteiros durante o começo da Idade Média) e que tinham acesso às bibliotecas, cheias de manuscritos ricamente ilustrados.

Com o reflorescimento comercial europeu, nos fins do século XIV, burgueses e comerciantes passaram a integrar o mercado livreiro da época. A erudição laicizou-se e o número de escritores aumentou, surgindo também as primeiras obras escritas em línguas que não o latim e o grego (reservadas aos textos clássicos e aos assuntos considerados dignos de atenção). Nos séculos XVI e XVII, surgiram diversas literaturas nacionais, demonstrando, além do florescimento intelectual da época, que a população letrada dos países europeus estava mais capacitada a adquirir obras escritas.

Cultura e comércio

Com o desenvolvimento do sistema de impressão de Gutenberg, a Europa conseguiu dinamizar a fabricação de livros, imprimindo, em cinquenta anos, cerca de 20 milhões de exemplares para uma população de quase 100 milhões de habitantes, cuja maioria era analfabeta. Para a época, isso significou enorme revolução, demonstrando que a imprensa só se tornou uma realidade diante da necessidade social de ler mais.

Impressos em papel, feitos em cadernos costurados e posteriormente encapados, os livros tornaram-se empreendimento cultural e comercial: os editores passaram logo a se preocupar com melhor apresentação e redução de preços. Tudo isso levou à comercialização do livro. E os livreiros baseavam-se no gosto do público para imprimir, principalmente obras religiosas, novelas, coleções de anedotas, manuais técnicos e receitas.

Mas a porcentagem de leitores não cresceu na mesma proporção que a expansão demográfica mundial. Somente com as modificações socioculturais e econômicas do século XIX — quando o livro começou a ser utilizado também como meio de divulgação dessas modificações e o conhecimento passou a significar uma conquista para o homem, que, segundo se acreditava, poderia ascender socialmente se lesse — houve um relativo aumento no número de leitores, sobretudo na França e na Inglaterra, onde alguns editores passaram a produzir obras completas de autores famosos a preços baixos. O livro era então interpretado como símbolo de liberdade, conseguida por conquistas culturais. Entretanto, na maioria dos países, não houve nenhuma grande modificação nos índices porcentuais até o fim da Primeira Guerra Mundial (1914-1918), quando surgiram as primeiras grandes tiragens de um só livro, principalmente romances, novelas e textos didáticos. O número elevado de cópias, além de baratear o preço da unidade, difundiu ainda mais a literatura. Mesmo assim, a maior parte da população de muitos países continuou distanciada do livro, em parte porque ele tinha sido durante muitos séculos considerado objeto raro, atingível somente por um pequeno número de eruditos. A grande massa da população mostrou maior receptividade aos jornais, periódicos e folhetins, mais dinâmicos e atualizados, e acessíveis ao poder aquisitivo da grande maioria. Mas isso não chegou a ameaçar o livro como símbolo cultural de difusão de ideias, como fariam, mais tarde, o rádio, o cinema e a televisão.

O advento das técnicas eletrônicas, o aperfeiçoamento dos métodos fotográficos e a pesquisa de materiais praticamente imperecíveis fazem alguns teóricos da comunicação de massa pensarem em um futuro sem os livros tradicionais (com seu formato quadrado ou retangular, composto de folhas de papel, unidas umas às outras por um dos lados). Seu conteúdo e suas mensagens (racionais ou emocionais) seriam transmitidos por outros meios, como por exemplo microfilmes e fitas gravadas.

A televisão transformaria o mundo todo em uma grande "aldeia" (como afirmou Marshall McLuhan), no momento em que todas as sociedades decretassem sua prioridade em relação aos textos escritos. Mas a palavra escrita dificilmente deixaria de ser considerada uma das mais importantes heranças culturais, entre todos os povos.

Através de toda a sua evolução, o livro sempre pôde ser visto como objeto cultural (manuseável, com forma entendida e interpretada em função de valores plásticos) e símbolo cultural (dotado de conteúdo, entendido e interpretado em função de valores semânticos). As duas maneiras podem fundir-se no pensamento coletivo, como um conjunto orgânico (onde texto e arte se completam, por exemplo, em um livro de arte) ou apenas como um conjunto textual (onde a mensagem escrita vem em primeiro lugar — em um livro de matemática, por exemplo).

A mensagem (racional, prática ou emocional) de um livro é sempre intelectual e pode ser revivida a cada momento. O conteúdo, estático em si, dinamiza-se em função da assimilação das palavras pelo leitor, que pode discuti-las, reafirmá-las, negá-las ou transformá-las. Por isso, o livro pode ser considerado instrumento cultural capaz de liberar informação, sons, imagens, sentimentos e ideias através do tempo e do espaço. A quantidade e a qualidade de ideias colocadas em um texto podem ser aceitas por uma sociedade, ou por ela negadas, quando entram em choque com conceitos ou normas culturalmente admitidos.

Nas sociedades modernas, em que a classe média tende a considerar o livro como sinal de *status* e cultura (erudição), os compradores utilizam-no como símbolo, mesmo desvirtuando suas funções ao transformá-lo em livro-objeto. Mas o livro é, antes de tudo, funcional — seu conteúdo é que lhe dá valor (os livros de ciências, filosofia, religião, artes, história e geografia, que representam cerca de 75% dos títulos publicados anualmente em todo o mundo).

O mundo lê mais

No século XX, o consumo e a produção de livros aumentaram progressivamente. Lançado logo após a Segunda Guerra Mundial (1939-1945), quando uma das características principais da edição de um livro era as capas entreteladas ou cartonadas, o livro de bolso constituiu um grande êxito comercial. As obras — sobretudo *best-sellers* publicados algum tempo antes em edições de luxo — passaram a ser impressas em rotativas, como as revistas, e distribuídas nas bancas de jornal. Como as tiragens elevadas permitiam preços muito baixos, essas edições de bolso popularizaram-se e ganharam importância em todo o mundo.

Até 1950, existiam somente livros de bolso destinados a pessoas de baixo poder aquisitivo; a partir de 1955, desenvolveu-se a categoria do livro de bolso "de luxo". As características principais destes últimos eram a abundância de coleções — em 1964 havia mais de duzentas, nos Estados Unidos — e a variedade de títulos, endereçados a um público intelectualmente mais refinado. A essa diversificação das categorias adiciona-se a dos pontos de venda, que passaram a abranger, além das bancas de jornal, farmácias, lojas, livrarias, etc. Assim, nos Estados Unidos, o número de títulos publicados em edições de bolso chegou a 35 mil em 1969, representando quase 35% do total dos títulos editados.

Enciclopédia Abril, vol. 7. São Paulo: Abril, 1973, p. 2840-2842.

Proposta da coleção
"A obra-prima de cada autor"

"Coleção" é uma palavra há muito tempo dicionarizada e define o conjunto ou reunião de objetos da mesma natureza ou que têm alguma relação entre si. Em um sentido editorial, significa o conjunto não limitado de obras de autores diversos, publicado por uma mesma editora, sob um título geral indicativo de assunto ou área, para atendimento de segmentos definidos do mercado.

A coleção "A obra-prima de cada autor" corresponde plenamente à definição acima mencionada. Nosso principal objetivo é oferecer, em formato de bolso, a obra mais importante de cada autor, satisfazendo o leitor que procura qualidade.*

Desde os tempos mais remotos existiram coleções de livros. Em Nínive, em Pérgamo e na Anatólia existiam coleções de obras literárias de grande importância cultural. Mas nenhuma delas superou a célebre biblioteca de Alexandria, incendiada em 48 a.C. pelas legiões de Júlio César, quando estas arrasaram a cidade.

A coleção "A obra-prima de cada autor" é uma série de livros a ser composta por mais de 400 volumes, em formato de bolso, com preço altamente competitivo, e pode ser encontrada em centenas de pontos de vendas. O critério de seleção dos títulos foi o já estabelecido pela tradição e pela crítica especializada. Em sua maioria, são obras de ficção e filosofia, embora possa haver textos sobre religião, poesia, política, psicologia e obras de autoajuda. Inauguram a coleção quatro clássicos: *Dom Casmurro*, de Machado de Assis; *O Príncipe*, de Maquiavel; *Mensagem*, de Fernando Pessoa; e *O lobo do mar*, de Jack London.

Nossa proposta é fazer uma coleção quantitativamente aberta. A periodicidade é mensal. Editorialmente, sentimo-nos orgulhosos de poder oferecer a coleção "A obra-prima de cada autor" aos leitores brasileiros. Nós acreditamos no poder do livro.

---

* Atendendo a sugestões de leitores, livreiros e professores, a partir de certo número da coleção, começamos a publicar, de alguns autores, outras obras além da sua obra-prima.

Prefácio

Esta pequena coleção de contos de Howard Phillips Lovecraft, escritor norte-americano que viveu entre 1890 e 1937, acompanha um reflorescimento do gosto por sua obra que se tem observado nos últimos tempos, no Brasil e em todo o mundo. Basta entrar na internet para ter certeza desse reflorescimento: há inúmeros *sites*, *trailers* de filmes, comentários, desenhos e muitas outras manifestações culturais que são desdobramentos da obra de Lovecraft. Por conta disso, não tomaremos o tempo do leitor com informações que já circulam no ciberespaço. Basta que façamos algumas considerações sobre o autor e sua obra, considerações que se referem especialmente aos contos escolhidos e aqui traduzidos: "O chamado de Cthulhu", "O horror de Dunwich", "Sussurros na escuridão" e "O assombrador das trevas". Os contos são uma mistura de horror e ficção científica: em todos eles é reiterada a ideia, ou suposição, de que seres de outras dimensões e eras dominaram anteriormente o nosso planeta, e agora se encontram à espera e à espreita para, no momento certo, voltar a dominá-lo. Nós, seres terrestres, com nossas vidinhas pequenas e tacanhas, vivemos protegidos por uma feliz ignorância, e não deveríamos, como fazem algumas das personagens principais de Lovecraft, despertar essa ameaça adormecida. Os tais seres de outras dimensões são extremamente poderosos e assustadoramente malignos, e são apenas as pessoas ultrassensíveis — artistas, pintores, escritores — que têm um vislumbre de sua existência, em sonhos ou em acessos de delírio e loucura.

Tendo vivido no final do século XIX e na primeira metade do século XX, Lovecraft tem sua obra marcada pelo ideário dessa época. Algumas das coisas que escreve podem ser consideradas ultrapassadas, preconceituosas e de mau gosto. Em "O chamado de Cthulhu", por exemplo, aqueles que se dedicam a cultos misteriosos de magia negra são em geral mestiços, que, por não terem "sangue puro", são facilmente degeneráveis. A ideia de raça aparece forte, com um determinismo que às vezes assusta pela sua convicção. As várias referências às Índias Ocidentais, supostamente a América Latina, e também a regiões distantes e pouco desenvolvidas não são muito elogiosas:

> A maioria era composta de marinheiros, e alguns componentes negros e mulatos, vindos principalmente das Índias Ocidentais ou da Ilha Brava, no Arquipélago de Cabo Verde, davam um toque de voduísmo àquele culto heterogêneo...

Esses "elementos" são ignorantes e degenerados justamente por serem "híbridos". O leitor pode se incomodar com esse traço, que para nós revela um olhar ultrapassado e preconceituoso, mas é preciso levar em conta a época em que as histórias foram escritas. Outra característica interessante é a ausência quase total de mulheres em papéis principais, bem como a inexistência de referências a romances, relacionamentos amorosos e afetivos. As personagens principais são em geral homens solitários, eruditos, que têm uma predileção pelo estudo de coisas bizarras, cultos proibidos e folclore. É essa erudição que faz deles os protetores dos homens comuns. Mas em muitas ocasiões os seres de outros mundos são bem-sucedidos e sequestram pessoas, cientistas e artistas do convívio terreno, para levá-los a seus territórios "além do espaço e do tempo".

Lovecraft se valeu da descoberta de Plutão (que, de acordo com os parâmetros atuais, nem é mais um planeta) para cogitar a possibilidade de o novo planeta ser um posto avançado dos Seres Externos:

> Aquelas inóspitas montanhas certamente são o posto avançado de alguma temível raça cósmica — como não duvido nem um pouco desde que li que um novo planeta foi avistado além de Netuno, exatamente como aqueles seres haviam dito que iria acontecer. Os astrônomos, com uma precisão medonha de que mal suspeitam,

> nomearam essa coisa de "Plutão". Sinto, acima de qualquer suspeita, que ele seja nada menos que o noturno Yuggoth — e estremeço quando tento descobrir o real motivo *por que* seus monstruosos habitantes queiram que ele se faça conhecido dessa forma nesta época em especial ("Sussurros na escuridão").

Essa estratégia de misturar ficção e realidade, ou de utilizar a realidade para dar mais verossimilhança à sua ficção, é um recurso bastante usado por Lovecraft. Ao mesmo tempo em que ele conhece e cita obras antigas e modernas sobre ocultismo, criptografia, entre muitos outros assuntos, obras essas que realmente existem, ele é capaz de citar uma lista de livros fictícios, sendo o mais célebre deles o *Necronomicon*, que sabemos ser criação sua. O autor também cria cidades, universidades e instituições que põe lado a lado com elementos da realidade factual: cita, por exemplo, o "*Necronomicon,* livro do insano árabe Abdul Alhazred", junto com a *Daemonolatreia,* de Remigius, obra que efetivamente existe. A Universidade de Harvard é citada juntamente com a Miskatonic University, também criação sua. Em uma passagem de "Sussurros na escuridão", ele cita vários cientistas, todos reais: Tylor, Lubbock, Frazer, Quatrefages, Murray, Osborn, Keith, Boule, G. Elliott Smith. Por outro lado, nessa outra, de "O assombrador das trevas", os autores citados são ficcionais:

> Ele mesmo havia lido muitos deles — uma versão latina do detestado *Necronomicon*, o sinistro *Liber Ivonis*, o infame *Cultes de Goules*, do Comte d'Erlette, o *Unaussprechlichen Kulten*, de Von Junzt, e o *De Vermis Mysteriis*, do velho infernal Ludwig Prinn. Mas havia outros que ele conhecera apenas pela fama deles ou que simplesmente desconhecia — os Manuscritos Pnacóticos, o *Livro de Dzyan* e um volume caindo aos pedaços, em caracteres completamente não identificáveis, mas contendo certos símbolos e diagramas assustadoramente reconhecíveis para o estudioso do ocultismo ("O assombrador das trevas").

A minúcia com que Lovecraft constrói suas personagens, o cuidado com que cada detalhe é tramado com outros detalhes, torna sua obra sólida em termos de verossimilhança, embora ele nos apresente mundos bizarros que vão muito além do que poderíamos imaginar. A descrição das paisagens também é rica e minuciosa, proporcionando o clima adequado de mistério e terror.

Às personagens, mesmo as mais sensíveis às coisas e seres de outros mundos, não se revela tudo. Em "Sussurros na Escuridão", por exemplo, quando Wilmarth entreouve as vozes e ruídos estranhos na sala do primeiro andar, ele não consegue entender exatamente o que se passa; e, consequentemente, o leitor também não tem acesso à informação completa. Entre o que ele ouve e o que não consegue distinguir, entre as palavras entrecortadas e mal pronunciadas, pouco se revela:

(A Máquina de Falar)

"... eu mesmo trouxe... mandou de volta as cartas e a gravação... acabar com isso... capturado... vendo e ouvindo... maldito... força impessoal, afinal de contas... cilindro novo e brilhante... meu Deus..."

(Primeira Voz Sussurrante)

"... hora de acabar com isso... pequeno e humano... Akeley... cérebro... dizendo..."

(Segunda Voz Sussurrante)

"Nyarlathotep... Wilmarth... gravações e cartas... impostura barata..."

(Noyes)

"... [palavra ou nome impronunciável, possivelmente *N'gah-Kthun*] inofensivo... paz... algumas semanas... teatral... disse isso a você antes..."

(Primeira Voz Sussurrante)

"... razão alguma... plano original... efeitos... Noyes pode vigiar o Monte Redondo... cilindro novo... carro de Noyes..."

(Noyes)

"... bem... todo seu... aqui embaixo... descanso... lugar..."

Da mesma forma, "O horror de Dunwich" não pode ser visto, ou melhor, pode apenas ser vislumbrado por alguns segundos quando se joga sobre ele um certo pó. O próprio Cthulhu, quando reaparece momentaneamente, é visto por pouquíssimas pessoas. Sem dúvida, o autor conta com a imaginação do leitor para completar e dar corpo a sua ficção.

Lovecraft é um autor que poderíamos classificar como *cult*, que é prezado pela cultura popular e exerce influência sobre muitos outros artistas. São várias as bandas de *rock*, no mundo todo, que retomam seus motivos e temas, multiplicando as referências ao autor e sua obra. Ele, por sua vez, também presta suas homenagens aos autores e artistas que admira, como nesta sutil alusão, quase ao final de "O assombrador das trevas":

> Luz nenhuma — vidro nenhum — vejo aquele pináculo — aquela torre – janela — posso ouvir — Roderick Usher — estou louco ou ficando louco — a coisa está se mexendo e tentando achar seu caminho na torre... ("O assombrador das trevas").

Em meio ao delírio que precede a sua morte, Robert Blake, o personagem principal, tem a impressão de ouvir Roderick Usher, personagem de um de seus mais admirados autores, Edgar Allan Poe. Lovecraft nasceu na região da Nova Inglaterra (e Poe também) e celebra essa região em praticamente todos os seus contos, seja mencionando locais existentes ou inventados, como a imaginária cidade de Arkham, cortada pelo imaginário rio Miskatonic, que também dá nome à imaginária Universidade. A lendária cidade de Salém, no estado de Massachusetts, provavelmente alimentou a imaginação de Lovecraft com seu passado de caça às bruxas. Em algumas histórias, como "O horror de Dunwich", Lovecraft se refere a esse dado histórico, mas é também possível identificar ecos de sua presença na sua própria linguagem: é com bastante frequência que ele usa termos ligados à Igreja e à religião para se referir aos perigos que ameaçam os seres terrestres: palavras como "blasfemo", "diabólico", "demônio" e "infernal" podem ser indicadoras dessa referência aos primórdios da história dos Estados Unidos.

Tendo origem nas histórias de Lovecraft, mas contando com a participação de outros autores como Robert Howard, Clark Ashton e Smith Robert Bloch, formou-se um ciclo de autores que se valiam de elementos góticos comuns para escreverem outras histórias, nutrindo o que ficou conhecido como "Mitos de Cthulhu". São algumas das histórias que lançam a fundação desse panteão de monstros e seres terríveis que trazemos para alimentar a imaginação dos leitores.

❖

O chamado de Cthulhu

[Encontrado entre os documentos do falecido Francis Wayland Thurston, de Boston]

É possível que esses grandes poderes e entidades tenham sobrevivido... sobrevivido desde um tempo imensamente remoto quando... a consciência se manifestava, talvez, em formas e contornos que há muito se retraíram ante o avanço da humanidade... formas que apenas a poesia e a lenda capturaram em uma memória fugaz, chamando-as de deuses, sombras, seres míticos de todo tipo e espécie.

Algernon Blackwood

I. O horror desenhado em argila

A maior condescendência que se pode encontrar no mundo, acho eu, é a incapacidade da mente humana de correlacionar todos os seus conteúdos. Vivemos em uma plácida ilha de ignorância em meio a negros e infinitos mares, e não está determinado que devamos viajar para muito longe. As ciências, cada uma enveredando por seus próprios caminhos, até o presente momento, nos causaram pouco dano; mas algum dia a reunião de conhecimentos dissociados revelará perspectivas tão aterradoras da realidade, e da nossa fragilidade dentro dela, que ou enlouqueceremos diante da revelação ou fugiremos da luz para nos escondermos na paz e segurança de uma nova era das trevas.

Os teósofos fizeram conjecturas sobre a espantosa grandeza do ciclo cósmico no qual nosso mundo e a raça humana são incidentes transitórios. Eles aludiram à sobrevivência de estranhos seres em termos que congelariam nosso sangue, não fosse pela máscara de um imperturbável otimismo. Mas não foi desses teósofos que veio o único vislumbre de eras proibidas, que me arrepia quando penso nele e me enlouquece quando com ele sonho. Esse vislumbre, como todos os pavorosos vislumbres da verdade, surgiu da reunião acidental de dois elementos separados — neste caso, um velho recorte de jornal e as anotações de um professor já morto. Espero que ninguém mais junte esses dois elementos; com certeza, enquanto eu viver, nunca revelarei deliberadamente sequer um elo dessa cadeia tão medonha. Acho que o professor também tinha a intenção de permanecer calado sobre o que sabia, e que ele teria destruído suas anotações se não tivesse caído subitamente nas garras da morte.

Comecei a tomar conhecimento do assunto no inverno de 1926-1927 com a morte de meu tio-avô, George Gammell Angell, professor emérito de Línguas Semíticas da Brown University, em Providence, Rhode Island. O professor Angell era um especialista em inscrições antigas mundialmente aclamado, e fora muitas vezes consultado pelos dirigentes de importantes museus; dessa forma, seu falecimento aos 92 anos talvez seja relembrado por muitos. Na nossa região, o interesse ficou mais intenso por causa da indefinição em torno da causa da morte. Segundo testemunhas, o professor fora atacado quando voltava da barca de Newport, caindo de imediato ao chão, depois de ter sido abalroado por um negro com aparência de marinheiro que surgira de uma das escuras vielas da escarpada encosta que servia de atalho entre o cais e a casa do falecido na Williams Street. Os médicos não foram capazes de encontrar nenhum problema visível, mas concluíram, após um confuso debate, que alguma obscura lesão cardíaca, induzida naquele senhor tão idoso que subia com vigor uma colina tão íngreme, fora responsável pelo seu fim. Na época, não vi motivos para discordar desse pronunciamento, mas nos últimos tempos tenho sido levado a questioná-lo — e ir além do mero questionamento.

Como herdeiro e testamenteiro de meu tio-avô, que morrera viúvo e sem filhos, eu devia examinar seus documentos detidamente; e, com esse propósito, levei todos os seus arquivos e caixas para minha residência em Boston. Grande parte do material que coligi será mais tarde publicada pela American Archaeological Society, mas havia uma caixa que eu considerava extremamente desconcertante, e que relutei em mostrar para outras pessoas. A caixa fora fechada e eu não encontrei a chave, até que me ocorreu a ideia de examinar o molho de chaves que o professor carregava no bolso. Foi então que, de fato, consegui abri-la, mas quando o fiz tive a impressão de estar diante de uma barreira ainda maior e mais cerrada. Pois qual poderia ser o significado do estranho baixo-relevo e dos desconexos apontamentos, divagações e recortes que encontrei? Teria meu tio, em seus últimos anos, passado a acreditar piamente nas mais baratas imposturas? Resolvi procurar o excêntrico escultor responsável por aquele aparente distúrbio da mente de um velho.

O baixo-relevo era praticamente retangular, tinha uns dois centímetros de grossura e uma área de mais ou menos 12 por 15 centímetros; era obviamente moderno. Seus desenhos, entretanto, não eram nada modernos em sua atmosfera e sugestão; pois embora as excentricidades do cubismo e do futurismo sejam muitas, elas raramente reproduzem aquela enigmática regularidade que se esconde nas inscrições pré-históricas. E, certamente, boa parte daqueles rabiscos parecia algum tipo de escrita; embora minha memória, não obstante a grande familiaridade que tinha com documentos e coleções do meu tio, não conseguisse de forma alguma identificar esse tipo particular, nem mesmo supor quais seriam suas mais remotas filiações.

Acima daqueles aparentes hieróglifos havia uma figura de evidente intenção pictórica, embora sua execução impressionista não permitisse uma ideia muito clara acerca de sua natureza. Parecia ser algum tipo de monstro, ou símbolo representando um monstro, e tinha uma forma que só poderia ser concebida por uma imaginação doente. Se eu disser que em minha mente meio extravagante surgiram simultaneamente figuras de um polvo, de um dragão e de uma caricatura humana, não estarei sendo infiel ao espírito da coisa. Uma cabeça polpuda e cheia de tentáculos encimava um corpo grotesco coberto de escamas e com asas rudimentares; mas era o *contorno geral* do todo que o tornava mais aterrador e chocante. Atrás da figura viam-se vagas sugestões de um fundo arquitetônico ciclópico.

Excetuando-se uma pilha de recortes de jornais, os escritos que acompanhavam essa excentricidade eram da lavra recente do professor Angell e não tinham nenhuma pretensão literária. Aquele que parecia ser o principal documento se intitulava "CULTO DE CTHULHU" em letras grafadas com todo o cuidado para evitar leituras errôneas de palavra tão inaudita. Esse manuscrito estava dividido em duas partes, sendo que a primeira trazia o título "1925 — Sonho e Análise do Sonho de H. A. Wilcox, Thomas Street. nº 7, Providence, Rhode Island" e a segunda, "Relato do inspetor John R. Legrasse, Bienville Street, New

Orleans, Louisiana, no encontro da American Archaelogical Society do ano de 1908. Notas sobre o mesmo assunto e relato do professor Webb". Os outros documentos manuscritos eram anotações breves, algumas delas relatos de sonhos estranhos de diferentes pessoas, algumas citações de livros e revistas teosóficas (principalmente *Atlântida e Lemúria – continentes perdidos* de Scott-Elliot) e o restante eram comentários sobre antigas sociedades esotéricas e cultos secretos, com referências a passagens em fontes antropológicas e mitológicas, tais como o *Ramo Dourado*, de Frazer, e *O culto das bruxas na Europa Ocidental*, de Margaret Murray. Os recortes aludiam em grande medida a bizarros distúrbios mentais e surtos de loucura ou mania ocorridos na primavera de 1925.

A primeira metade do manuscrito principal narrava uma história muito singular. Tudo indica que no dia 1º de março de 1925 um jovem moreno de aspecto neurótico e irrequieto havia visitado o professor Angell trazendo consigo o estranho baixo-relevo em argila que, na ocasião, acabara de ser finalizado e ainda estava úmido. Seu cartão trazia o nome Henry Anthony Wilcox, e meu tio o identificara como o filho mais novo de uma excelente família que ele conhecia superficialmente, que nos últimos tempos havia estudado escultura na Rhode Island School of Design e morado sozinho no Edifício Fleur de Lys, perto dessa instituição. Wilcox era um rapaz precoce de reconhecido talento mas grande excentricidade que, desde a infância, chamara a atenção das pessoas por causa das estranhas histórias e curiosos sonhos que tinha o hábito de relatar. Ele dizia ser "psiquicamente hipersensível", mas a população austera da antiga cidade comercial simplesmente o considerava "esquisito". Nunca tendo se misturado muito com pessoas da sua idade e condição, gradualmente desaparecera do convívio social e só era conhecido por um pequeno grupo de artistas de outras cidades. Até mesmo o Providence Art Club, preocupado em manter seu conservadorismo, o havia considerado um caso perdido.

Na ocasião da visita, segundo o manuscrito do professor, o artista, sem maiores delongas, solicitou que seu anfitrião, valendo-se de seu conhecimento arqueológico, o ajudasse a decifrar os hieróglifos do baixo-relevo. Ele falava de um modo vago e afetado que sugeria uma atitude estudada e uma empatia distante; meu tio o tratou de forma um pouco brusca, pois era óbvio que a peça fora finalizada recentemente e que ela nada tinha a ver com a arqueologia. A réplica do jovem Wilcox, que impressionou meu tio a ponto de fazê-lo memorizá-la e registrá-la *ipsis litteris,* era de um matiz incrivelmente poético que provavelmente caracterizava toda a sua fala, e que desde essa época eu julgo muito característico dele. Ele disse: "De fato, a peça é recente, pois eu a fiz a noite passada, ao sonhar com estranhas cidades; e os sonhos são mais antigos que a cismarenta Tiro, ou a contemplativa Esfinge, ou a Babilônia e os jardins que a cingem".

Foi então que ele iniciou a labiríntica narrativa que subitamente despertou a memória adormecida e conquistou o febril interesse de meu tio. Na noite anterior, houvera um leve tremor de terra, o mais perceptível ocorrido na Nova Inglaterra durante alguns anos, que afetara agudamente a imaginação de Wilcox. Ao se recolher, ele tivera um sonho sem precedentes, de cidades ciclópicas com gigantescos blocos e monólitos que alcançavam os céus; de tudo pingava um líquido esverdeado e um horror latente envolvia tudo. Hieróglifos cobriam os muros e pilastras, e de algum ponto não identificável mais abaixo vinha uma voz que não era uma voz, era uma sensação caótica que apenas a fantasia poderia transmutar em som, mas que ele tentou representar por meio de um quase impronunciável amontoado de letras: *"Cthulhu fhtagn"*. Esse emaranhado de letras era a chave da recordação que excitou e perturbou o Professor Angell. Ele interrogou o escultor com minúcia científica; estudou com frenética intensidade o baixo-relevo em que o jovem estivera trabalhando, sentindo frio e coberto apenas por suas vestes de dormir, quando a consciência lhe sobreviera de forma intrigante. Meu tio culpou sua idade avançada, Wilcox me disse depois, por sua lentidão em reconhecer tanto os hieróglifos quanto a imagem pictórica. Muitas de suas perguntas pareciam bastante deslocadas para seu visitante, especialmente aquelas que tentavam associá-lo a estranhos cultos ou sociedades; e Wilcox não conseguia entender por que meu tio reiteradas vezes lhe prometera guardar segredo se ele admitisse que fazia parte de algum grupo religioso pagão ou místico amplamente disseminado. Quando o professor Angell ficou convencido de que o escultor realmente ignorava qualquer culto ou sistema de saber esotérico, ele assediou seu visitante com pedidos de futuros relatos de sonhos. Esse pedido gerou um resultado regular, pois após a primeira entrevista o manuscrito registra visitas diárias do jovem, durante as quais ele relatava assustadores fragmentos de imagens noturnas cujo conteúdo era invariavelmente alguma terrível visão ciclópica de escuras rochas gotejantes, com uma voz ou inteligência subterrânea gritando fragmentos monotônicos que chegavam aos sentidos como linguagem inarticulada. Os sons frequentemente repetidos eram aqueles que se podem representar pelas letras *"Cthulhu"* e *"R'lyeh"*.

No dia 23 de março, continuava o manuscrito, Wilcox não apareceu; perguntas feitas em sua residência revelaram que ele fora acometido por um tipo obscuro de febre e levado à casa de sua família na Waterman Street. Ele havia emitido gritos durante a noite, acordando vários outros artistas no prédio, e depois disso suas manifestações eram uma alternância de inconsciência e delírio. Meu tio telefonou imediatamente para a família, e depois disso acompanhou o caso de perto; indo com bastante frequência à Thayer Street, no consultório do Dr. Tobey, que, segundo soubera, cuidava do paciente. Ao que parece, a mente febril do jovem se concentrava em coisas estranhas; e o médico, de tempos em tempos, estremecia ao falar delas. Elas incluíam não apenas uma repetição do que ele havia anteriormente sonhado, mas mencionavam caoticamente um ser gigantesco, de "quilômetros de altura", que caminhava ou se movia pesadamente. Em momento algum ele descreveu de forma completa esse objeto, mas ocasionais palavras desvairadas, repetidas pelo Dr. Tobey, convenceram o professor de que devia tratar-se da inominável monstruosidade que ele tentara descrever em sua escultura onírica. A referência a esse objeto, acrescentara o doutor, era invariavelmente o prelúdio da passagem do jovem a um estado letárgico. O estranho é que a temperatura do paciente não subia muito acima do normal; no entanto, em termos gerais, seu estado sugeria uma verdadeira febre, e não um distúrbio mental.

Em 2 de abril, por volta de 15h, todos os sinais da doença de Wilcox de repente cessaram. Ele se sentou na cama, atônito por se perceber em casa e sem a menor ideia do que havia acontecido em sonhos ou na realidade desde a noite de 22 de março. Tendo o médico declarado sua cura, ele retornou a sua residência depois de três dias, mas para o professor Angell deixou de ser uma fonte de ajuda. Todos os traços de sonhos estranhos tinham desaparecido com a sua recuperação, e meu tio deixou de registrar seus pensamentos noturnos após uma semana de inúteis e irrelevantes relatos de visões totalmente comuns.

Aqui terminava a primeira parte do manuscrito, mas referências a determinadas anotações soltas nutriram meu pensamento — tanto que, na verdade, apenas o arraigado ceticismo que caracterizava minha filosofia na época pode explicar minha renitente desconfiança em relação ao artista. As anotações em questão descreviam os sonhos de várias pessoas durante o mesmo período em que o jovem Wilcox fora visitado pelas estranhas visões. Meu tio, ao que parece, havia realizado uma série prodigiosamente vasta de interrogatórios entre quase todos os amigos a quem ele podia fazer perguntas sem ser impertinente, pedindo relatos de seus sonhos, bem como as datas de qualquer visão exótica nos últimos tempos. Esse seu pedido parece ter sido recebido de variadas formas, mas ele, no mínimo, deve ter obtido mais respostas do que qualquer homem comum conseguiria organizar sem um secretário. Essa correspondência original não foi preservada, mas suas anotações formavam um conjunto extenso e realmente significativo. A população em geral, da sociedade e do comércio — a tradicional "gente de bem" da Nova Inglaterra —, ofereceu um resultado quase totalmente negativo, embora casos dispersos de impressões noturnas perturbadoras mas indefinidas apareçam aqui e acolá, sempre entre 23 de março e 2 de abril — o período do delírio do jovem Wilcox. Os homens da ciência tiveram quase a mesma reação, embora quatro casos de descrições fugidias sugiram vislumbres de paisagens estranhas, sendo que em um deles se menciona o pavor de algo anormal.

Foi dos artistas e dos poetas que vieram as respostas pertinentes, e eu sei que o pânico teria se espalhado se eles tivessem tido a oportunidade de comparar as suas observações. Da forma como as coisas se encontravam, sem a presença das cartas originais, eu cheguei a suspeitar que o compilador tivesse feito perguntas tendenciosas, ou editado a correspondência para que os registros corroborassem o que ele de forma latente resolvera enxergar. É por isso que continuei sentindo que Wilcox, de alguma forma ciente das antigas informações em posse de meu tio, estivera ludibriando o veterano cientista. Essas respostas dos artistas eram perturbadoras. Entre 28 de fevereiro e 2 de abril, muitos deles haviam sonhado coisas bizarras, sendo que a intensidade dos sonhos era desmedidamente maior durante o período em que se deu o delírio do escultor. Mais de um quarto das pessoas que relataram algo descreveram cenas e ecos não muito diferentes dos descritos por Wilcox; e alguns sonhadores confessaram ter sentido um medo extremo da gigantesca coisa inominável no final do período. Um caso, que as anotações descrevem enfaticamente, foi muito triste. O sujeito, um arquiteto muito conhecido, com pendores para a teosofia e o ocultismo, teve um violento surto de loucura na data do ataque sofrido pelo jovem Wilcox, e morreu vários meses depois, após gritar incessantemente para que o salvassem de algum ser fugitivo do inferno. Se meu tio tivesse se referido a esses casos por nome e não simplesmente por número, ter-me-ia sido possível confirmar e investigar as informações pessoalmente; mas, dadas as circunstâncias, só fui capaz de rastrear algumas delas. Todos os que contatei, entretanto, confirmavam plenamente as anotações. Muitas vezes me perguntei se todas as pessoas questionadas pelo professor ficaram tão intrigadas quanto esse pequeno grupo. É melhor que elas não obtenham nenhuma explicação.

Os recortes de jornal, como já mencionei, citavam casos de pânico, mania e episódios de excentricidade durante o mesmo período. O professor Angell deve ter contratado um escritório de investigação jornalística, pois o número de recortes era enorme, e eles vinham de todo o mundo. Havia o caso de um suicídio noturno em Londres, em que uma pessoa que dormia sozinha pulou de uma janela após dar um grito aterrador. Em um ponto, uma carta desconexa endereçada ao editor de um jornal na América do Sul, em que um fanático prevê um lúgubre futuro com base em visões que teve. Uma mensagem da Califórnia descreve uma colônia de teósofos que, em massa, vestem roupas brancas para aguardar alguma "gloriosa realização" que nunca chega, ao passo que reportagens da Índia falam com reservas de uma grave inquietação entre os nativos na passagem do dia 22 para o dia 23 de março. Também na região ocidental da Irlanda se registram muitos casos de rumores e lendas alucinadas, e um pintor fantástico que atende pelo nome de Ardois-Bonnot expõe uma blasfema *Paisagem de Sonho*, no salão de primavera de Paris em 1926. E tão numerosos são os problemas registrados em hospitais psiquiátricos que apenas um milagre pode ter evitado que a classe profissional dos médicos notasse estranhos paralelos e chegasse a conclusões mistificadoras. No todo, aquele era um conjunto muito bizarro de recortes; e hoje em dia eu mal posso conceber o empedernido racionalismo com que os desconsiderei. Mas naquela época eu estava convencido de que o jovem Wilcox conhecia esses assuntos mais antigos mencionados pelo professor.

II. A narrativa do inspetor Legrasse

Os assuntos mais antigos que haviam tornado o sonho e o baixo-relevo do escultor tão importantes para meu tio compunham o tema da segunda metade de seu longo manuscrito. Em uma ocasião anterior, ao que parece, o professor Angell avistara o diabólico contorno da inominável monstruosidade, intrigara-se com os desconhecidos hieróglifos e ouvira as agourentas sílabas que só podem ser reproduzidas como *"Cthulhu"*; e tudo isso acontecera em uma situação tão horrível e perturbadora que não causa surpresa ele ter ido atrás do jovem Wilcox com interrogatórios e pedidos de informação.

A experiência anterior acontecera em 1908, 17 anos antes, quando a American Archaelogical Society realizou seu encontro anual em St. Louis. O professor Angell, como convinha a alguém de sua autoridade e realizações, desempenhou um papel importante em todas as deliberações e foi um dos primeiros a serem abordados pelos vários visitantes que aproveitavam o encontro para propor perguntas e problemas que seriam respondidos e solucionados por especialistas.

O principal desses visitantes, que logo se transformou no foco de atenção durante toda a reunião, era um homem de meia-idade de aparência comum, que viera lá de New Orleans em busca de informações que não conseguira obter de nenhuma fonte local. Seu nome era John Raymond Legrasse, e ele era inspetor de polícia. Trazia consigo o motivo de sua visita, uma grotesca, repulsiva e aparentemente muito antiga estatueta de pedra, cuja origem ele não conseguia determinar. Ninguém deve imaginar que o inspetor Legrasse tinha algum interesse por arqueologia. Ao contrário, seu desejo de esclarecimentos era motivado por considerações estritamente profissionais. A estatueta, ídolo, fetiche ou o que quer que fosse, havia sido resgatada meses antes nos pântanos cobertos de mato que ficam ao sul de New Orleans, durante uma batida policial feita em uma suposta assembleia vodu; e tão singulares e medonhos eram os rituais ligados ao objeto que a polícia não pôde deixar de concluir que havia descoberto um culto maligno totalmente desconhecido e infinitamente mais diabólico que o mais negro dos círculos africanos de vodu. De suas origens, excetuando-se as histórias erráticas e inacreditáveis arrancadas dos membros capturados, absolutamente nada se descobriu; daí a urgência da polícia em encontrar alguma pessoa versada em coisas antigas que pudesse ajudá-la a localizar o temível símbolo, e por meio dele rastrear o culto até sua fonte.

O inspetor Legrasse não estava nem um pouco preparado para a repercussão causada pelo objeto. Um bater de olhos fora suficiente para colocar o grupo de cientistas em um estado de tenso entusiasmo; e eles não perderam tempo, logo se aglomerando em volta dele para contemplar a pequena peça cuja total bizarrice e cujo ar de antiguidade genuinamente abissal sugeriam com tanta força visões arcaicas e ainda não reveladas. Naquele terrível objeto não havia características de nenhuma escola conhecida de escultura, e mesmo assim centenas, talvez milhares de anos pareciam estar impressos em sua opaca superfície esverdeada de indefinível pedra.

A figura, que foi finalmente passada de mão em mão para que os homens a examinassem mais detalhadamente, tinha entre 18 e 20 centímetros de altura e constituía um trabalho artesanal refinado. Representava um monstro de contornos vagamente antropoides, mas com uma cabeça semelhante à de um polvo, cuja cara era uma massa de tentáculos; tinha um corpo de aspecto borrachoso, coberto de escamas, prodigiosas garras nas patas traseiras e dianteiras e longas e estreitas asas nas costas. Essa coisa, que parecia instilada com uma malignidade temível e inatural, tinha o tronco meio intumescido e se acocorava sobre um bloco ou pedestal retangular coberto com letras indecifráveis. As pontas das asas tocavam a extremidade traseira do bloco, o monstro estava acomodado no centro dele, e as longas e curvadas garras das pernas traseiras dobradas atingiam a extremidade anterior e caíam na direção da base do pedestal. A cabeça cefalópode se inclinava para a frente, de modo que as extremidades dos tentáculos faciais tocavam a parte de trás das enormes patas dianteiras, que descansavam sobre os joelhos da criatura. O aspecto do conjunto era estranhamente vívido e tornava-se mais sutilmente terrível porque sua força era totalmente desconhecida. Era evidente que a peça tinha uma idade vasta, assustadora e incalculável; entretanto ela não exibia nenhum traço que a ligasse com a arte da infância da humanidade — nem de outra época qualquer. Considerado por si só, o próprio material era um mistério; a pedra com aspecto escorregadio e de um verde enegrecido, com suas nódoas e estrias iridescentes, não se parecia com nada conhecido pela geologia ou a mineralogia. As letras ao longo da base eram igualmente intrigantes; nenhuma pessoa presente, embora o grupo representasse metade do conhecimento especializado nesse campo, conseguia determinar nem mesmo o seu parentesco linguístico mais remoto. A inscrição, assim como a figura e o material, pertencia a algo terrivelmente remoto e distinto da humanidade como a conhecemos. Algo no conjunto era ameaçadoramente sugestivo de ciclos de vida antigos e pagãos, nos quais nosso mundo e nossas concepções não têm lugar.

Entretanto, enquanto os especialistas mexiam suas cabeças num grave gesto negativo e confessavam-se derrotados diante do problema proposto pelo inspetor, houve um homem do grupo que, suspeitando captar um toque de bizarra familiaridade na monstruosa forma e inscrição, começou de repente a contar com algum acanhamento uma curiosa história que conhecia. Foi o falecido William Channing Webb, professor de antropologia da Princeton University e pesquisador de considerável importância. O professor Webb havia participado, 48 anos antes, de uma expedição à Groenlândia e à Islândia em busca de certas inscrições rúnicas que ele não conseguiu descobrir; e quando estava na costa da Groenlândia Ocidental, encontrou uma singular tribo ou culto de esquimós degenerados cuja religião, uma curiosa forma de adoração diabólica, o deixou atemorizado por sua sede de sangue e seu caráter repulsivo. Tratava-se de uma crença da qual outros esquimós tinham pouco conhecimento, e que eles não conseguiam mencionar sem um estremecimento, dizendo que ela vinha de eras terrivelmente antigas, antes de o mundo ter sido criado. Além de inomináveis cerimônias e sacrifícios humanos, havia bizarros rituais hereditários em louvor a um diabo ancião supremo ou *tournasuk*; das falas nesses rituais o professor Webb havia feito uma cuidadosa transcrição fonética com o auxílio de um *angekok,* ou sacerdote-feiticeiro, representando da melhor maneira possível os sons em caracteres romanos. Mas naquele exato momento era de suprema importância o fetiche que era o centro do culto, e em torno do qual aquele grupo dançava quando a aurora se derramava sobre os picos de gelo. Era, segundo o professor, um baixo-relevo de pedra bastante primitivo, composto de uma medonha figura e algumas inscrições secretas. E pelo que ele podia julgar, aquele fetiche era uma representação tosca, em todas as suas características essenciais, daquela escultura bestial exposta diante da assembleia.

Essa informação, recebida com suspense e assombro pelo grupo ali reunido, mostrou-se duplamente interessante para o inspetor Legrasse, e ele imediatamente começou a encher seu informante de perguntas. Tendo anotado e copiado um rito oral entre os adoradores do pântano que seus homens haviam prendido, ele intimou o professor a fazer o máximo possível para lembrar as sílabas anotadas por ele entre os esquimós diabolistas. Seguiu-se então uma exaustiva comparação de detalhes e um momento de realmente assombrado silêncio quando ambos, detetive e cientista, concordaram sobre a possível identidade da frase, comum a dois diabólicos rituais separados por uma enorme distância. Em essência, o que tanto os feiticeiros esquimós quanto os sacerdotes do pântano na Louisiana tinham cantado para seus ídolos congêneres era muito parecido com isto: as divisões em palavras foram supostas a partir de quebras tradicionais na frase cantada em voz alta:

"Ph'nglui mglw'nafh Cthulhu R'lyeh wgah'nagl fhtagn."

Legrasse estava um passo à frente do professor Webb, pois vários de seus prisioneiros mestiços lhe haviam repetido o que celebrantes mais velhos lhes tinham ensinado que as palavras significavam. O texto, como revelado, era mais ou menos assim:

"Em sua morada em R'lyeh, o extinto Cthulhu aguarda sonhando."

E então, em resposta a um pedido geral e urgente, o inspetor Legrasse relatou da forma mais completa possível sua experiência com os adoradores do pântano, contando uma história à qual eu pude ver que meu tio atribuíra profunda importância. Tinha ela o sabor dos mais loucos sonhos dos teósofos e criadores de mitos e revelava um surpreendente grau de imaginação cósmica por parte dos mestiços e párias, dos quais não se esperaria tal manifestação.

No dia 1º de novembro de 1907, chegara à polícia de New Orleans um chamado desesperado da região do pântano e da lagoa, mais ao sul da região. Os colonos dali, em sua maioria descendentes primitivos dos homens de Lafitte, mas que tinham boa índole, estavam tomados de completo terror por causa de um ser desconhecido que sorrateiramente se aproximava deles durante a noite. Aparentemente, era vodu, mas um vodu de um tipo mais terrível do que eles jamais haviam visto; e algumas de suas mulheres e crianças haviam desaparecido desde que o malévolo rufar de tambores começara sua batida incessante lá longe nas negras florestas, onde nenhum habitante local se arriscava a entrar. Houvera gritos insanos e angustiantes, cantos de gelar o sangue e demoníacas chamas dançantes; e, acrescentou o amedrontado mensageiro, as pessoas não aguentavam mais aquilo.

Então, no final da tarde, um destacamento de 20 policiais fora enviado, em duas carroças e um automóvel, tendo como guia o trêmulo colono. No final da estrada transitável eles desceram e, ao longo de quilômetros, avançaram em silêncio pelo enlameado terreno, através de bosques de ciprestes onde o dia nunca chegava. Repulsivas raízes e malignos galhos de onde pendiam barbas-de-velho enchiam o ambiente, e de vez em quando uma pilha de pedras pegajosas ou um fragmento de uma parede apodrecida intensificavam, por sua sugestão de habitação mórbida, um sentimento depressivo que cada árvore deformada e cada ilhota embolorada contribuía para gerar. Finalmente o assentamento dos colonos, um miserável amontoado de cabanas, surgiu; e histéricos habitantes correram e se aglomeraram em volta do grupo de lanternas que boiavam no ar. O som abafado dos tambores era agora vagamente audível, muito, muito distante; um guincho pavoroso chegava a raros intervalos quando mudava a direção do vento. Além disso, um brilho avermelhado parecia filtrar-se através da vegetação rasteira além das infindáveis avenidas noturnas da floresta. Embora relutantes diante da ideia de serem deixados sozinhos outra vez, os amedrontados colonos se recusavam terminantemente a dar mais um único passo na direção da cena de adoração pagã; assim, o inspetor Legrasse e seus 19 homens avançaram mergulhando sem orientação nas negras arcadas de horror que nenhum deles jamais cruzara antes.

A região na qual a polícia agora entrava tinha tradicionalmente uma reputação maligna, era quase totalmente desconhecida e nunca havia sido explorada por homens brancos. Havia lendas sobre um lago oculto que nunca fora vislumbrado por olhos mortais, no qual habitava um enorme ser poliposo sem forma definida e com olhos luminosos; e os colonos sussurravam que demônios com asas de morcego saíam voando das cavernas no interior da terra para adorá-lo à meia-noite. Eles diziam que essa criatura estava lá desde antes de D'Iberville, antes de La Salle, antes dos índios, e antes mesmo das feras e aves salutares da floresta. Era a encarnação do pesadelo, e contemplá-la significava morrer. Mas ela fazia os homens sonharem, e eles cautelosamente se mantinham afastados. Na verdade, a orgia voduísta atual que os trouxera ali ficava realmente apenas nas margens da área abominada, mas mesmo aquele local era muito temido; portanto, talvez o próprio lugar da adoração tivesse amedrontado os colonos mais que os chocantes sons e incidentes.

Só a poesia ou a loucura poderiam fazer justiça aos sons ouvidos pelos homens de Legrasse à medida que eles avançavam com dificuldade através do negro paul na direção do brilho avermelhado e do surdo rufar dos tambores. Existem características vocais que são peculiares aos seres humanos, e características vocais peculiares aos animais, e é terrível ouvir uma delas quando aquele que a emite pertence ao outro grupo. Fúria animalesca e licenciosidade orgiástica ribombavam ali até altitudes demoníacas por meio de uivos e grasnidos extáticos que rasgavam o ar e reverberavam através da floresta coberta pela noite como tempestades pestilentas vindas dos abismos do inferno. Vez por outra a ululação menos organizada cessava, e do que parecia ser um coro de vozes roucas mais harmonioso se elevava numa cantilena a medonha frase ou encantamento:

"Ph'nglui mglw'nafh Cthulhu R'lyeh wgah'nagl fhtagn."

Os homens, tendo então atingido um ponto onde a floresta era menos espessa, de repente depararam com o espetáculo em si. Quatro deles cambalearam, um desmaiou e dois emitiram um grito frenético que a insana dissonância da orgia felizmente amorteceu. Legrasse jogou água do pântano no rosto dos homens desmaiados, e todos se ergueram trêmulos e quase hipnotizados pelo terror.

Em uma clareira natural do pântano via-se uma ilha coberta de mato rasteiro que tinha talvez uma área de quatro quilômetros quadrados, sem árvores e toleravelmente seca. Sobre essa área agora saltava e se contorcia uma horda de indescritível anormalidade humana que só poderia ser pintada por um Sime ou um Angarola. Completamente nuas, essas criaturas híbridas berravam, urravam e retorciam seus corpos em torno de uma monstruosa fogueira circular, em cujo centro, revelado por ocasionais brechas na cortina de chamas, erguia-se um grande monólito de granito de mais de dois metros de altura, sobre o qual jazia, incoerente em seu tamanho diminuto, a perniciosa estatueta. Em outro amplo círculo constituído por dez cadafalsos erguidos a intervalos regulares em torno do monólito cingido pelas chamas, de cabeça para baixo, viam-se os bizarramente desfigurados corpos dos indefesos colonos que haviam desaparecido. Era dentro desse círculo que o grupo de idólatras pulava e gritava, movendo-se da esquerda para a direita em uma infindável bacanal entre o círculo de corpos e o círculo de fogo.

Talvez tenha sido só imaginação, talvez tenham sido apenas ecos, mas um dos homens, um sugestionável espanhol, julgou ter ouvido antífonas em resposta ao ritual, vindas de algum ponto distante e obscuro das profundezas da floresta de ancestral lenda e horror. Posteriormente, tive a oportunidade de encontrar e interrogar esse homem, Joseph D. Galvez, que mostrou ter uma imaginação fértil demais. Na verdade, ele chegou a ponto de sugerir que ouvira as batidas surdas de grandes asas, e tivera o vislumbre de olhos brilhando na escuridão e de uma imensa massa esbranquiçada além das mais remotas árvores, mas suponho que ele dava demasiada atenção às superstições nativas.

Na realidade, os homens horrorizados ficaram sem ação por um período comparativamente breve. O dever vinha primeiro e, embora provavelmente houvesse cerca de uma centena de celebrantes mestiços na multidão, os policiais se valeram de suas armas e mergulharam determinados na turba repugnante. Durante os cinco minutos seguintes, a bulha e o caos foram indescritíveis. Golpes desenfreados, tiros, fugas; mas no final Legrasse conseguiu contar 47 taciturnos prisioneiros, que ele ordenou que rapidamente se vestissem e formassem uma fila entre duas fileiras de policiais. Cinco dos idólatras estavam no chão mortos; dois outros gravemente feridos foram carregados por seus companheiros em macas improvisadas. A imagem sobre o monólito foi, é claro, cuidadosamente removida e levada por Legrasse.

Interrogados na delegacia depois de uma viagem de grande fadiga e extenuação, os prisioneiros revelaram ter uma condição muito humilde, sangue mestiço e mentes desviadas. A maioria era composta de marinheiros, e alguns elementos negros e mulatos, vindos principalmente das Índias Ocidentais ou da Ilha Brava, no Arquipélago de Cabo Verde, davam um toque de voduísmo àquele culto heterogêneo. Mas antes que muitas perguntas fossem feitas, ficou evidente que algo muito mais profundo e antigo que o fetichismo negro estava envolvido. Embora fossem ignorantes e degradadas, as criaturas se apegavam com surpreendente consistência à ideia central de sua asquerosa fé.

Eles adoravam, segundo diziam, os Magníficos Ancestrais que viveram eras antes de existir qualquer homem, e que chegaram ao jovem mundo provindo do espaço. Esses Ancestrais agora estavam extintos, nas entranhas da terra e sob o mar; mas seus corpos mortos haviam contado em sonhos seus segredos aos primeiros homens, que formaram um culto que nunca se havia desvanecido. Aquele era o culto, e os prisioneiros disseram que ele sempre existira e sempre existiria, oculto em ermos distantes e locais sombrios espalhados por todo o mundo, até o momento em que o grande sacerdote Cthulhu se ergueria de sua tenebrosa moradia na portentosa cidade de R'lyeh sob as águas, submetendo mais uma vez a Terra ao seu domínio. Algum dia ele faria seu chamado, quando os astros estivessem alinhados, e o culto secreto estaria sempre aguardando para liberá-lo.

Até esse dia chegar, nada mais deverá ser dito. Havia um segredo que não seria revelado nem mediante tortura. A raça humana não estava de modo algum sozinha entre os seres conscientes do mundo, pois formas vinham da escuridão para visitar os poucos fiéis. Mas essas não eram os Magníficos Ancestrais. Nenhum homem jamais vira os Ancestrais. A escultura representava o grande Cthulhu, mas ninguém podia dizer se os outros eram precisamente como ele. Hoje em dia ninguém podia ler a antiga escrita, mas informações eram transmitidas oralmente. A cantilena ritual não era o segredo — este nunca era pronunciado em voz alta, apenas sussurrado. A cantilena mencionava apenas isto: "Em sua morada em R'lyeh, o extinto Cthulhu aguarda sonhando".

Apenas dois dos prisioneiros foram considerados suficientemente sãos para serem enforcados, e os outros foram enviados a várias instituições. Todos negaram ter tomado parte nos assassinatos rituais, asseverando que a matança fora perpetrada pelos Negros Alados que tinham vindo até eles de seu imemorial ponto de encontro na floresta assombrada. Mas sobre esses misteriosos aliados não se pôde obter um relato coerente. O que a polícia conseguiu extrair deles veio principalmente de um mestiço de incalculável idade chamado Castro, que alegava ter navegado até estranhos portos e conversado com líderes imortais do culto nas montanhas da China.

O velho Castro recordava de fragmentos de medonhas lendas que ofuscavam as especulações dos teósofos e faziam a humanidade e o mundo parecerem muito recentes e transitórios. Tinha havido eras em que outros Seres governaram a Terra, e Eles haviam sido detentores de grandiosas cidades. Vestígios d'Eles, segundo os imortais chineses lhe haviam relatado, ainda podiam ser encontrados na forma de pedras ciclópicas nas ilhas do Pacífico. Todos Eles haviam morrido em épocas imensamente anteriores à chegada da humanidade, mas havia artes que poderiam revivê-los quando os astros se colocassem mais uma vez em sua posição correta no ciclo da eternidade. Na verdade, Eles mesmos tinham vindo dos astros, trazendo consigo Suas imagens.

Esses Magníficos Ancestrais, relatara Castro, não eram de forma alguma feitos de carne e osso. Eles tinham forma — pois então a imagem em formato de estrela não o provava? — mas essa forma não era feita de matéria. Quando os astros estavam na posição correta, Eles podiam mergulhar de um mundo a outro através do céu; mas quando os astros não estavam alinhados, Eles não podiam viver. Mas embora Eles não vivessem mais, Eles nunca podiam morrer realmente. Todos jaziam em moradas de pedra em Sua grandiosa cidade de R'lyeh, preservada pela magia do poderoso Cthulhu, para uma gloriosa ressurreição quando os astros e a Terra estivessem mais uma vez prontos para Eles. Mas, ao mesmo tempo, alguma força externa deveria servir para liberar Seus corpos. A magia que os preservava intactos evitava, ao mesmo tempo, que Eles fizessem um primeiro movimento, e Eles só podiam ficar deitados e despertos no escuro, pensando, enquanto incontáveis milhões de anos se passavam. Eles sabiam de tudo o que estava ocorrendo no universo, pois se comunicavam por transmissão de pensamento. Naquele exato momento, Eles estavam conversando em suas tumbas. Quando, após uma infinidade de caos, vieram os primeiros homens, os Magníficos Ancestrais falaram para aqueles que eram sensitivos, moldando seus sonhos; essa era a única forma de Sua linguagem atingir as mentes corpóreas dos mamíferos.

Então, sussurrou Castro, esses primeiros homens formaram o culto em torno de pequenos ídolos que os Magníficos lhes mostraram, ídolos trazidos de sombrios astros em remotas eras. O grande culto nunca se extinguiria até que os astros se alinhassem de novo e os sacerdotes secretos retirassem o grande Cthulhu de sua tumba para reviver seus súditos e reassumir o domínio da Terra. Seria fácil reconhecer o momento, pois então a humanidade já teria se tornado como os Grandes Magníficos, livre e selvagem, além do bem e do mal, o bem e a moralidade tendo sido descartados e todos os homens gritando e matando e deleitando-se em alegria. Então os Ancestrais libertos ensinariam aos homens novas formas de gritar e matar e deleitar-se e divertir-se, e toda a Terra se incendiaria num holocausto de êxtase e liberdade. Enquanto isso, o culto, por meio de ritos apropriados, deveria manter viva a memória daqueles dias passados e prenunciar a profecia de seu retorno.

Em tempos antigos, homens escolhidos haviam conversado em sonhos com os Ancestrais sepultados, mas então algo aconteceu. A grandiosa cidade de pedra de R'lyeh, com seus monólitos e sepulcros, havia submergido nas ondas; e as profundas águas, cheias do único mistério primal que nem mesmo o pensamento poderia penetrar, haviam interrompido a comunicação espectral. Mas a memória nunca morria, e os sumos-sacerdotes diziam que a cidade emergiria de novo quando os astros estivessem alinhados. Surgiram então da terra seus negros espíritos, bolorentos e sombrios, e cheios de vagos rumores captados em cavernas sob o deslembrado fundo do mar. Mas desses espíritos o velho Castro não se atrevia a falar muito. Ele parou de falar abruptamente, e não houve esforço de persuasão ou sutileza capaz de esclarecer mais esse aspecto. O *tamanho* dos Ancestrais, também, ele curiosamente recusou-se a mencionar. Sobre o culto, ele disse supor que sua sede ficava em meio ao intransitável deserto da Arábia, onde Irem, a Cidade dos Pilares, sonha adormecida, oculta e intocada. Não tinha relação alguma com os cultos europeus de feitiçaria e era praticamente desconhecido de quem dele não fizesse parte. Nenhum livro o havia sequer mencionado, embora os chineses imortais tivessem dito que havia duplos significados no *Necronomicon*, livro do insano árabe Abdul Alhazred, que os iniciados poderiam interpretar como quisessem, em especial o muito debatido dístico:

Não está morto o que pode eternamente jazer
E após estranhos éons mesmo a morte pode morrer

Legrasse, profundamente impressionado e bastante perplexo, tinha em vão feito perguntas sobre as filiações históricas do culto. Aparentemente, Castro fora sincero quando disse que essa informação estava envolvida em completo segredo. Os doutores da Tulane University não puderam esclarecer coisa alguma nem sobre o culto nem sobre a imagem, e agora o detetive Legrasse tinha procurado as mais altas autoridades do país, deparando com nada menos que o relato do professor Webb envolvendo a Groenlândia.

O vivo interesse despertado na reunião pelo relato de Legrasse, corroborado como foi pela estatueta, ecoa na correspondência trocada em seguida pelos membros presentes no evento, embora pouca menção exista sobre o assunto nas publicações formais da sociedade. A precaução é a primeira atitude daqueles acostumados a enfrentar o charlatanismo e o embuste ocasionais. Legrasse emprestou por algum tempo a imagem ao professor Webb, mas, quando este veio a falecer, ela lhe foi devolvida e permanece em poder dele, onde a vi pouco tempo atrás. É realmente uma coisa terrível, e inegavelmente parecida com a escultura onírica do jovem Wilcox.

Que meu tio ficasse impressionado com a história do escultor não me causou surpresa alguma, pois que ideias podem sobrevir a alguém que fica sabendo, após tomar conhecimento do que Legrasse narrara sobre o culto, de um jovem escultor sensitivo que havia *sonhado* não apenas com a figura e as exatas inscrições da imagem encontrada no pântano e do tablete diabólico da Groenlândia, mas que havia visto em sonhos pelo menos três das exatas palavras da fórmula proferida tanto pelos diabolistas esquimós quanto pelos mestiços da Louisiana? Era obviamente natural que o professor Angell começasse imediatamente a mais completa investigação; apesar disso, em meu íntimo, eu suspeitava que o jovem Wilcox tivesse ouvido falar do culto de alguma forma indireta e inventado uma série de sonhos para aumentar e manter o mistério à custa de meu tio. As narrativas de sonhos e os recortes compilados pelo professor eram, sem dúvida, uma forte confirmação; mas o racionalismo de minha mente e a extravagância do assunto como um todo me levaram a adotar o que eu considerava serem as conclusões mais sensatas. Assim, após ter estudado completamente o manuscrito mais uma vez e correlacionado as anotações teosóficas e antropológicas com a narrativa do culto feita por Legrasse, fiz uma viagem a Providence para visitar o escultor e fazer-lhe a exprobação que eu julgava merecer alguém que de forma tão audaciosa havia tirado vantagem de um homem erudito e idoso.

Wilcox ainda morava sozinho no edifício Fleur de Lys na Thomas Street, uma medonha imitação vitoriana da arquitetura bretã do século XVII, ostentando suas fachadas de estuque entre as adoráveis casas coloniais da antiga colina, e sob a própria sombra do mais lindo campanário georgiano da América. Eu o encontrei em seu apartamento, e imediatamente admiti, vendo as peças espalhadas pelo lugar, que ele é realmente dono de um talento inerente e autêntico. Acredito que, algum dia, ele será mencionado como um dos grandes decadentes, pois ele cristalizou em argila e poderá um dia espelhar em mármore os pesadelos e fantasias que Arthur Machen evoca em prosa, e Clark Ashton Smith torna perceptíveis em verso e na pintura.

Moreno, de aspecto frágil e relativamente desleixado, ele respondeu com voz fraca às minhas batidas e perguntou o que eu desejava sem se levantar. Eu então disse a ele quem eu era, e ele demonstrou algum interesse, pois meu tio tinha lhe estimulado a curiosidade sondando seus estranhos sonhos, embora nunca tivesse explicado a motivação daquele estudo. Eu não ampliei seu conhecimento nesse aspecto, mas tentei, com alguma sutileza, induzi-lo a falar livremente. Em pouco tempo fiquei convencido de sua absoluta sinceridade, pois ele falava dos sonhos de uma maneira que ninguém poderia questionar. Os sonhos e seus resíduos subconscientes haviam influenciado profundamente sua arte, e ele me mostrou uma estátua mórbida cujos contornos me fizeram tremer diante do potencial de sua tenebrosa sugestão. Ele não conseguia se lembrar de ter visto o original daquela peça, exceto em seu próprio baixo-relevo onírico, mas os contornos haviam se formado sob suas mãos sem que ele as controlasse. Tratava-se, sem dúvida, da gigantesca figura que ele tinha visualizado em seu delírio. Logo ficou claro que ele nada sabia do ritual oculto, exceto o que o renitente catecismo de meu tio deixara escapar; e mais uma vez me esforcei para pensar em alguma forma pela qual ele pudesse ter recebido as bizarras impressões.

Ele falava de seus sonhos de um modo estranhamente poético, fazendo-me ver com terrível vivacidade a úmida cidade ciclópica de pedra lodosa e esverdeada — cuja *geometria,* dizia ele estranhamente, era *toda errada* — e ouvir com amedrontada expectativa o incessante e meio bestial chamado que vinha das profundezas: *"Cthulhu fhtagn", "Cthulhu fhtagn".* Essas palavras tinham feito parte daquele pavoroso ritual que falava do sonho-vigília do extinto Cthulhu em sua tumba de pedra em R'lyeh, e eu fiquei profundamente impressionado, apesar de minhas convicções racionais. Wilcox, tenho certeza, tinha ouvido sobre o culto dc alguma forma casual, e logo esquecido aquilo em meio a todas as suas leituras e imaginações, igualmente bizarras. Mais tarde, meramente por conta de sua personalidade sugestionável, essas informações haviam se expressado subconscientemente em seus sonhos, no baixo-relevo e na terrível estátua que eu agora contemplava; assim, ele havia enganado meu tio de forma muito inocente. O jovem era de um tipo ao mesmo tempo afetado e ligeiramente rude, características que eu realmente não apreciaria nunca, mas eu estava disposto agora a admitir que ele era talentoso e honesto. Despedi-me dele cordialmente, e desejo-lhe todo o sucesso que sua genialidade promete.

A questão do culto ainda continuava a me fascinar e de vez em quando eu me imaginava ganhando fama com as pesquisas sobre suas origens e conexões. Visitei New Orleans, conversei com Legrasse e outros daquele destacamento antigo, vi a temível imagem e cheguei até a interrogar alguns dos prisioneiros mestiços que ainda estavam vivos. O velho Castro, infelizmente, estava morto havia alguns anos. O que eu agora ouvia de forma tão vívida e em primeira mão, embora na verdade não passasse de uma confirmação detalhada do que meu tio escrevera, voltou a despertar minha atenção; eu tinha certeza de que estava na pista de uma religião muito real, muito secreta e muito antiga, cuja descoberta me transformaria num eminente antropólogo. Minha atitude ainda era de absoluto materialismo, *como desejaria que ainda fosse*, e eu descartava com uma perversidade quase inexplicável a coincidência entre as anotações sobre os sonhos e os estranhos recortes coligidos pelo professor Angell.

Algo de que comecei a suspeitar, e que agora receio *saber*, é que a morte de meu tio não tenha sido nem um pouco natural. Ele caíra numa estreita rua que atravessava a colina, vindo de um antigo porto cheio de mestiços, após o empurrão casual de um marinheiro negro. Eu não esquecera as atividades dos mestiços e marinheiros que eram membros do culto na Louisiana, e não me surpreenderia se tomasse conhecimento de agulhas envenenadas e métodos secretos tão cruéis e antigos como as crenças e ritos ocultos. Legrasse e seus homens, é verdade, foram deixados em paz; mas, na Noruega, um certo marinheiro que via coisas está morto. Não poderiam as investigações mais aprofundadas de meu tio depois que ele encontrou as informações do escultor ter caído em ouvidos sinistros? Penso que o professor Angell morreu porque sabia demais, ou porque estava prestes a saber demais. Se eu partirei da mesma maneira que ele ainda será constatado, pois sei de muitas coisas.

III. A loucura provinda do mar

Se os céus quiserem lançar sobre mim uma bênção, ela será o total apagamento dos resultados de uma mera contingência que meus olhos fixaram em um pedaço avulso de papel que forrava uma prateleira. Não era nada em que eu teria naturalmente tropeçado no curso de minha rotina diária; era um velho exemplar de um jornal australiano, o *Sydney Bulletin*, de 18 de abril de 1925. Passara despercebido pela agência de investigações jornalísticas que, na época de sua publicação, estivera coletando ativamente materiais para a pesquisa de meu tio.

Eu havia abandonado quase totalmente minhas investigações a respeito do que o professor Angell chamava de "Culto de Cthulhu", e estava visitando um amigo erudito em Paterson, New Jersey; ele era curador de um museu local e um eminente mineralogista. Examinando um dia as amostras colocadas desordenadamente sobre as estantes de uma sala nos fundos do museu, meus olhos foram capturados por uma bizarra foto em um dos velhos jornais que forravam as prateleiras. Era o *Sydney Bulletin* que já mencionei, pois meu amigo tinha filiações em todas as partes concebíveis do mundo, e a imagem era o fotolito de uma medonha estatueta de pedra quase idêntica àquela que Legrasse havia encontrado no pântano.

Avidamente retirando as preciosas amostras de pedras que repousavam sobre o jornal, examinei a reportagem em detalhe, e fiquei desapontado em perceber que ela não era muito extensa. O que ela sugeria, entretanto, era de portentosa importância para minha busca ainda inacabada, e eu a destaquei com cuidado para entrar imediatamente em ação. A reportagem trazia estas palavras:

O *Vigilant* chega trazendo a reboque um vapor neozelandês abandonado e cheio de armas. Um sobrevivente e um homem morto encontrados a bordo.

Narrativa de renhida batalha e mortes em alto-mar.

Marinheiro resgatado se nega a dar detalhes da estranha experiência.

Bizarro ídolo encontrado em seu poder.

Mais investigações a serem feitas.

O *Vigilant*, cargueiro da Morrison Co., proveniente de Valparaíso, chegou esta manhã a seu cais de destino, *Darling Harbour*, tendo a reboque o vapor *Alert*, originário de Dunedin, Nova Zelândia, que estava muito avariado e sem condições de navegação, embora carregasse uma profusão de armas. O vapor foi encontrado no dia 12 de abril a 34°21' de latitude sul e 152°17' de longitude oeste, tendo a bordo um homem vivo e um morto.

O *Vigilant* saiu de Valparaíso em 25 de março e, em 2 de abril, fortes tempestades e monstruosas ondas o desviaram excepcionalmente de seu curso, fazendo-o rumar para o sul. No dia 12 de abril o vapor foi avistado; e embora aparentemente estivesse abandonado, foram encontrados nele um sobrevivente numa condição de semidelírio e um outro homem que já tinha evidentemente morrido havia mais de uma semana. O sobrevivente estava agarrado a um horrível ídolo de pedra de origem desconhecida, com cerca de 30 centímetros de altura, que deixou os especialistas da Sydney University, da Royal Society e do Museu da College Street completamente intrigados, e que o marinheiro diz ter encontrado na cabine do vapor, em um pequeno relicário esculpido de tipo comum.

Esse homem, após recobrar os sentidos, contou uma história extremamente estranha sobre pirataria e massacre. Trata-se de Gustaf Johansen, um norueguês de um certo nível intelectual, que viajava como segundo-imediato da escuna de dois mastros *Emma*, de Auckland, que partira para Callao em 20 de fevereiro em companhia de 11 homens. A escuna *Emma*, afirma ele, foi retardada e grandemente desviada de seu curso na direção sul pela grande tempestade de 1° de março e, no dia 22 do mesmo mês, a 49°51' de latitude sul e 128°34' de longitude oeste, encontrou o *Alert*, ocupado por uma estranha tripulação de aparência malévola, composta de polinésios e mestiços.

Peremptoriamente ordenado a retornar, o capitão Collins se recusou a fazer isso, e, em seguida, a estranha tripulação começou a atirar loucamente e sem aviso na direção da escuna com uma artilharia especialmente pesada de canhões de bronze que equipava o vapor. Os homens da *Emma* resistiram, diz o sobrevivente, e embora a escuna tivesse começado a afundar em virtude de tiros recebidos abaixo da linha da água, eles conseguiram colocar sua embarcação junto à do inimigo e nela subiram, lutando corpo a corpo com a selvagem tripulação no tombadilho do vapor, e sendo forçados a matá-los, mesmo sendo seu número ligeiramente superior, por causa de seu modo lastimável e desesperado — embora muito canhestro — de lutar.

Três dos marinheiros da *Emma*, entre eles o Capitão Collins e o primeiro-imediato Green, foram mortos, e os oito restantes, sob o comando do segundo-imediato Johansen, continuaram navegando o vapor capturado, indo adiante em sua direção original para saber se houvera algum motivo para a ordem de recuar que tinham recebido. No dia seguinte, ao que parece, eles se aproximaram de uma pequena ilha e nela aportaram, embora não se saiba da existência de nenhuma ilha naquela parte do oceano; e seis dos homens de alguma forma morreram em terra firme, apesar de Johansen se manter estranhamente reticente sobre essa parte da história e mencionar apenas que eles caíram numa fenda entre as rochas. Mais tarde, ao que tudo indica, ele e um companheiro reembarcaram no vapor e tentaram pilotá-lo, mas foram atingidos pela tempestade de 2 de abril. Daquele momento até seu resgate em 12 de abril, o homem recorda muito pouco, e nem mesmo se lembra de quando William Briden, seu companheiro, morreu. Não há uma causa aparente para a morte de Briden, e provavelmente ela tenha ocorrido pela tensão ou pela exposição a condições extremas. Telegramas recebidos de Dunedin afirmam que o *Alert* era bem conhecido como um barco que fazia comércio nas ilhas e tinha uma reputação negativa na região portuária. Fora possuído por um curioso grupo de mestiços cujas frequentes reuniões e viagens noturnas para a floresta atraíam considerável curiosidade; e o vapor havia partido às pressas logo após a tempestade e os tremores de terra de 1º de março. Nosso correspondente em Auckland afirma que a *Emma* e sua tripulação têm excelente reputação, e Johansen é descrito como um homem sensato e valoroso. O Segundo Tribunal da Marinha vai abrir a partir de amanhã inquérito sobre o incidente, no qual serão empenhados todos os esforços para induzir Johansen a falar mais livremente do que tem feito até agora.

Isso era tudo, juntamente com uma imagem da diabólica estatueta; mas que fluxo de ideias provocou em minha mente! Aqui estavam novos tesouros de informação sobre o Culto de Cthulhu, e provas de que seus membros tinham estranhos interesses no mar e também em terra. Que motivo tivera a tripulação de mestiços para ordenar que a *Emma* retornasse quando navegava com seu medonho ídolo? Qual era a ilha desconhecida na qual seis dos tripulantes da *Emma* haviam morrido, e sobre a qual o imediato Johansen permanecia tão reservado? O que a investigação do Segundo Tribunal da Marinha havia revelado, e o que se sabia sobre pernicioso culto em Dunedin? E, o mais intrigante de tudo, qual seria essa ligação profunda e sobrenatural entre as informações, que dava um significado maligno e agora inegável aos vários acontecimentos tão cuidadosamente registrados por meu tio?

Em 1º de março — ou nosso 28 de fevereiro, de acordo com a Linha Internacional de Data —, o terremoto e a tempestade aconteceram. Vindo de Dunedin, o *Alert* e sua estrepitosa tripulação avançaram no mar impetuosos, como se movidos por uma ordem imperiosa, e do outro lado da terra poetas e artistas começaram a sonhar com uma cidade ciclópica úmida e estranha, enquanto um jovem escultor moldara durante seu sono a forma do temível Cthulhu. Em 23 de março, a tripulação da *Emma* aportou em uma ilha desconhecida e deixou seis homens mortos; e naquela data os sonhos dos homens sensitivos assumiram maior vivacidade e foram assolados pelo pavor dos feitos de um maligno monstro gigante, enquanto um arquiteto enlouquecera e um escultor entrara subitamente em delírio. E que dizer da tempestade de 2 de abril — data em que todos os sonhos da cidade úmida cessaram, e Wilcox emergiu incólume do cativeiro daquela estranha febre? Que dizer de tudo isso — e das alusões do velho Castro aos submersos Ancestrais nascidos nos astros e de seu reino vindouro, seu fiel culto *e seu controle sobre os sonhos*? Estaria eu cambaleando à beira de horrores cósmicos além da capacidade de tolerância da humanidade? Em caso afirmativo, deviam ser horrores apenas mentais, pois de alguma forma o dia 2 de abril fizera cessar qualquer ameaça que tivesse começado a fazer cerco à alma dos seres humanos.

Naquela noite, depois de preparações apressadas e muitos telegramas enviados, eu disse adeus a meu anfitrião e tomei um trem para San Francisco. Em menos de um mês eu estava em Dunedin, onde, porém, descobri que pouco se sabia sobre os estranhos adoradores do culto que haviam ocupado as velhas tavernas à beira-mar. A ralé do cais era comum demais para merecer menção especial; apesar disso, havia uma conversa vaga sobre uma viagem em terra feita por esses mestiços, durante a qual batidas surdas de tambor e chamas vermelhas foram percebidas nas colinas distantes. Em Auckland, eu soube que Johansen voltara com os *seus loiros cabelos de repente embranquecidos* após um interrogatório superficial e inconclusivo em Sydney, e em seguida ele vendera seu chalé da West Street e navegara com a mulher para seu antigo lar em Oslo. Sobre sua perturbadora experiência ele não dissera a seus amigos mais do que havia dito aos oficiais do Tribunal da Marinha, e tudo o que eles puderam fazer foi me indicar o endereço dele em Oslo.

Depois disso, segui para Sydney, onde conversei sem resultado algum com marinheiros e membros do Segundo Tribunal da Marinha. Vi o *Alert*, agora vendido e em uso comercial num ancoradouro circular da enseada de Sydney, mas não descobri coisa alguma em sua figura nada extraordinária. A estatueta da figura agachada, com sua cabeça de molusco, corpo de dragão, asas escamosas e pedestal inscrito com hieróglifos, era mantida no Museu do Hyde Park; eu a estudei longa e detidamente, considerando-a uma peça de artesanato singularmente maligna, que tinha o mesmo completo mistério, terrível antiguidade e material sobrenaturalmente estranho que eu havia observado na cópia menor de Legrasse. Os geólogos, o curador me dissera, a consideraram um monstruoso enigma, pois juraram que no mundo não havia rocha como aquela. Estremecendo, pensei então no que o velho Castro dissera a Legrasse sobre os Grandes Ancestrais: “Eles tinham vindo dos astros e trazido consigo Suas imagens”.

Num estado mental mais abalado do que jamais experimentara antes, resolvi naquele momento visitar o imediato Johansen em Oslo. Navegando para Londres, reembarquei em seguida para a capital da Noruega, e num dia de outono aportei nos asseados ancoradouros à sombra do Egeberg. O endereço de Johansen, como descobri, se localizava na velha Cidade do rei Harold Haardrada, que havia mantido vivo o nome “Oslo” durante todos os séculos em que a cidade maior se mascarou como “Christiana”. Fiz a curta viagem de táxi e bati com o coração palpitante na porta de uma construção limpa e antiga com fachada de gesso. Uma mulher de feições tristes e vestes pretas veio atender, e eu fui tomado pelo desapontamento quando ela me disse em um inglês vacilante que Gustav Johansen havia falecido.

Ele não vivera muito depois de seu retorno, disse a mulher, pois os acontecimentos no mar em 1925 o haviam alquebrado. A ela, ele não contara mais do que contou ao público, mas tinha deixado um longo manuscrito sobre "assuntos técnicos", segundo disse – escrito em inglês, com certeza para protegê-la do perigo de uma vista de olhos casual. Durante uma caminhada numa rua estreita próxima à doca de Gotemburgo, um fardo de papéis caído da janela de um sótão o havia derrubado ao chão. Dois marinheiros indianos imediatamente vieram em seu socorro e o levantaram, mas, antes que a ambulância chegasse, ele já estava morto. Os médicos não conseguiram determinar a causa de sua morte, atribuindo-a a problemas de coração e uma constituição enfraquecida.

Senti nesse momento, fisgando minhas entranhas, o sombrio terror que nunca me deixará até que eu, também, descanse, "acidentalmente" ou não. Convencendo a viúva de que minhas ligações com os "assuntos técnicos" de seu marido eram suficientes para me conferirem o direito ao manuscrito, levei comigo o documento e comecei a lê-lo na barca para Londres. Era um texto simples, tortuoso — o esforço de um ingênuo marinheiro para escrever um diário retroativo —, recordando dia após dia daquela última e terrível viagem. Não posso transcrevê-lo *ipsis litteris* em toda a sua confusão e redundância, mas transmitirei as ideias centrais para mostrar por que o som da água batendo nas laterais da embarcação se tornou tão insuportável para mim que protegi meus ouvidos com algodão.

Johansen, graças a Deus, não tomou conhecimento de tudo, apesar de ter visto a cidade e a Coisa; mas eu nunca mais poderei dormir tranquilo quando pensar nos horrores que espreitam incessantemente por trás da vida no tempo e no espaço, e nas blasfêmias infames advindas de antigos astros e que sonham sob o mar, conhecidas e favorecidas por um culto que mais parece um pesadelo, mantido por seguidores prontos e ávidos para libertá-las no mundo a qualquer momento em que um outro tremor de terra trouxer sua monstruosa cidade de pedra mais uma vez até o sol e o ar.

A viagem de Johansen começara exatamente como ele havia relatado ao Tribunal da Marinha. A *Emma*, em lastro, tinha deixado Auckland no dia 20 de fevereiro e havia sentido a plena força daquela tempestade trazida pelo terremoto que deve ter despertado no fundo do mar os horrores que invadiram os sonhos dos homens. Mais uma vez sob controle, a embarcação progredia bem quando foi detida pelo *Alert* em 22 de março, e eu pude perceber o pesar que o imediato sentiu ao escrever sobre o bombardeamento e naufrágio dessa embarcação. Dos fanáticos a bordo do *Alert*, ele fala com um terror eminente. Havia neles alguma característica peculiarmente abominável que transformava sua destruição quase em um dever, e Johansen demonstra uma sincera surpresa diante da acusação de crueldade feita contra seu grupo durante os procedimentos do inquérito. Então, levados pela curiosidade envolvendo o vapor capturado e sob o comando de Johansen, os homens avistam um grande pilar de pedra emergindo do mar e, a 47°9' de latitude sul e 126°43' de longitude oeste, deparam com um litoral que é uma mistura de lama, lodo e ciclópica alvenaria limosa que não pode ser nada menos que a essência tangível do supremo terror da terra — a fantasmagórica cidade-pesadelo de R'lyeh, que foi construída em eras incalculavelmente aquém da história pelas vastas e asquerosas formas que a penetraram, vindas de tenebrosos astros. Ali jaziam o grande Cthulhu e suas hordas, ocultos em criptas lodosas e finalmente enviando, depois de incalculáveis ciclos, os pensamentos que instilavam pavor nos sonhos dos sensitivos e invocavam imperiosamente os fiéis a virem em uma peregrinação de liberação e restauração. De nada disso Johansen suspeitava, mas Deus sabe que logo ele viu, e viu bastante!

Suponho que um único topo de montanha, a medonha cidadela encimada pelo monólito na qual grande Cthulhu estava enterrado, deve ter emergido das águas. Quando imagino a *vastidão* de tudo o que pode estar sendo preparado ali, quase desejo me matar na mesma hora. Johansen e seus homens ficaram assombrados diante da cósmica majestade dessa gotejante babilônia de demônios antepassados e adivinharam, sem nenhuma ajuda, que nada daquilo pertencia a nenhum planeta são. Assombro diante do inacreditável tamanho dos esverdeados blocos de pedra, da vertiginosa altura do grande monólito entalhado e da estupefaciente identidade das colossais estátuas e baixos-relevos com a bizarra imagem encontrada no relicário a bordo do *Alert* é o que se expressa de forma pungente em cada uma das linhas da descrição aterrorizada do imediato.

Sem saber o que é o futurismo, Johansen realizou algo bem próximo disso quando falou da cidade, pois, em vez de descrever alguma estrutura ou prédio definido, ele se deteve em impressões vagas de vastos ângulos e superfícies de pedra — superfícies grandes demais para fazerem parte de qualquer coisa que seja certa ou própria para esta Terra, e maculadas com terríveis imagens e hieróglifos. Menciono sua referência aos ângulos porque ela sugere algo que Wilcox havia me contado sobre seus terríveis sonhos. Ele dissera que a geometria do lugar onírico que ele vira era anormal, não euclidiana, sugerindo repugnantes esferas e dimensões que desconhecemos neste mundo. Agora, um marinheiro sem cultura tinha a mesma sensação ao observar a terrível realidade.

Johansen e seus homens desembarcaram em um lodaçal inclinado naquela monstruosa acrópole e galgaram com dificuldade os titânicos e limosos blocos que não poderiam ser uma escada feita por seres mortais. O próprio sol parecia distorcido no céu quando visto através do miasma polarizador que emanava daquela aberração por tantos anos submersa, e uma mistura de ameaça e suspense espreitava maliciosa naqueles alucinantes e elusivos ângulos de pedra em que um segundo olhar percebia uma forma côncava, depois de o primeiro olhar havê-la percebido convexa.

Algo muito semelhante ao terror dominara todos os exploradores antes mesmo que se avistasse qualquer coisa mais definida do que rocha e limo e alga. Cada um teria fugido se não temesse o escárnio dos outros, e foi com hesitação que eles procuraram — em vão, como ficou provado — algum suvenir portátil para levarem embora.

Foi Rodrigues, o português, quem subiu no pedestal do monólito e gritou anunciando o que encontrara. Os outros o seguiram, e avistaram curiosos a imensa porta entalhada com a forma do agora conhecido baixo-relevo do polvo-dragão. Era, disse Johansen, como uma grande porta de celeiro, e todos sentiram que era uma porta por causa da ornamentação na verga, na soleira e nos batentes em torno dela, embora eles não conseguissem determinar se ela estava na posição horizontal, como a porta de um alçapão, ou se estava inclinada, como a porta externa de um porão. Como Wilcox teria dito, a geometria do lugar era toda errada. Não se podia ao certo saber se o mar e o chão eram horizontais, e, portanto, a posição relativa de tudo o mais parecia fantasmagoricamente variável.

Briden empurrou a pedra em vários pontos sem obter resultado. Então Donovan a tateou delicadamente em torno da extremidade, pressionando cada ponto separadamente, um em seguida do outro. Ele empreendeu uma escalada sem fim por aquela grotesca moldura de pedra — quer dizer, seria possível dizer "escalada" se a coisa não fosse, no final das contas, horizontal —, e os homens se perguntavam como qualquer porta do universo podia ser tão vasta. Então, com lentidão e suavidade, o quilométrico painel começou a se abrir para dentro na extremidade superior, e eles perceberam que ele pivoteava.

Donovan deslizou, ou de alguma forma se projetou para baixo ou ao longo do batente, e juntou-se aos companheiros, e todos assistiram ao bizarro recuo do portal monstruosamente entalhado. Nessa fantasia de distorção prismática, a porta se moveu de forma anômala na diagonal, violando todas as leis da matéria e da perspectiva.

A abertura era negra, tão negra que quase parecia sólida. A escuridão era na verdade uma *qualidade positiva* — já que ocultava partes das paredes internas que deveriam ter sido reveladas — e de fato se projetou como fumaça vinda de um ancestral aprisionamento, perceptivelmente escurecendo o sol ao se esgueirar no céu encolhido e giboso, como que batendo asas membranosas. O odor que vinha das recém-abertas profundezas era intolerável e, a certa altura, Hawkins, que tinha o ouvido aguçado, julgou ter escutado um som desagradável vindo lá de baixo, como se algo estivesse transbordando. Todos prestaram atenção e ainda estavam parados ouvindo quando a Coisa assomou lentamente e, tateando ao seu redor, esgueirou sua gelatinosa imensidão verde pela porta escura e avançou no ar viciado daquela cidade de envenenada loucura.

A caligrafia do pobre Johansen quase ficou ilegível no momento em que ele escreveu esse trecho. Dos seis homens que nunca voltaram para o barco, ele acha que dois pereceram de puro pavor naquele momento maldito. A Coisa não pode ser descrita — não há linguagem para esses abismos de gritante e imemorial loucura, tais estrambóticas contradições de matéria, força e ordem cósmica. Uma montanha que caminhava ou cambaleava. Deus! Não causa surpresa o fato de que, do outro lado da Terra, um grande arquiteto tenha enlouquecido e o pobre Wilcox tenha entrado em febril delírio naquele instante telepático! A Coisa dos ídolos, a criatura pegajosa e esverdeada desovada pelos astros, havia despertado para reassumir seu lugar. Os astros estavam alinhados de novo e o que um culto imemorial não conseguira realizar por determinação própria, um grupo de inocentes marinheiros havia feito por acidente. Após vintilhões de anos, o grande Cthulhu estava de novo à solta, ávido por aplacar seus prazeres.

Três homens foram varridos pelas lassas garras antes que qualquer um deles se virasse. Que descansem em paz, se é que existe algum descanso no universo. Foram Donovan, Guerrera e Angstrom. Parker escorregou enquanto os outros três mergulhavam frenéticos em infindáveis panoramas de rocha esverdeada, e Johansen jura que foi vomitado por um ângulo de pedra que não deveria estar lá; um ângulo que era agudo, mas se comportava como se fosse obtuso.

Assim, apenas Briden e Johansen chegaram ao barco, e remaram desesperadamente na direção do *Alert* enquanto aquela imensa monstruosidade se agachava nas lodosas pedras e hesitava, debatendo-se na beira da água.

O vapor não se esgotara completamente, apesar da partida de todos os homens fugindo para a praia; demorou apenas alguns momentos de febril esforço entre leme e engrenagens para colocar o *Alert* em movimento. Lentamente, entre os distorcidos horrores daquela cena indescritível, a embarcação começou a revolver as águas letais; enquanto isso, nas rochas daquela praia sepulcral que não era deste mundo, a Coisa titânica proveniente dos astros babava e bufava emitindo sons desconexos, como Polifemo amaldiçoando a nau de Odisseu em fuga. Então, mais arrojado que os míticos Ciclopes, o grande Cthulhu impulsionou sua figura lodosa para dentro da água, avançando na direção do *Alert* com grandes golpes de potência cósmica que levantavam enormes ondas. Briden olhou para trás e enlouqueceu numa convulsão de gargalhadas estridentes; continuou assim, soltando um riso alucinado de quando em quando, até que a morte o encontrou um dia na cabine enquanto Johansen vagava em delírio.

Mas Johansen ainda não se rendera. Sabendo que a Coisa poderia certamente alcançar o *Alert* antes que ele estivesse a todo vapor, arriscou uma atitude desesperada e, colocando o motor na velocidade máxima, correu como um raio no convés e inverteu a direção do leme. Houve um violento vagalhão com explosão de espuma naquele ruidoso oceano e, enquanto o vapor se tornava cada vez mais intenso, o bravo norueguês posicionou seu barco diretamente contra a Coisa gelatinosa que o perseguia e se elevava acima da espuma nebulosa como a popa de um galeão demoníaco. A horrorosa cabeça de polvo com os tentáculos em convulsão chegou perto do gurupés do robusto vapor, mas Johansen avançou implacável. Houvc um cstrondo como a explosão de uma bexiga, uma gosmenta sordidez como a de um peixe-lua dilacerado, um fedor como o de mil sepulturas abertas e um som que um historiador não conseguiria descrever. Por um átimo, o barco foi envolvido numa acre e ofuscante nuvem verde, e então só se viu à ré uma ebulição venenosa; onde — Deus do céu! — os fragmentos espalhados daquela inominável criatura gerada pelos astros nebulosamente *se recombinavam* na sua odiosa forma original e se distanciavam cada vez mais do *Alert*, que avançava cada vez mais rápido, já a pleno vapor.

Isso foi tudo. Depois disso, Johansen ficou na cabine meditando a respeito do ídolo e tomou algumas providências para alimentar a si mesmo e o maníaco a seu lado, que se desmanchava em riso alucinado. Ele não tentou navegar depois daquela fuga audaz, que lhe subtraíra algo da alma. Sobreveio então a tempestade de 2 de abril, e sua consciência ficou muito nebulosa. Há uma sensação de rodopio espectral através de líquidos vórtices de infinitude, de vertiginosas viagens por cambaleantes universos na cauda de um cometa e de mergulhos histéricos do abismo para o céu e do céu para o abismo, tudo isso intensificado pelo coro das gargalhadas dos deuses ancestrais, deformados e convulsivos, zombeteiros diabretes verdes com asas de morcego do Tártaro.

Desse sonho ele foi resgatado — veio o *Vigilant*, o Segundo Tribunal da Marinha, as ruas de Dunedin e a longa viagem de volta a sua antiga casa ao pé do Egeberg. Ele não podia contar o que acontecera — iriam considerá-lo maluco. Ele escreveria sobre o que tinha testemunhado antes que a morte o levasse, mas daquilo tudo sua mulher não devia nem desconfiar. A morte seria uma bênção se ele pudesse apagar as lembranças.

Esse foi o documento que li e que agora coloquei na caixa de metal ao lado do baixo-relevo e dos papéis do professor Angell. O documento ficará acompanhado por este meu registro — esse teste de minha própria sanidade, onde reúno o que espero que nunca possa ser reunido outra vez. Eu contemplei tudo o que universo pode conter de horrores, e mesmo o céu da primavera e as flores do verão vão ser veneno para mim de agora em diante. Mas não acho que minha vida será longa. Meu tio se foi, como o pobre Johansen se foi, da mesma forma eu irei. Eu sei demais, e o culto ainda vive.

Cthulhu também vive, suponho, mais uma vez preso no abismo de pedra que o protege desde que o sol era jovem. Sua amaldiçoada cidade está mais uma vez submersa, pois o *Vigilant* navegou naquelas águas depois da tempestade de abril. Mas seus ministros na Terra ainda urram e corcoveiam e cometem assassinatos em torno de monólitos encimados por ídolos em locais ermos. Ele deve ter sido preso pelo naufrágio quando estava em seu abismo negro; caso contrário, o mundo estaria agora gritando de pavor e frenesi. Quem conhece o fim? O que se levantou pode afundar, e o que afundou pode se levantar. O que há de mais odioso aguarda adormecido nas profundezas, e a decadência se alastra pelas cambaleantes cidades dos homens. Chegará um tempo – mas não devo e não consigo pensar! Imploro que, se eu não sobreviver a este manuscrito, meus testamenteiros coloquem a precaução na frente da audácia e providenciem para que mais ninguém o leia.

❖

O horror de Dunwich

Górgonas, Hidras e Quimeras — horrendas histórias como a de Celeno e as Harpias — podem se reproduzir na mente supersticiosa — mas estavam lá anteriormente. *São transcrições, tipos — os arquétipos estão em nós, e são eternos. De que outra maneira poderia a narrativa daquilo que racionalmente sabemos que é falso nos afetar a todos? Será que naturalmente desenvolvemos um terror por esses objetos porque os consideramos capazes de nos infligir um mal físico? Oh, de modo algum! Esses terrores são mais antigos. Eles datam de uma época além do corpo — em outras palavras, sem o corpo, eles teriam sido os mesmos... O fato de o tipo de medo aqui tratado ser puramente espiritual — de ele ser muito intenso e não corresponder a um objeto na Terra, de ele predominar no período de nossa infância inocente — estes são enigmas que, se solucionados, poderão nos permitir talvez um* insight *de nossa condição antemundana, e pelo menos um vislumbre do sombrio território da preexistência.*

Charles Lamb. *Witches and Other Night-Fears*
[Bruxas e outros terrores noturnos]

I

Quando, na região centro-norte de Massachusetts, um viajante toma o caminho errado no cruzamento da estrada que vai para Aylesbury, um pouco além de Dean's Corners, ele chega a um lugar solitário e curioso. O terreno fica mais alto, e os paredões de pedra, margeados por espinheiros, vão se fechando cada vez mais sobre os sulcos daquela estrada poeirenta e sinuosa. As árvores dos frequentes cinturões de mata parecem grandes demais, e as plantas daninhas, arbustos e o mato atingem uma exuberância que raramente se encontra em regiões habitadas. Ao mesmo tempo, os terrenos cultivados parecem estranhamente raros e desolados, e as poucas e esparsas casas exibem um aspecto surpreendentemente uniforme de esqualidez, miséria e ruína. Sem entender por que, as pessoas hesitam em pedir informações às decrépitas e solitárias figuras que de vez em quando se avistam em soleiras caindo aos pedaços ou nas oblíquas campinas cobertas de pedras. Essas figuras são tão silenciosas e furtivas que temos a sensação de um confronto com seres proibidos, com os quais seria melhor não ter nada a ver. Quando uma elevação na estrada traz à vista as montanhas acima dos profundos bosques, a sensação de estranho desassossego aumenta. Os topos são por demais arredondados e simétricos para nos proporcionar um senso de bem-estar e naturalidade, e sobre muitos deles há bizarros círculos compostos de altos pilares de pedra, cujo contorno certas vezes se destaca claramente contra o céu.

Desfiladeiros e grotões de profundidade intrigante cruzam o caminho, e as toscas pontes de madeira sempre parecem precárias. Nas regiões mais baixas, há extensões de solo pantanoso que provocam uma instintiva aversão, que quase se transforma em medo ao cair da noite, quando bacuraus e pirilampos aparecem em anormal profusão para dançar ao ritmo do coaxar rouquenho e pavorosamente insistente dos sapos-boi. O rio Miskatonic desenha uma linha estreita e reluzente em seus pontos mais altos, produzindo uma singular sugestão de serpente, descendo por caminhos sinuosos até o sopé das colinas arredondadas entre as quais ganha corpo.

Quando as colinas estão mais próximas, ficam mais visíveis suas encostas cobertas de vegetação do que seus topos coroados por pedras. Essas encostas se erguem de forma tão ominosa e escarpada que chegamos a desejar que elas se mantivessem à distância, mas não há um caminho pelo qual se possa fugir delas. Do outro lado de uma ponte coberta, se vê um pequeno vilarejo espremido entre o rio e o flanco vertical do Monte Redondo, e causa admiração o agrupamento de telhados chanfrados de tipo holandês em franco estado de deterioração, marca de um período arquitetônico anterior ao da região vizinha. Não tranquiliza nada observar, chegando mais perto, que a maioria das casas está abandonada e em ruínas, e que a igreja com seu campanário quebrado abriga atualmente o pouco asseado estabelecimento comercial do vilarejo. Dá medo confiar no tenebroso túnel da ponte, mas não há como evitá-lo. Já do outro lado, é difícil não sentir nos entornos da rua principal um ligeiro odor maligno, como uma denúncia de toda a deterioração e o bolor acumulados durante séculos. Sempre é um alívio ir embora desse lugar e seguir a estrada que contorna a base das colinas e segue pelo terreno plano além delas até retornar à estrada de Aylesbury. Ao fazer isso, às vezes a pessoa fica sabendo que passou por Dunwich.

Gente de fora visita Dunwich o menos possível, e desde uma certa temporada de horror as placas que indicavam o caminho para lá foram retiradas. O cenário, julgado por um cânone estético comum, está acima do ordinariamente bonito; entretanto, não há um influxo de artistas ou turistas no verão. Dois séculos atrás, quando ninguém ria de assuntos como bruxas, adoração do demônio e estranhas presenças na floresta, era comum as pessoas darem motivos para evitar o local. Em nossa época racional — desde que o horror de Dunwich ocorrido em 1928 foi silenciado por aqueles que se preocupavam com o bem-estar da municipalidade e do mundo —, as pessoas evitam aquele povoado sem saber exatamente por quê. Talvez um motivo — inaplicável, entretanto, a forasteiros desinformados — é que os habitantes locais são agora repulsivamente decadentes, tendo avançado muito no caminho do retrocesso tão comum em muitos dos rincões perdidos da Nova Inglaterra. Eles acabaram formando uma raça entre si, com os bem definidos estigmas mentais e físicos da degeneração e da consanguinidade. A inteligência média entre eles é lamentavelmente baixa, ao passo que seus registros históricos estão infestados de evidente depravação e assassinatos semiocultos, incestos e feitos de quase inominável violência e perversidade. A antiga pequena nobreza, representada por duas ou três famílias tradicionais vindas de Salém em 1692, manteve-se um pouco acima do nível geral de decadência, embora muitos ramos tenham afundado tanto na sórdida ralé que apenas seus nomes permanecem como sinal da origem que eles desgraçam. Alguns dos Whateleys e Bishops ainda mandam seus filhos mais velhos para as universidades de Harvard e Miskatonic, embora esses filhos raramente retornem aos decaídos telhados chanfrados onde eles e seus ancestrais nasceram.

Ninguém, nem mesmo aqueles que estão informados sobre os fatos do recente horror, pode dizer com exatidão qual é o problema de Dunwich, embora antigas lendas mencionem ritos pagãos e conclaves dos índios, durante os quais se invocavam formas ocultas de sombra que saíam das grandes colinas arredondadas, com orgiásticas orações que eram respondidas por ruidosos estampidos e rufos provindos das entranhas da terra. Em 1747, o reverendo Abijah Hoadley, recém-chegado à Igreja Congregacional da vila de Dunwich, fez um sermão memorável sobre a presença próxima de Satã e seus auxiliares, no qual ele disse:

> É preciso admitir que essas blasfêmias sobre um infernal séquito de demônios são assuntos muito comuns para serem negados; as amaldiçoadas vozes de *Azazel* e *Buzrael*, de *Belbezu* e *Belial* foram ouvidas, vindo de baixo da terra, por muitas testemunhas confiáveis. Eu mesmo, menos de 15 dias atrás, entreouvi uma conversa explícita sobre poderes malignos na colina que fica atrás de minha casa, onde havia sons de chocalhos, ribombos, gemidos, gritos e murmúrios que os seres desta Terra não emitiriam, e que necessariamente vieram daquelas cavernas que só a magia negra pode descobrir, e apenas o Demônio pode abrir.

O Reverendo Hoadley desapareceu logo após esse seu sermão, mas o texto, publicado em Springfield, ainda existe. Ruídos nas colinas continuaram a ser relatados anos a fio e ainda constituem um mistério para os geólogos e fisiógrafos.

Outras tradições falam de odores pútridos perto dos círculos de pilares de pedra que encimam as colinas, e de fugazes presenças etéreas que podem ser ouvidas ao longe a determinadas horas em certos locais no fundo dos grotões, ao passo que outras ainda tentam explicar o Quintal do Diabo — uma encosta desolada e inóspita, onde não nasce árvore nem arbusto nem capim. Além disso, os locais têm um medo mortal dos numerosos bacuraus que soltam sua voz nas noites quentes. Eles juram que esses pássaros estão à espera das almas dos moribundos, e que eles soltam seus lúgubres gritos em sintonia com a respiração da pessoa que está prestes a morrer. Se eles conseguem capturar a alma quando ela deixa o corpo, imediatamente saem voando e chilreando num riso demoníaco; se eles fracassam, vão se calando gradualmente, até caírem num desapontado silêncio.

Sem dúvida, essas histórias são obsoletas e ridículas, porque vêm de tempos muito antigos. Na verdade, Dunwich é extremamente antiga — muito mais velha que qualquer uma das comunidades em um raio de 40 quilômetros de distância. Ao sul do vilarejo se pode ainda avistar as paredes do celeiro e a chaminé da antiga casa dos Bishops, que foi construída antes de 1700, ao passo que as ruínas do moinho junto à cascata, construído em 1806, formam a mais moderna peça de arquitetura visível. A indústria não floresceu nessa região, e o movimento das fábricas no século XIX não vingou. Os mais velhos elementos são os grandes círculos de colunas de pedra toscamente esculpida nos topos das colinas, mas esses são em geral atribuídos mais frequentemente aos índios que aos colonizadores. Depósitos de crânios e ossos, encontrados dentro desses círculos e ao redor de uma grande mesa de pedra sobre a Colina Sentinela, sustentam a crença popular de que esses pontos foram em outros tempos cemitérios dos Pocumtucks, embora muitos etnólogos, desconsiderando a absurda improbabilidade dessa teoria, persistam em acreditar que os restos são caucasianos.

II

Foi no município de Dunwich, numa grande e parcialmente habitada propriedade rural construída na encosta de uma colina a seis quilômetros da vila e a mais de dois quilômetros da casa mais próxima, que Wilbur Whateley nasceu às cinco horas da manhã num domingo, dia 2 de fevereiro de 1913. Essa data era relembrada porque era o dia da Candelária, que o povo de Dunwich curiosamente celebra com outro nome, e porque se ouviram ruídos nas colinas, e todos os cachorros haviam latido sem parar, durante toda a noite anterior. Menos digno de nota era o fato de a mãe ser um membro dos Whateleys decadentes, uma mulher meio deformada, albina e nem um pouco atraente de 35 anos, que vivia com o pai já velho e meio louco, sobre o qual as mais apavorantes histórias de feitiçaria haviam sido sussurradas em sua juventude. Lavínia Whateley não tinha marido, mas, de acordo com o costume da região, não fizera esforço algum para renegar a criança, sobre cuja ascendência paterna as pessoas puderam especular — e de fato o fizeram — tanto quanto lhes aprouve. Ao contrário, ela parecia estranhamente orgulhosa da criança morena com feições de bode que fazia um contraste tão marcante com seu albinismo doentio e seus olhos vermelhos. As pessoas a ouviam murmurando curiosas profecias sobre os poderes incomuns e o maravilhoso futuro do menino.

Não surpreendia que Lavínia murmurasse coisas desse tipo, pois era uma criatura solitária, dada a vagar em meio a tempestades nas colinas e a ler os grandes livros malcheirosos que seu pai herdara ao longo de dois séculos da família, e que estavam rapidamente se desfazendo com o tempo e as traças. Ela nunca frequentara a escola, mas sabia muitos retalhos incoerentes de conhecimentos antigos que o velho Whateley lhe transmitira. A propriedade, bastante afastada, sempre fora temida por causa da reputação do velho Whateley, relacionada com a magia negra; além disso, as circunstâncias violentas e mal explicadas da morte da sra. Whateley, quando Lavínia tinha 12 anos, não ajudavam a conferir popularidade ao lugar. Isolada em meio a estranhas influências, Lavínia era dada a alucinados e grandiosos devaneios e a ocupações incomuns. Além do mais, suas horas de lazer não eram muito ocupadas por tarefas domésticas, em uma casa de onde todos os parâmetros de ordem e limpeza haviam desaparecido havia muito tempo.

Ouviram-se gritos medonhos, que ecoaram ainda mais forte que os ruídos das colinas e dos latidos dos cães, na noite em que Wilbur nasceu, mas nenhum médico ou parteira conhecida foi auxiliar o parto. Os vizinhos nada souberam sobre ele até uma semana depois, quando o velho Whateley atravessou a neve com seu trenó até a vila de Dunwich e fez um discurso desconexo para os presentes no armazém-geral de Osborn. Parecia ter havido uma mudança no velho homem — um elemento a mais de dissimulação naquela mente nebulosa que sutilmente o transformou de objeto em sujeito de medo —, embora ele não se perturbasse com nenhum acontecimento familiar comum. Em meio a tudo, ele demonstrava algum traço do orgulho mais tarde observado na filha, e o que ele disse da paternidade da criança ainda foi, depois de muitos anos, lembrado pelas pessoas que o ouviram.

— Num ligo pro que as pessoa pensa; se o filho da Lavínia parecesse com o pai, não era parecido com nada que ocêis esperaria. Ocêis não precisa pensá que as única pessoa no mundo são as pessoa aqui das redondeza. Lavínia leu umas coisa; e viu umas coisa que a maioria docêis só ouviu falá. Eu calculo que o marido dela é tão bom quanto qualqué um que se possa encontrá desse lado de Aylesbury; e se vocêis soubesse sobre as colina tudo o que eu sei, vocêis não ia pedi nem casamento na igreja. Vou lhes contar uma coisa: *algum dia vocêis vão ouvir o filho da Lavínia chamando o nome do pai no topo da Colina Sentinela*.

As únicas pessoas que viram Wilbur durante o primeiro mês foram o velho Zacarias Whateley, do lado não decaído da família, e a companheira de Earl Sawyer, Mamie Bishop. A visita de Mamie fora francamente motivada pela curiosidade, e suas narrativas subsequentes faziam jus a suas observações. Mas Zacarias viera para trazer um par de vacas Alderney que o velho Whateley comprara de seu filho Curtis. Esse evento marcou uma série de compras de gado por parte da família do pequeno Wilbur que só teve fim em 1928, quando o horror de Dunwich veio e se foi; mesmo assim, em momento algum o estábulo arruinado dos Whateleys deu mostras de estar cheio de animais. Chegou um tempo em que as pessoas ficaram curiosas o bastante para espiar e contar o gado que pastava precariamente na escarpada colina sobre a velha propriedade, e elas nunca achavam mais que dez ou doze anêmicos animais. Com certeza, alguma praga ou desarranjo, proveniente das insalubres pastagens ou das madeiras e fungos doentios do estábulo nojento, causava um alto índice de mortalidade entre o gado dos Whateleys. Estranhas feridas e chagas, que tinham aspecto de incisões, pareciam afligir o gado visível; e uma ou duas vezes durante os primeiros meses alguns visitantes imaginaram ter visto feridas semelhantes na garganta daquele velho grisalho e com a barba por fazer, e na de sua desleixada filha albina de cabelo emaranhado.

Na primavera após o nascimento de Wilbur, Lavínia retomou suas habituais caminhadas pelas colinas, levando em seus braços desproporcionais a morena criança. O interesse do povo pelos Whateleys foi diminuindo depois que a maioria das pessoas do local tinha visto o bebê, e ninguém se deu ao trabalho de comentar o rápido desenvolvimento que aquele recém-chegado exibia dia após dia. O crescimento de Wilbur era de fato fenomenal, pois dentro de três meses após seu nascimento ele já atingira um tamanho e força muscular que não se observam em um bebê de quase um ano de idade. Seus movimentos e até seus sons vocais mostravam um comedimento e uma deliberação extremamente raros em um bebê, e na verdade ninguém se surpreendeu muito quando, aos sete meses, ele começou a andar por conta própria, com vacilos que mais um mês foi suficiente para sanar.

Foi mais ou menos depois dessa época — no Halloween — que uma grande fogueira foi vista à meia-noite no topo da Colina Sentinela, onde está a pedra em formato de mesa e o cemitério de ossos antigos. Provocou grande burburinho o comentário de Silas Bishop — dos Bishops não decaídos —, que disse ter visto o menino subindo a colina a passos largos à frente de sua mãe, cerca de uma hora antes de a fogueira ter sido avistada. Silas estava recolhendo uma novilha desgarrada, mas quase esqueceu sua tarefa quando de relance viu as duas figuras na fraca luz de sua lanterna. Mãe e filho se lançavam impetuosos e quase sem ruído através do mato rasteiro, e o atônito observador teve a impressão de que eles estavam completamente nus. Depois, ele não podia ter certeza sobre o menino, que talvez vestisse algum tipo de cinto com franjas e um macacão ou par de calças de cor escura. Depois disso, Wilbur nunca mais foi visto em sã consciência sem um traje completo e abotoado muito justo junto ao corpo, cujo desalinho ou ameaça de desalinho sempre parecia enchê-lo de raiva e inquietação. O contraste que ele fazia com sua esquálida mãe e com o avô nesse aspecto era considerado muito curioso, até que chegou o horror de 1928, sugerindo a mais válida das razões.

No janeiro seguinte, os interesse dos fofoqueiros foi razoavelmente despertado pelo fato de que o "escurinho da Lavínia" tinha começado a falar, e apenas com 11 meses. Sua fala chamava uma certa atenção, tanto porque se diferenciava dos sotaques comuns da região quanto porque não apresentava aquele chiado infantil do qual muitas crianças de três ou quatro anos podem muito bem se orgulhar. O menino não era comunicativo, mas quando falava parecia refletir algum elemento indefinível totalmente alheio a Dunwich e seus habitantes. A estranheza não residia no que ele falava, nem nas expressões simples que usava, mas parecia vagamente ligada com sua entonação ou com os órgãos internos que produziam os sons falados. Além disso, seu aspecto facial era notável por seu ar maduro; pois, embora ele tivesse o mesmo queixo diminuto da mãe e do avô, seu nariz firme e precocemente formado se unia com a expressão de seus olhos grandes, escuros, quase latinos, para lhe dar um ar meio adulto e uma inteligência praticamente sobrenatural. Assim, ele era extremamente feio, apesar da aparência de brilhantismo; havia algo de bode ou de outro animal em seus lábios grossos, em sua pele amarelada e de poros dilatados, no cabelo áspero e encrespado. Logo as pessoas passaram a gostar dele menos ainda que de sua mãe e avô, e todas as conjecturas sobre ele eram apimentadas com referências às magias antigas do velho Whateley e ao fato de as colinas certa vez terem estremecido quando ele gritou o pavoroso nome de *Yog-Sothoth* no meio de um círculo de pedras com um grande livro aberto à sua frente. Os cachorros abominavam o menino, e ele sempre se via obrigado a tomar várias medidas de defesa contra suas ameaças e investidas.

III

Enquanto isso, o velho Whateley continuava a comprar gado sem que o tamanho de seu rebanho aumentasse consideravelmente. Ele também cortava lenha e havia começado a reformar as partes não usadas de sua casa — uma construção espaçosa de telhado pontiagudo cujo fundo estava inteiramente enterrado na encosta rochosa da colina, e cujas três salas menos arruinadas sempre tinham sido suficientes para ele e a filha. Devia haver prodigiosas reservas de força no velho, que lhe permitiam realizar tanto trabalho pesado; e embora ele ainda balbuciasse feito um demente de vez em quando, seu trabalho de carpintaria parecia ter sido feito com base em cálculos sensatos. A reforma começara assim que Wilbur nasceu, quando um dos vários ranchos de ferramentas tinha de repente sido colocado em ordem, com novos revestimentos de tábuas e uma nova fechadura bastante robusta. Agora, reformando o andar superior da casa que estava abandonado, o velho mostrava a mesma habilidade. Sua insanidade se expressava apenas no fato de ele vedar com tábuas todas as janelas da parte recuperada — embora muitos declarassem que, afinal de contas, era loucura se incomodar com a recuperação em si. Menos inexplicável foi o fato de ele ter construído um novo cômodo no térreo para o recém-chegado neto — um quarto que foi visto por vários visitantes, embora nenhum deles tivesse sido admitido no andar de cima todo vedado. O quarto do neto ele revestira com prateleiras firmes nas paredes, ao longo das quais começou aos poucos a arrumar, em uma ordem aparentemente cuidadosa, todos os antigos livros e partes de livros caindo aos pedaços que, na sua época, haviam sido empilhados sem cuidado algum pelos cantos de vários cômodos.

— Eu usei eles — dizia o velho enquanto tentava restaurar uma página rasgada com uma cola preparada no rústico fogão da cozinha — mas o menino vai fazê melhor uso. É bom que ele tenha esses livro no melhor estado possive, pois eles vão ser o único estudo dele.

Quando Wilbur tinha um ano e sete meses de idade — em setembro de 1914 —, seu tamanho e seus feitos eram quase alarmantes. Ele atingira a estatura de uma criança de quatro anos e conversava de forma fluente e incrivelmente brilhante. Ele corria à vontade pelos campos e colinas, além de acompanhar a mãe em suas perambulações. Em casa ele examinava diligentemente as bizarras figuras e gráficos dos livros do avô, enquanto o velho Whateley o instruía e catequizava durante longas e tranquilas tardes. Por essa época, a reforma da casa estava quase terminada, e aqueles que a acompanharam ficavam se perguntando por que uma das janelas superiores havia sido transformada em uma sólida porta de madeira. Tratava-se de uma janela na parte traseira, na extremidade do outão do lado leste, próxima da colina, e ninguém podia imaginar por que um passadiço de madeira reforçada havia sido construído do chão até ela. Pela época da finalização desse trabalho, as pessoas notaram que o velho rancho de ferramentas, que desde o nascimento de Wilbur estivera firmemente trancado e com as janelas cobertas por placas de madeira, havia sido outra vez abandonado. A porta ficava aberta sem que ninguém se preocupasse, e quando Earl Sawyer uma vez entrou ali após uma visita para vender gado para o velho Whateley, ele ficou completamente desconcertado com o odor que sentiu – um fedor, asseverava ele, que nunca havia sentido em toda a sua vida, exceto perto dos círculos feitos pelos índios nas colinas, e que com certeza não vinha de nada são neste mundo. Por outro lado, as casas e barracões de Dunwich nunca haviam sido notáveis por sua pureza olfativa.

Os próximos meses não trouxeram eventos que chamassem a atenção, a não ser pelo fato de que todos juravam que os misteriosos ruídos nas montanhas estavam aumentando, devagar, mas continuamente. Na véspera do 1º de Maio de 1915, houve tremores que até mesmo o povo de Aylesbury sentiu, e no Halloween seguinte se produziu um ribombar subterrâneo estranhamente sincronizado com explosões de chamas — "bruxaria dos Whateleys" — que vinham da Colina Sentinela. Wilbur crescia de forma sinistra, assumindo o aspecto de um menino de dez quando atingiu quatro. Nessa época lia avidamente por si mesmo, mas falava muito menos que antes. Um constante ar taciturno tomava conta dele, e pela primeira vez as pessoas começaram a comentar especificamente sobre uma expressão de maldade que surgia em sua cara de bode. Algumas vezes ele pronunciava um jargão desconhecido e cantava ritmos bizarros que causavam arrepios em quem ouvia, despertando uma sensação de inexplicável terror. A aversão que os cães tinham por ele agora era de conhecimento de toda a gente, e ele era obrigado a carregar uma pistola para atravessar sozinho o campo. O fato de ele, às vezes, usar uma arma não aumentou sua popularidade entre os donos de cães de guarda.

Os raros visitantes daquela casa com frequência encontravam Lavínia sozinha no térreo, enquanto estranhos gritos e passos ressoavam no segundo andar todo vedado. Ela nunca dizia o que seu pai e o menino estavam fazendo lá em cima, embora uma vez tenha empalidecido e demonstrado um grau incomum de medo quando um vendedor ambulante de peixe, jocoso, forçara o trinco da porta que dava para a escada. O ambulante contou aos presentes no armazém da vila de Dunwich que teve a impressão de ouvir um cavalo batendo com força os cascos no andar de cima. As pessoas refletiram, pensando na porta de madeira e no passadiço, e também no gado que desaparecia tão depressa. Então estremeceram quando recordaram as histórias da juventude do velho Whateley e dos seres estranhos que são invocados do mundo subterrâneo quando um boi é sacrificado no momento certo para certos deuses pagãos. Há algum tempo já se notara que os cães tinham começado a abominar e temer toda a propriedade dos Whateleys com a mesma violência com que abominavam e temiam a pessoa do jovem Wilbur.

Em 1917 veio a guerra, e o ilustríssimo Sawyer Whateley, como diretor da comissão de alistamento local, tivera dificuldade para encontrar um número mínimo de jovens rapazes de Dunwich preparados para serem enviados ao campo de treinamento. O governo, alarmado com esses sinais de decadência regional generalizada, enviou vários funcionários e médicos para investigar o assunto, realizando um levantamento que os leitores dos jornais da Nova Inglaterra provavelmente ainda recordam. Foi a publicidade gerada por essa investigação que colocou os repórteres à procura dos Whateleys e fez o *Boston Globe* e o *Arkham Advertiser* publicarem extravagantes histórias sobre a precocidade do jovem Wilbur, a magia negra do velho Whateley, as prateleiras de estranhos livros, o segundo andar vedado da antiga propriedade e a bizarrice da região como um todo, com seus ruídos vindos das colinas. Wilbur na época tinha quatro anos e meio e parecia um rapaz de quinze. Seus lábios e faces eram cobertos por uma penugem áspera e escura e sua voz começara a falsear.

Earl Sawyer foi até a residência dos Whateleys acompanhando um grupo de repórteres e fotógrafos, e chamou-lhes a atenção para o bizarro fedor que agora parecia gotejar dos espaços superiores vedados. Era, segundo dizia ele, exatamente igual ao cheiro que ele sentira no rancho de ferramentas abandonado quando a casa estava finalmente reformada e como os odores que ele às vezes julgava sentir perto dos círculos de pedra nas montanhas. O povo de Dunwich leu as histórias quando elas foram publicadas e riu dos óbvios equívocos. Eles também acharam estranho os jornalistas darem tanta importância ao fato de o velho Whateley pagar por seu gado em moedas de ouro que datavam de tempos extremamente antigos. Os Whateleys receberam os visitantes com um desprazer muito mal disfarçado, mas não resistiram nem se recusaram a falar para não alimentar ainda mais a curiosidade da imprensa

IV

Durante uma década, os anais dos Whateleys se misturam com a vida geral de uma comunidade mórbida acostumada a seus hábitos estranhos e insensível a suas orgias de 1º de Maio e Todos os Santos. Duas vezes por ano eles acendiam fogueiras no topo da Colina Sentinela, e nessas ocasiões os estrondos nas montanhas ocorriam com violência cada vez maior, embora em todas as épocas houvesse acontecimentos estranhos e portentosos na solitária residência dos Whateleys. Ao longo do tempo, visitantes manifestaram ter ouvido sons no andar superior vedado mesmo quando toda a família estava no térreo, e eles se admiravam com a frequência, ora maior e ora menor, com que geralmente acontecia o sacrifício de um boi ou de uma vaca. Falou-se em uma denúncia à Sociedade para a Prevenção da Crueldade contra os Animais, mas isso não deu em nada, já que o povo de Dunwich não estava nem um pouco interessado em chamar sobre si a atenção do mundo lá fora.

Por volta de 1923, quando Wilbur era um garoto de dez anos cuja mente, voz, estatura e face barbada davam toda a impressão de maturidade, um segundo grande esforço de carpintaria começou na velha casa. Tudo aconteceu dentro do andar superior vedado, e a partir de pedaços de madeira descartados as pessoas concluíram que o jovem e seu avô tinham derrubado as divisórias e até mesmo removido o assoalho do sótão, deixando apenas um grande vão aberto entre o andar térreo e o telhado pontiagudo. Eles também tinham derrubado a grande chaminé central e adaptado o fogão enferrujado a um tubo externo feito de lata fina.

Na primavera seguinte, o velho Whateley notou o crescente número de bacuraus que vinham do Vale da Fonte Fria para chilrear sob sua janela à noite. Ele parecia dar muita importância a esse fato e disse aos fregueses do armazém de Osborn que achava que sua hora já tinha quase chegado.

— Eles pia no exato ritmo da minha respiração agora – disse ele

— e eu acho que eles está se preparando pra pegá minha alma. Eles sabe que ela vai sair, e não qué perder ela. Ocêis vai ficá sabendo, rapaziada, depois que eu for, se eles me pegaro ou não. Se eles pega, eles continua cantando e rindo até o raiá do dia. Se eles não pega, eles vão meio que se aquietando. Eu acho que eles e as alma que eles caça às vêis têm umas briga feia.

Foi na Noite de Lammas, em 1º de agosto de 1924, que o dr. Houghton de Aylesbury foi chamado às pressas por Wilbur Whateley que, rasgando a escuridão num dos poucos cavalos que lhe restavam, chegou até o armazém de Osborn no vilarejo para telefonar ao médico. Ele encontrou o velho Whateley em estado muito grave, com o coração fraco e a respiração estertorosa, condição que indicava que o fim não estava distante. A disforme filha albina e o singularmente barbado neto mantinham-se ao pé da cama, enquanto do espaço vazio sobre eles vinha a inquietante sugestão de vagas ou batidas ritmadas, como ondas em alguma praia plana. O médico, porém, estava mais incomodado com os pássaros noturnos chilreando lá fora, uma aparentemente infinita legião de bacuraus que gritavam sua infinda mensagem em repetições que diabolicamente tinham o mesmo ritmo dos chiados ofegantes do moribundo. Era estranho e inatural — tudo muito igual, pensou o dr. Houghton, à toda aquela região em que ele entrara com tanta relutância para atender ao chamado urgente.

Por volta de uma hora o velho Whateley recobrou a consciência e interrompeu seu chiado ofegante para sussurrar algumas poucas palavras sufocadas para o neto.

— Mais espaço, Willy, mais espaço logo. Você cresce, e *aquilo* cresce mais rápido. Ele vai tá pronto para te servi logo, rapaz. Abra os portão para Yog-Sothoth com o longo encantamento que você vai achá na *página 751 da edição completa,* e depois bote fogo na prisão. O fogo da terra não pode queimar ele agora.

Sem dúvida, estava louco. Depois de uma pausa, durante a qual o bando de bacuraus lá fora ajustou seus gritos ao ritmo alterado da respiração e indícios dos ruídos estranhos das colinas chegaram de muito longe, ele acrescentou uma ou duas palavras.

— Alimenta sempre ele, Willy, e repare na quantidade; mas não deixa ele crescê depressa demais pro lugar, porque se ele destruir o quarto ou sair antes de você abrir o portal para Yog-Sothoth, é o fim, e tudo o que fizemo foi à toa. Só eles do além pode fazer ele se multiplicar e trabalhá. Só eles, os ancestral que qué voltá...

Mas a fala foi mais uma vez substituída pelas arfadas ofegantes, e Lavínia gritou ao perceber como os bacuraus seguiam as alterações de ritmo. Foi a mesma coisa por mais de uma hora, e então veio o último estertor. O dr. Houghton fechou as pálpebras enrugadas sobre os vidrados olhos cinzentos e o tumulto dos pássaros se transformou imperceptivelmente em silêncio. Lavínia soluçava, mas Wilbur apenas riu baixinho, enquanto as colinas ribombavam vagamente.

— Eles não levaro ele — murmurou, com sua pesada voz grave.

Por essa época, Wilbur era um estudioso de tremenda erudição, em seu modo unilateral, e travara um discreto contato, por meio de correspondência, com muitos bibliotecários de lugares distantes, onde antigos livros raros e proibidos eram guardados. Ele era cada vez mais odiado e temido em Dunwich, por causa do desaparecimento de certos jovens, a suspeita recaindo vagamente sobre sua porta; mas ele era sempre capaz de silenciar os curiosos pelo medo ou pelo uso daquela antiga reserva de ouro que, ainda, como no tempo de seu avô, era destinada, regularmente e com frequência crescente, para a compra de gado. Agora ele tinha um aspecto tremendamente maduro, e sua altura, tendo chegado ao limite adulto normal, parecia inclinada a ultrapassá-lo. Em 1925, quando certo dia um estudioso correspondente da Miskatonic University o visitou e partiu pálido e intrigado, ele já media mais de dois metros.

Ao longo dos anos, Wilbur tratara sua semideformada mãe albina com um desprezo cada vez maior, finalmente proibindo-a de ir às colinas com ele no 1º de Maio e no dia de Todos os Santos. Em 1926, a pobre criatura se queixou a Mamie Bishop de que tinha medo dele.

— Tem mais coisa dele que eu sei, mas não posso te contá, Mamie — disse ela — e agora tem umas coisa que eu mesmo não sei. Juro por Deus, não sei o que ele qué nem o que está tentando fazê.

Naquele Halloween, os ruídos vieram das colinas mais fortes que nunca, o fogo queimou na Colina Sentinela como de costume, mas as pessoas prestaram mais atenção aos gritos ritmados de enormes bandos de bacuraus que estavam estranhamente atrasados e pareciam estar reunidos perto da sombria propriedade dos Whateleys. Depois da meia-noite, seus gritos explodiram em um tipo de gargalhada pandemoníaca que encheu toda a região, e as aves só se calaram finalmente ao romper do dia. Depois elas desapareceram, voando apressadas para o sul, onde já deveriam ter chegado um mês antes. Do significado daquilo, ninguém teve certeza até bem depois. Nenhum dos habitantes do campo parecia ter morrido, mas a pobre Lavínia Whateley, a deformada albina, nunca mais foi vista.

No verão de 1927, Wilbur reformou dois ranchos do pátio e começou e levar todos os seus livros e pertences para lá. Logo após, Earl Sawyer contou aos fregueses do armazém de Osborn que mais serviço de carpintaria estava acontecendo na casa dos Whateleys. Wilbur estava fechando todas as portas e janelas do andar térreo e parecia estar retirando as divisórias, assim como ele e o avô tinham feito no andar superior quatro anos antes. Ele estava morando em um dos ranchos, e Sawyer achava que ele parecia incomumente preocupado e trêmulo. As pessoas em geral suspeitavam de que ele sabia algo sobre o desaparecimento da mãe, mas muito pouca gente chegava perto de sua propriedade nessa época. Sua altura já era superior a 2,10 metros e ainda não parecia ter estacionado.

V

O inverno seguinte trouxe o insólito evento da primeira viagem de Wilbur para fora da região de Dunwich. Correspondências com a Biblioteca Widener em Harvard, a Bibliothèque Nationale de Paris, o Museu Britânico, a Universidade de Buenos Aires e a Biblioteca da Miskatonic University em Arkham não lhe puderam proporcionar o empréstimo de um livro que ele queria desesperadamente; assim, ele acabou indo em pessoa, maltrapilho, sujo, com a barba por fazer e seu dialeto rude, consultar o exemplar na Miskatonic, que ficava mais próxima geograficamente. Com quase 2,50 metros, carregando uma valise barata recém-comprada no armazém geral de Osborn, aquela escura e gargulesca figura com feições de bode apareceu certo dia em Arkham em busca do temido volume mantido sob chave e cadeado na biblioteca da faculdade — o temido *Necronomicon,* do insano árabe Abdul Alhazred, na versão latina de Olaus Wormius, impressa na Espanha no século XVII. Wilbur nunca vira uma cidade antes, mas não pensava em nada a não ser encontrar o caminho para a universidade, onde, na realidade, ele passou sem cuidado algum pelo enorme cão de guarda de brancos dentes afiados, que latiu com incomum fúria e hostilidade, forçando, frenético, sua corrente.

Wilbur trazia consigo o inestimável, mas incompleto, exemplar da tradução para o inglês do dr. Dee que herdara de seu avô e, assim que teve acesso à versão latina, imediatamente começou a cotejar os dois textos a fim de descobrir uma determinada passagem que viria na página 751 de seu volume defeituoso. Tudo isso ele não pôde deixar de polidamente dizer ao bibliotecário — o mesmo estudioso, Henry Armitage (mestre em Línguas pela Miskatonic University, doutor em Filosofia pela Princeton University e doutor em Literatura pela Johns Hopkins), que uma vez o visitara na propriedade rural e que agora o enchia de perguntas educadas. Ele estava procurando, foi obrigado a admitir, um tipo de fórmula ou encantamento que continha o temível nome *Yog-Sothoth*, e ficou intrigado ao encontrar discrepâncias, duplicações e ambiguidades que dificultavam consideravelmente a determinação exata do texto. Enquanto ele copiava a fórmula que por fim escolheu, o dr. Armitage espiou involuntariamente sobre seus ombros o livro aberto; numa página à esquerda da tradução latina, havia estas ameaças monstruosas à paz e à sanidade do mundo:

Nem se deve pensar [dizia o texto que Armitage traduziu mentalmente] que o homem é o mais antigo ou o último dos senhores do universo, nem que a maior parte dos seres que tem vida e substância está sozinha. Os Ancestrais foram, os Ancestrais são, e os Ancestrais serão. Não nos espaços que conhecemos, mas entre eles, os Ancestrais caminham serenos e primais, sem dimensão e invisíveis para nós. *Yog-Sothoth* conhece o portal. *Yog-Sothoth* é o portal. *Yog-Sothoth* é a chave e o guardião do portal. O passado, o presente e o futuro são uma só coisa em *Yog-Sothoth*. Ele sabe onde os Ancestrais irromperam antigamente, e onde Eles irromperão mais uma vez. Ele sabe onde Eles pisaram os campos da Terra, e onde Eles ainda os pisam, e por que ninguém os vê quando pisam. Pelo Seu cheiro às vezes os homens conseguem percebê-los perto, mas Sua aparência nenhum homem pode saber, *a não ser nos traços daqueles que Eles geraram na humanidade* e dos quais há muitos tipos, que variam amplamente, assumindo desde a aparência do mais verdadeiro espectro humano até aquela que não tem substância, que os constitui. Eles caminham, malévolos e invisíveis, em lugares ermos onde as palavras foram proferidas e os ritos realizados nas suas datas. O vento traz sons desconexos de suas vozes, e a terra murmura com a consciência Deles. Eles dobram a floresta e esmagam a cidade, mas floresta e cidade não podem ver a mão que as atinge. Kadath, no ermo inverno, os conheceu, e que homem conhece Kadath? O deserto de gelo do sul e as ilhas submersas do Oceano contêm pedras nas quais está gravado o selo Deles, mas quem foi que viu a profunda cidade de gelo ou a torre selada há muito encoberta por algas e crustáceos marinhos? O grande Cthulhu é primo Deles, mas ele os pode enxergar apenas de forma vaga. Iä! Shub-Niggurath! Como impureza vocês os conhecerão. A mão Deles está em suas gargantas, porém vocês não os veem; e Sua habitação está lado a lado com as protegidas soleiras de suas casas. *Yog-Sothoth* é a chave do portal através do qual as esferas se encontram. O homem governa agora onde Eles já governaram; Eles logo deverão governar onde o homem governa agora. Depois do verão vem o inverno, depois do inverno, o verão. Eles aguardam, pacientes e poderosos, pois Eles irão governar aqui mais uma vez.

O dr. Armitage, associando o que estava lendo ao que tinha ouvido falar sobre Dunwich e suas sinistras presenças, e a Wilbur Whateley com sua sombria e medonha aura que começava com um nascimento duvidoso e se estendia até uma nuvem de provável matricídio, sentiu uma onda de terror tão tangível quanto uma corrente de ar trazendo a pegajosa frieza de um túmulo. Aquele gigante com feições de bode, inclinado diante dele, parecia ser criatura de outro planeta ou dimensão, algo apenas parcialmente humano, e ligado a abismos negros de essências e entidades que se estendem como titânicos fantasmas além de todas as esferas de força e matéria, espaço e tempo. De repente, Wilbur levantou a cabeça e começou a falar daquela forma estranha e fanhosa que dava a impressão de órgãos fonadores diferentes dos da espécie humana.

— Sr. Armitage — disse ele — acho que tenho de levar este livro pra casa. Tem umas coisa nele que eu tenho que experimentar em determinadas condição que não consigo ter aqui, e é um pecado mortal eu não podê levar ele por causa de uma burocracia. Deixa eu levar ele comigo, senhor, e eu juro que ninguém vai notar a diferença. Não preciso lhe dizê que vô tomá muito cuidado com ele. Não fui eu que deixei essa tradução do Dee no estado que ela tá...

Ele interrompeu o que dizia ao ver uma firme negativa no rosto do bibliotecário, e suas próprias feições de bode expressaram astúcia. Armitage, quase pronto a lhe dizer que ele poderia copiar qualquer parte que desejasse, pensou de repente nas possíveis consequências e se deteve. Era responsabilidade demais dar para uma pessoa daquelas a chave de esferas exteriores tão blasfemas. Whateley percebeu como iam as coisas e tentou responder com polidez.

— Então tá bom, se o senhor pensa assim. Acho que Harvard não vai tê tanto escrúpulo que nem o senhor. — E sem dizer mais nada ele se levantou e saiu do prédio a largos passos, abaixando-se ao passar em cada porta.

Armitage ouviu o enlouquecido ladrar do grande cão de guarda e observou o passo gorilesco de Whateley enquanto ele atravessava a parte do *campus* que ele conseguia ver pela janela. Pensou nas extravagantes histórias que tinha ouvido e recordou as velhas reportagens dominicais no *Advertiser;* tudo isso ele adicionou aos contos que tinha ouvido da boca dos rústicos moradores de Dunwich em sua única visita lá. Coisas invisíveis que não são desta Terra — ou pelo menos não da Terra tridimensional — corriam fétidas e horríveis através dos vales da Nova Inglaterra e se concentravam obscenas nos topos das montanhas. Disso ele tinha certeza havia muito tempo. Agora ele tinha a impressão de que se aproximava alguma parte terrível desse horror invasivo, e vislumbrava um avanço infernal do domínio negro daquele antigo e temporariamente adormecido pesadelo. Ele trancou o *Necronomicon* com um estremecimento de repugnância, mas a sala ainda tinha um fedor ímpio e indefinível. "Como impureza vocês Os conhecerão", repetiu ele. Sim – o cheiro era o mesmo que o havia deixado enjoado na propriedade dos Whateleys menos de três anos antes. Pensou mais uma vez em Wilbur, aquele bode ominoso, e riu com ironia dos boatos da aldeia sobre seus parentes.

"Consanguinidade?", Armitage murmurou para si mesmo. "Meu Deus, que simplórios! Mostre a eles o Grande Deus Pan de Arthur Machen e eles vão achar que se trata de um escândalo comum de Dunwich! Mas que coisa — que maldita influência disforme exercida dentro ou fora desta Terra tridimensional — seria o pai de Wilbur Whateley? Nascido na noite da Candelária, nove meses depois do 1º de Maio de 1912, quando os bizarros ruídos subterrâneos chegaram até Arkham — o que vagava nas montanhas naquela noite de maio? Que horror de Roodmas se anexara a este mundo num corpo de carne e osso semi-humanos?"

Nas semanas seguintes, o dr. Armitage começou a coletar todas as informações possíveis sobre Wilbur Whateley e as disformes presenças em torno de Dunwich. Ele entrou em contato com o dr. Houghton de Aylesbury, que havia cuidado do velho Whateley em sua derradeira doença, e obteve muito em que pensar quando ouviu o médico citar as últimas palavras do moribundo. Uma visita à vila de Dunwich não proporcionou nada além do que já se sabia; mas uma análise mais detida do *Necronomicon*, naquelas partes que Wilbur buscara com tanta avidez, parecia fornecer novas e terríveis pistas sobre a natureza, os métodos e os desejos do estranho mal que tão vagamente ameaçava este planeta. Conversas com vários pesquisadores do folclore arcaico de Boston, e cartas para muitos outros de outras regiões, provocaram nele um medo crescente, que foi se transformando em vários graus de assombro e chegou a um estado de verdadeiro pânico espiritual. À medida que o verão se aproximava, ele sentia de certa forma que alguma providência deveria ser tomada em relação aos terrores à espreita no vale superior do Miskatonic, e em relação ao ser monstruoso conhecido pelo mundo humano como Wilbur Whateley.

VI

O horror de Dunwich propriamente dito veio entre o Lammas e o equinócio do ano de 1928, e o dr. Armitage estava entre aqueles que testemunharam seu monstruoso prólogo. Entrementes, ele ouvira falar da grotesca viagem de Whateley até Cambridge e de seus desvairados esforços na Biblioteca Widener para tomar emprestado o *Necronomicon* ou fazer dele uma cópia. Esses esforços haviam sido em vão, já que Armitage enviara veementes advertências para todos os bibliotecários que tinham em suas instituições o terrível volume. Wilbur ficara escandalosamente nervoso em Cambridge, ávido pelo livro, e quase igualmente ávido para voltar para casa, como se temesse os resultados de sua ausência prolongada.

No início de agosto, o já esperado resultado sobreveio, e nas primeiras horas do dia 3, o dr. Armitage foi despertado pelos ferozes e selvagens gritos do cão de guarda no *campus* da faculdade. Profundos e graves, os rosnados, semidementes urros e latidos continuaram, sempre num volume cada vez mais alto, mas com pausas medonhamente significativas. Então retumbou um berro de uma garganta totalmente diferente — grito tal que acordou metade dos habitantes de Arkham e assombrou os sonhos deles desde então —, grito que não poderia ser emitido por um ser deste planeta, ou totalmente deste planeta.

Armitage, vestindo apressado alguma roupa e correndo através da rua e do gramado em direção aos prédios da faculdade, viu que outros já tinham chegado antes dele, e ouviu os ecos do alarme contra ladrões ainda soando agudos na biblioteca. Uma janela negra se escancarava para a noite. O que quer que tinha vindo conseguira entrar, pois os latidos e os gritos, agora rapidamente dando lugar a um misto de rosnados e gemidos baixos, vinham sem dúvida lá de dentro. Algum tipo de instinto advertiu Armitage de que o que estava acontecendo não era algo que pudesse ser contemplado por olhos mais delicados, e assim ele afastou a multidão com autoridade à medida que destrancava a porta de entrada. Entre as pessoas, ele viu o professor Warren Rice e o dr. Francis Morgan, homens com quem ele havia comentado algumas de suas conjecturas e apreensões; esses dois ele convidou a acompanhá-lo e entrar no prédio. Os sons internos, a não ser por um ganido rouco e alerta do cão, tinham nesse momento quase desaparecido, mas Armitage agora se dava conta, com um susto, que um estrondoso coro de bacuraus havia começado entre os arbustos, num piar abominavelmente rítmico, como se em uníssono com os últimos suspiros de um homem à beira da morte.

O prédio estava infestado com um lamentável mau cheiro que o Dr. Armitage conhecia muito bem, e os três homens atravessaram correndo o salão até a sala de leitura de obras históricas, de onde vinham os ganidos. Por um momento ninguém ousou acender a luz; então dr. Armitage reuniu toda a sua coragem e acionou o interruptor. Um dos três homens — não se sabe ao certo qual deles — soltou um grito agudo diante do que se via espalhado na frente deles entre mesas desarrumadas e cadeiras viradas para cima. O professor Rice declara que perdeu completamente a consciência por um instante, embora não tenha cambaleado nem caído ao chão. A coisa, que jazia deitada de lado e meio curvada sobre si mesma em uma fétida e pegajosa poça de linfa verde-amarelada, tinha uma estatura de quase três metros, e o cão havia rasgado toda a sua roupa e parte de sua pele. A criatura não estava completamente morta, mas se contraía em espasmos silenciosos enquanto seu peito se movia em um monstruoso uníssono com o alucinado piar dos bacuraus que esperavam do lado de fora. Pedaços de couro de sapato e fragmentos de roupas estavam espalhados por toda a sala, e um saco de lona vazio jazia perto da janela onde evidentemente havia sido jogado. Perto da escrivaninha central estava caído um revólver, e um cartucho picotado, mas não descarregado, explicou mais tarde por que a arma não fora disparada. A coisa em si, entretanto, ofuscava todas as outras imagens naquele momento. Seria trivial e não muito exato dizer que nenhuma pena humana poderia descrevê-la, mas é possível dizer com propriedade que ela não poderia ser visualizada de forma vívida por qualquer pessoa cujas ideias de aspecto e contorno estão muito ligadas às formas comuns de vida deste planeta e de suas três dimensões conhecidas. Era em parte humana, com toda a certeza, com mãos e cabeça bastante semelhantes às de um humano, e o rosto sem queixo e semelhante a um bode tinha a marca dos Whateleys. Mas o torso e as partes inferiores do corpo eram teratologicamente fabulosos, de modo que apenas vestes muito generosas poderiam ter permitido que a criatura andasse pela Terra sem ser desafiada ou eliminada.

Acima da cintura, ela era semiantropomórfica, embora seu peito, onde ainda se apoiavam as inquietas e dilacerantes patas do cão, fosse coberto por uma espécie de couro reticulado como o de um crocodilo ou jacaré. As costas eram malhadas de amarelo e negro, sugerindo levemente a pele escamosa de certas cobras. A região abaixo da cintura, porém, era pior, pois ali qualquer semelhança com um ser humano desaparecia, dando lugar à mera imaginação. A pele era coberta por pelos grossos e negros, e do abdome se projetavam lassos cerca de vinte longos tentáculos de coloração cinza-esverdeada, que terminavam em bocas vermelhas e sugadoras. Seu arranjo era muito estranho e parecia seguir as simetrias de alguma geometria cósmica desconhecida na Terra ou no sistema solar. Em cada um dos quadris, bem afundados em um tipo de órbita rosada com cílios em volta, estava o que poderia ser considerado um olho rudimentar, enquanto do lugar onde haveria uma cauda pendia um tipo de tromba ou tentáculo com sinais anulares cor de púrpura, dando muitas evidências de ser uma boca ou garganta não desenvolvida. Os membros inferiores, a não ser pela pelagem negra, pareciam um pouco com as pernas traseiras de pré-históricos lagartos gigantes e terminavam em patas almofadadas com muitos sulcos e que não eram nem cascos nem garras. Quando a coisa respirava, sua cauda e tentáculos mudavam de cor ritmadamente, como se houvesse para isso uma causa circulatória própria do lado não humano de sua ancestralidade. Nos tentáculos isso se observava como um escurecimento do tom verde, ao passo que na cauda o fenômeno se manifestava em uma aparência amarelada que se alternava com o branco cinzento e doentio dos espaços entre os anéis púrpura. De sangue genuíno a criatura não tinha nada; apenas a fétida linfa verde-amarelada que gotejava pelo chão pintado e ia além do raio de substância grudenta, deixando atrás de si uma curiosa descoloração.

A presença dos três homens pareceu despertar o ser moribundo, e ele começou a murmurar sem se voltar ou levantar a cabeça. O dr. Armitage não registrou por escrito o que foi pronunciado, mas assevera com segurança que não foi nada em inglês. No início, as sílabas desafiavam qualquer correlação com qualquer língua desta Terra, mas perto do final surgiram fragmentos desconexos evidentemente retirados do *Necronomicon*, aquela monstruosa blasfêmia em busca da qual a criatura havia perecido. Esses fragmentos, recordados por Armitage, eram algo como *'N'gai, n'gha'ghaa, bugg-shoggog, y'hah: Yog-Sothoth, Yog-Sothoth...'*. Eles foram se espaçando e acabaram em nada, enquanto os bacuraus soltavam gritos ritmados que iam num crescendo anunciando o pior.

A respiração então se interrompeu, e o cão ergueu a cabeça soltando um uivo longo e lúgubre. Sobreveio uma mudança no rosto amarelo e caprino da criatura, e os grandes olhos negros se afundaram de forma pavorosa. Do lado de fora, os gritos dos bacuraus haviam cessado de repente, e acima dos murmúrios da multidão ouviu-se um chiado de puro pânico e o som de asas batendo. À luz da lua, levantaram-se e sumiram de vista vastas nuvens de observadores emplumados, ensandecidos diante daquilo que haviam procurado como sua presa.

Na mesma hora, o cão pôs-se de pé, deu um latido amedrontado e pulou nervosamente a janela pela qual havia entrado. Um brado veio da multidão, e o dr. Armitage gritou para as pessoas do lado de fora que ninguém poderia entrar ali até que viesse a polícia ou um legista. Sentiu-se grato por as janelas serem altas o bastante para impedir que as pessoas espiassem lá dentro, e cerrou cuidadosamente as escuras cortinas sobre cada uma delas. A essa altura dois policiais já haviam chegado, e o dr. Morgan, indo encontrá-los na entrada, insistiu que, para o seu próprio bem, eles esperassem um pouco antes de entrar na fétida sala de leitura, até que o legista viesse e o ser prostrado pudesse ser coberto.

Enquanto isso, assustadoras mudanças ocorriam no chão. Não é necessário descrever o *tipo* e a *dimensão* do encolhimento e desintegração que ocorreram diante dos olhos do dr. Armitage e do professor Rice; mas é permissível dizer que, fora a aparência externa do rosto e das mãos, o elemento verdadeiramente humano em Wilbur Whateley devia ter sido muito pequeno. Quando o legista chegou, só havia uma massa esbranquiçada e grudenta no assoalho pintado, e o monstruoso odor já tinha praticamente desaparecido. Aparentemente, Whateley não tivera crânio ou um esqueleto ósseo; pelo menos, em nenhum sentido verdadeiro ou estável. Ele provavelmente se parecia com seu desconhecido pai.

VII

Porém, tudo isso foi apenas o prólogo do verdadeiro horror de Dunwich. As formalidades foram cumpridas por funcionários perplexos, detalhes anormais foram devidamente mantidos a salvo do público e da imprensa, e homens foram enviados a Dunwich e Aylesbury para identificar propriedades e notificar qualquer pessoa que pudesse ter direito à herança do falecido Wilbur Whateley. Eles encontraram a região do campo em grande agitação, tanto por causa dos crescentes estrondos sob as colinas arredondadas quanto por causa do fedor nada usual, além dos sons de batidas que vinham como ondas cada vez mais fortes da grande casca vazia em que havia se transformado a casa vedada dos Whateleys. Earl Sawyer, que cuidara do cavalo e do gado durante a ausência de Wilbur, tinha entrado numa crise extraordinariamente aguda de nervos. Os funcionários inventaram desculpas para não entrar no ruidoso lugar vedado, satisfazendo-se em restringir sua investigação a uma única visita aos cômodos onde o falecido vivia, os ranchos reformados. Eles entregaram um enfadonho relatório no tribunal de Aylesbury, e os litígios em torno da herança ainda estão, segundo comentários, tramitando entre os inúmeros Whateleys, decaídos e não decaídos, da parte superior do Vale do Miskatonic.

Um quase interminável manuscrito em estranhos caracteres, registrado num livro enorme que foi considerado uma espécie de diário, em virtude do espaçamento e das variações na tinta e caligrafia, colocou um desconcertante enigma àqueles que o encontraram na velha cômoda que servia como escrivaninha para seu dono. Depois de uma semana de discussões, ele foi enviado para a Miskatonic University, juntamente com a coleção de estranhos livros do falecido, para estudo e possível tradução; mas mesmo os melhores linguistas logo perceberam que provavelmente as inscrições não seriam decifradas com facilidade. Nenhum sinal do antigo ouro com o qual Wilbur e o velho Whateley sempre tinham pagado suas dívidas havia ainda sido encontrado.

Foi no meio da noite do dia 9 de setembro que o horror de Dunwich irrompeu desenfreado. Os ruídos nas colinas tinham sido muito pronunciados desde o anoitecer, e os cães ladraram frenéticos todo o tempo. No dia 10, os madrugadores sentiram no ar um mau cheiro muito esquisito. Por volta das sete horas, Luther Brown, o rapaz que era empregado na casa de George Corey, entre o Vale da Fonte Fria e o povoado, chegou correndo e esbaforido, após abandonar as vacas que vinha conduzindo desde a Campina dos Dez Acres. Ele estava quase convulsionando de terror quando irrompeu na cozinha; no pátio lá fora o rebanho não menos apavorado pisoteava o chão e abaixava a cabeça num estado deplorável, tendo compartilhado com o rapaz o pânico que o fizera correr para casa. Com a respiração entrecortada, Luther tentou balbuciar sua história para a sra. Corey:

— Lá em cima na estrada pra lá do vale, sra. Corey, alguma coisa sucedeu lá! Cheira que nem trovão, e todos os arbusto e as árvore pequena foi afastada da estrada, parece que uma casa passou por lá. E isso não é o pior, não. Tem pegada na estrada, sra. Corey, umas pegada grande e redonda, grande que nem a tampa de um barril; elas tão afundada na terra, parece que um elefante passou por lá, só que lá tem muito mais pegada do que quatro pata podia fazê! Olhei para uma e outra antes de saí correndo, e vi que cada pegada tinha umas linha saindo dela. E o cheiro era horrive, parecido com o cheiro que sai da casa velha do bruxo Whateley...

Nesse ponto sua voz falhou, ele estremeceu de novo com o terror que o fizera vir correndo para casa. A sra. Corey, incapaz de arrancar dele mais informações, começou a telefonar para os vizinhos; dessa forma se iniciou o prelúdio do pânico que anunciou os maiores terrores. Quando fez contato com Sally Sawyer, empregada na casa de Seth Bishop, o lugar mais próximo da propriedade dos Whateleys, foi sua vez de ouvir em vez de falar; o filho de Sally, Chauncey, que tinha dormido mal, subira a colina na direção da casa dos Whateleys e voltara correndo apavorado depois de ver a propriedade deles e o pasto onde as vacas do sr. Bishop tinham sido deixadas a noite toda.

— É sim, sra. Corey — vinha a voz trêmula de Sally pela linha de telefonia comunitária. — Chauncey acabô de voltá correndo e não conseguia falá de tão apavorado! Ele disse que a casa do velho Whateley está caída e as madeira tá tudo espalhada, parece que alguém explodiu dinamite lá dentro; só a parte de baixo tá inteira, mas tá tudo coberta com uma gosma que parece piche, tem um cheiro horrive e fica pingando das beirada até o chão onde as madeira tá caída. E tem umas marca horrorosa no pátio, duas marcona redonda maior que a cabeça de um capado, e tá tudo melecado de uma gosma igual aquela que tem na casa explodida. Chauncey tá dizendo que as pegada vai pros prado, e lá tem um rastro de chão, maior que um celeiro, tudo pisado, e os paredão de pedra tá tudo caído na direção que as pegada vai.

— E ele disse também, sra. Corey, que ele tentô procurar as vaca do Seth, com aquele medo todo, e ele encontrô elas na parte de cima do pasto perto do Quintá do Diabo num estado de dá dó. Metade delas se foi, e quase metade das que sobrô tá chupada e quase sem sangue, com umas ferida igual àquelas que tinha no gado do Whateley desde que o escurinho da Lavínia nasceu. Seth saiu agora pra ver elas, mas eu garanto que ele num vai querê chegá muito pertinho da casa do bruxo Whateley! Chauncey não foi olhá pra vê até onde as pegada ia depois do pasto, mas ele disse que pensa que elas ia da estrada do vale pra vila.

— Vou lhe dizê, sra. Corey, tem alguma coisa acontecendo que não devia acontecê, e eu por mim digo que o negro Wilbur Whateley, que teve o fim ruim que mereceu, está por trás de tudo. Ele mesmo não era gente, eu sempre disse isso pra todo mundo; e eu acho que ele e o Velho Whateley deve ter criado alguma coisa naquela casa fechada que também não é gente que nem ele. Sempre existiu coisas estranha aqui em Dunwich — coisas viva que não são humana e não são boa pros ser humano.

— O chão tava resmungando onte à noite, e de madrugada Chauncey ouviu os bacurau piando tão alto no Vale da Fonte Fria que ele não conseguiu dormi nada. Daí ele achô que ouviu outro som meio abafado na direção do bruxo Whateley — parecia madeira rachando ou se partindo, uma caixa ou caixote grande se abrindo lá longe. E com tudo isso ele não conseguiu pegá no sono até de manhã, e logo já estava de pé e já foi no Whateley ver qual era o problema. Ele viu muita coisa, lhe garanto, sra. Corey! Isso não pode sê coisa boa, e eu acho que todos os home da vila devia se juntá e tomar alguma providência. Eu sei que alguma coisa horrive tá prá acontecê, e eu acho que minha hora tá chegando, mas só Deus sabe a nossa hora.

— Seu fio Luther descobriu aonde as pegada ia dá? Não? Olha, sra. Corey, se elas tava na trilha do vale deste lado e ainda não chegou na sua casa, acho que elas deve ter ido pro vale mesmo. Acho que é isso. Eu sempre digo que o Vale da Fonte Fria não é um lugar saudave nem decente. Os bacurau e os pirilampo de lá nunca se comportaro como criaturas verdadeira de Deus, e tem gente que fala que ouve umas coisa estranha cochichando e falando no ar lá embaixo se fica no lugar certo, entre as cachoeira e a Toca do Urso.

Ao meio-dia, três quartos dos homens e rapazes de Dunwich estavam cruzando os caminhos e prados entre as recentes ruínas dos Whateleys e o Vale da Fonte Fria, examinando aterrorizados as enormes e monstruosas pegadas, os desfigurados animais dos Bishops, a estranha e estapafúrdia destruição da propriedade dos Whateleys e a vegetação machucada e emaranhada dos campos e da beira do caminho. O que quer que fosse que havia escapado e invadido o mundo, com certeza descera a sinistra ravina, pois todas as árvores nas encostas estavam inclinadas ou quebradas, e uma grande avenida se abrira na vegetação rasteira do precipício. Era como se uma casa, empurrada por uma avalanche, tivesse deslizado através da vegetação emaranhada que cobria a encosta quase vertical. De lá de baixo não vinha som algum, mas apenas um fedor distante e indefinível; não causava surpresa o fato de os homens preferirem ficar na beira da ravina discutindo, em vez de descer e enfrentar o desconhecido e ciclópico horror em sua toca. Três cães que acompanhavam o grupo haviam latido furiosamente no início, mas pareciam acovardados e relutantes quando se aproximaram do vale. Alguém passou por telefone as notícias para o *Aylesbury Transcript,* mas o editor, acostumado com as histórias extravagantes de Dunwich, não foi além de inventar um parágrafo jocoso sobre o acontecido, texto que logo depois foi reproduzido pela Associated Press.

Naquela noite, todos foram para casa e todas as casas e estábulos foram protegidos com barricadas tão fortes quanto possível. Não é necessário dizer que nenhuma cabeça de gado ficou pastando ao ar livre. Por volta de duas da madrugada, um odor pavoroso e os latidos enfurecidos dos cães acordaram as pessoas da casa de Elmer Frye, na extremidade leste do Vale da Fonte Fria; todos disseram ter ouvido um tipo de chiado ou um marulho vindo de algum ponto lá fora. A sra. Frye propôs que telefonassem para os vizinhos, e Elmer já ia fazer isso quando um ruído de madeira se partindo interrompeu suas deliberações. Vinha, ao que parecia, do estábulo; logo em seguida se ouviram gritos medonhos e as patas do gado batendo contra o chão. Os cachorros babavam e se abaixavam próximos aos pés dos membros da família, paralisados de medo. Frye acendeu uma lanterna por força de hábito, mas sabia que sair naquele terreiro negro como breu significaria a morte. As crianças e mulheres se lamuriavam baixinho, impedidas de gritar por algum obscuro e vestigial instinto de defesa que lhes dizia que suas vidas dependiam do silêncio. Finalmente o ruído do gado foi diminuindo e se transformou num gemido penoso, após o que se ouviram sons de coisas se arrebentando, se chocando e se quebrando. Os Fryes, aconchegados uns aos outros na sala de estar, não ousaram se mover até que os últimos ecos cessaram lá embaixo no Vale da Fonte Fria. Então, em meio aos gemidos fracos vindos do estábulo e aos demoníacos pios dos tardios bacuraus no vale, Selina Frye cambaleou até o telefone e espalhou as informações que conseguiu sobre a segunda fase do horror.

No dia seguinte, toda a região rural estava em pânico; grupos amedrontados e silenciosos passavam para ver onde fora o perverso acontecimento. Dois titânicos rastros de destruição se estendiam do vale até o terreiro dos Frye, monstruosas pegadas cobriam os trechos de solo descobertos e um lado do velho estábulo vermelho havia ruído completamente. Do gado, apenas um quarto pôde ser encontrado e identificado. Alguns animais estavam em curiosos fragmentos, e todos os sobreviventes tiveram de ser sacrificados. Earl Sawyer sugeriu que fossem pedir ajuda em Aylesbury ou Arkham, mas outros garantiam que de nada adiantaria. O velho Zebulon Whateley, de um ramo da família que ficava a meio caminho entre a integridade e a decadência, fez aterradoras sugestões sobre ritos que deviam ser praticados nos topos das colinas. Ele vinha de uma linhagem onde se mantinha viva a tradição, e suas recordações de cantos entoados nos grandes círculos de pedra não estavam inteiramente ligadas a Wilbur e seu avô.

A noite caiu sobre uma abatida região cujos habitantes eram passivos demais para organizarem uma verdadeira defesa. Em alguns poucos casos, famílias muito próximas se reuniam e ficavam espreitando na escuridão sob um único teto, mas em geral o que se viu foi apenas a repetição das barricadas da noite anterior, e um gesto fútil e ineficaz de carregar mosquetes e deixar forcados à mão. Entretanto, nada ocorreu além de alguns ruídos nas colinas e, quando chegou o dia, houve muitos que alimentavam a esperança de que o novo horror tivesse partido com a mesma rapidez com que havia chegado. Algumas almas corajosas até propuseram uma expedição ofensiva descendo o vale, embora essas pessoas não se tenham aventurado a dar o exemplo real para a maioria ainda relutante.

Quando chegou a noite, as barricadas foram refeitas, embora várias famílias já não se reunissem sob o mesmo teto. De manhã, tanto a família Frye quanto a de Seth Bishop relataram uma agitação entre os cães e vagos sons e odores que vinham de longe, ao passo que exploradores matinais notaram assombrados um novo conjunto de pegadas monstruosas na estrada que contornava a Colina Sentinela. Como antes, as machucadas laterais da estrada exibiam um indicativo do tamanho estupendo e blasfemo do horror, enquanto a conformação das marcas de pegadas parecia sugerir uma passagem em duas direções, como se a montanha móvel tivesse vindo do Vale da Fonte Fria e a ele retornado ao longo da mesma trilha. Na base da colina, via-se uma vegetação jovem pisoteada cobrindo um espaço de cerca de nove metros; dali as marcas subiam pela íngreme colina, e os exploradores se espantaram ao ver que mesmo os trechos mais perpendiculares não fizeram desviar a inexorável trilha. Independentemente do que fosse o horror, ele podia escalar uma encosta de pedra quase totalmente vertical; e quando os investigadores chegaram ao topo da montanha por meio de trilhas alternativas mais seguras, eles perceberam que as pegadas terminavam — ou melhor, invertiam sua direção — ali.

Era nesse ponto que os Whateleys costumavam fazer suas fogueiras demoníacas e realizar demoníacos rituais junto à mesa de pedra na véspera do 1º de Maio e no dia de Todos os Santos. Agora a própria pedra era o centro de um vasto espaço castigado pelo montanhoso horror e, sobre sua superfície ligeiramente côncava, havia um espesso e fétido depósito da mesma substância pegajosa observada no chão das ruínas da propriedade dos Whateleys quando o horror escapou. Os homens se entreolharam, murmurando. Depois observaram o sopé da colina. Aparentemente, o horror descera por uma trilha muito parecida com a de sua subida. Especular de nada adiantava. O raciocínio, a lógica e as ideias comuns de motivação nada esclareciam. Apenas o velho Zebulon, que não estava junto com o grupo, poderia ter feito justiça à situação ou sugerido uma explicação plausível.

A noite de quinta-feira começou como as outras, mas terminou com menos alegria. Os bacuraus no vale tinham gritado com uma persistência tão incomum que muitas pessoas não haviam conseguido dormir e, por volta das 3 horas, todos os telefones comunitários produziram um toque trêmulo. Aqueles que atenderam ouviram em seus aparelhos uma voz enlouquecida de terror gritando "Socorro!! Ai meu Deus...", e alguns tiveram a impressão de ter ouvido logo em seguida o som de algo se estilhaçando, interrompendo os gritos. E não houve mais nada. Ninguém ousou fazer nada, e até amanhecer ninguém ficou sabendo de onde viera esse chamado. Então os que o tinham ouvido telefonaram a todos na linha comunitária e perceberam que apenas os Fryes não respondiam. A verdade apareceu uma hora mais tarde, quando um grupo de homens armados reunidos às pressas partiu na direção da propriedade dos Fryes, no topo do vale. Foi horrível, mas surpreendeu pouco. Havia mais trechos de vegetação rasteira esmagada e pegadas monstruosas, mas já não se via casa alguma. Ela havia implodido como uma casca de ovo e, em meio às ruínas, nada se via, com ou sem vida. Apenas um terrível mau cheiro e a substância pegajosa semelhante ao piche. A família de Elmer Frye havia sido apagada de Dunwich.

VIII

Nesse meio tempo, uma fase mais calma e no entanto mais espiritualmente pungente do horror estava se desenvolvendo atrás da porta fechada de uma sala cheia de prateleiras em Arkham. O curioso registro ou diário manuscrito de Wilbur Whateley, encaminhado à Miskatonic University para ser traduzido, havia causado muita preocupação e perplexidade entre os peritos em línguas antigas e modernas; seu próprio alfabeto, apesar de uma semelhança geral com a pesada caligrafia árabe usada na Mesopotâmia, era totalmente desconhecido de todas as autoridades disponíveis. A conclusão final a que chegaram os linguistas foi que o texto representava um alfabeto artificial, causando o efeito de cifras, embora nenhum dos métodos conhecidos de solução criptográfica parecesse trazer luz alguma, mesmo quando aplicado com base em todas as línguas que o escritor pudesse ter usado. Os livros antigos trazidos da residência dos Whateleys, embora fossem extremamente interessantes e em muitos casos prometessem inaugurar novas e terríveis linhas de pesquisa entre filósofos e homens de ciência, de nada ajudaram nesse aspecto. Um deles, um pesado tomo com uma fivela de ferro, estava em outro alfabeto desconhecido – este com caracteres muito diferentes, mais próximos do sânscrito que de qualquer outra escrita. O antigo volume foi finalmente entregue à completa responsabilidade do dr. Armitage, tanto por causa de seu especial interesse no caso Whateley quanto em virtude de seus amplos conhecimentos linguísticos e suas habilidades com fórmulas místicas da antiguidade e da Idade Média.

Armitage tinha um palpite de que o alfabeto pudesse ser algo esotericamente usado por determinados cultos proibidos que vinham de tempos antigos e que herdaram muitas formas e tradições dos feiticeiros do mundo sarraceno. Essa questão, entretanto, ele não considerava vital, já que seria desnecessário saber a origem dos símbolos se, como ele suspeitava, eles fossem usados como uma cifra em uma língua moderna. Ele acreditava que, considerando-se a grande quantidade de textos envolvida, o escritor dificilmente teria se dado ao trabalho de usar outra língua que não a sua nativa, a não ser talvez em certas fórmulas e encantamentos especiais. Dessa forma, ele atacou o manuscrito com a suposição preliminar de que a maior parte dele estava escrita em inglês.

O dr. Armitage sabia, com base nos repetidos fracassos de seus colegas, que o enigma era profundo e complexo e que um modo único de solução não deveria nem ser tentado. Durante todo o mês de agosto, ele se muniu de livros sobre criptografia, fazendo uso total dos recursos de sua própria biblioteca e mergulhando noite após noite nos arcanos da *Poligrafia* de Tritêmio, da obra *De Furtivis Literarum Notis*, de Giambattista Porta, do *Traité des Chiffres*, de De Vigenere, do *Cryptomenysis Patefacta*, de Falconer, dos tratados de Davys e Thicknesse, datados do século XVIII, de trabalhos de autores bastante modernos como Blair, van Marten, além do *Kryptographik*, de Kluber. Ele intercalava seu estudo dos livros com abordagens do manuscrito em si, e com o tempo ficou convencido de que tinha a sua frente um dos mais sutis e engenhosos criptogramas, em que muitas linhas separadas de letras correspondentes são arranjadas como uma tabuada e a mensagem é construída com palavras-chave arbitrárias que são conhecidas apenas dos iniciados. As autoridades mais antigas pareciam ser muito mais úteis que as mais modernas, e Armitage concluiu que o código do manuscrito era muito antigo, sem dúvida passado de geração em geração ao longo de uma extensa linhagem de experimentadores místicos. Em várias ocasiões, ele teve a impressão de estar próximo da solução, mas era impedido por algum obstáculo imprevisto. Então, quando setembro se aproximava, as nuvens começaram a se dissipar. Algumas letras, que eram usadas em algumas partes do manuscritos, surgiram definitiva e inequivocamente, e ficou óbvio que o texto estava mesmo escrito em inglês.

Na noite de 2 de setembro, o último obstáculo importante cedeu, e o dr. Armitage leu pela primeira vez uma passagem contínua dos anais de Wilbur Whateley. Era de fato um diário, como todo mundo pensara, escrito num estilo que deixava evidente a mistura de erudição oculta com a falta de instrução geral do estranho ser que o escrevera. Uma das primeiras passagens longas que Armitage decifrou, um registro feito em 26 de novembro de 1916, revelou ser altamente assustadora e inquietante. Fora escrita, ele recordava, por uma criança de três anos e meio que parecia um rapazinho de doze ou treze.

Hoje aprendi o Aklo do Sabaoth [assim dizia o trecho], que não gostei, porque dá pra responder pra ele da colina e não do ar. Aquilo no andar de cima está mais pra frente de mim do que eu achei que ia estar, e não parece ter muito cérebro deste planeta. Atirei no *collie* de Elam Hutchins, Jack, quando ele veio me morder, e Elam disse que me mataria se tivesse coragem. Acho que não vai não. O Vô me fez ficar repetindo a fórmula do Dho ontem à noite e eu acho que vi a cidade interna nos dois polos magnéticos. Devo ir para esses polos quando a Terra for varrida, se eu não conseguir atravessar com a fórmula Dho-Hna quando pronunciar ela. Os do ar me disseram no Sabbat que vai levar muitos anos antes de eu poder evacuar a Terra, e eu acho que o Vô vai estar morto nessa época; por isso tenho de aprender todos os ângulos dos planos e todas as fórmulas entre o Yr e o Nhhngr. Os de fora vão ajudar, mas não podem assumir um corpo sem sangue humano. Aquilo lá em cima dá a impressão de que vai ter a forma certa. Posso ver ele um pouco quando faço o sinal do Voorish ou sopro o pó de Ibn Ghazi nele, e ele é bem parecido com aqueles que aparecem na véspera do 1º de Maio na Colina. O outro rosto pode se desfazer um pouco. Fico me perguntando que aparência vou ter quando a Terra for evacuada e não sobrar mais nenhum ser terrestre. Aquele que veio com o Aklo Sabaoth disse que posso ser transfigurado e haverá muito em que trabalhar na parte externa.

De manhã, o dr. Armitage estava suando frio de pavor e num transe de concentração insone. Estivera lendo o manuscrito durante toda a noite, mas ainda se sentava à mesa sob a luz elétrica virando página após página com mãos trêmulas, tão rápido quanto sua decifração do texto críptico lhe permitia. Havia telefonado à esposa, com voz nervosa, dizendo que não iria para casa, e quando ela lhe trouxe o café da manhã ele praticamente não tocou em nada. Durante todo o dia, ele continuou lendo, e de repente parou furioso, já que se fazia necessária uma reaplicação da complexa chave dos enigmas. O almoço e o jantar lhe foram trazidos, mas ele comeu uma mínima fração de ambas as refeições. No meio da noite seguinte, ele cochilou na cadeira, mas logo despertou de um emaranhado de pesadelos quase tão medonhos quanto as verdades e ameaças à existência humana que ele havia descoberto.

Na manhã de 4 de setembro, o professor Rice e o dr. Morgan insistiram em vê-lo por uns momentos, e saíram de lá trêmulos e pálidos. Naquela noite ele foi para a cama, mas teve um sono muito agitado. Na quarta-feira — o dia seguinte — ele retornou ao manuscrito e começou a fazer muitas notas, tanto das seções que estava decifrando naquele momento quanto das já decifradas. Nas primeiras horas daquela noite ele dormiu um pouco em uma poltrona de seu escritório, mas voltou ao manuscrito de novo antes do amanhecer. Um pouco antes do meio-dia, seu médico, o dr. Hartwell, veio vê-lo e insistiu para que ele fizesse uma pausa no trabalho. Ele se recusou, argumentando que para ele era de vital importância completar a leitura do diário e prometendo explicar tudo quando chegasse a hora certa.

Ao cair da noite, ele terminou sua terrível análise e afundou na poltrona exausto. Sua mulher, trazendo-lhe o jantar, o encontrou em um estado semicomatoso; mas ele estava suficientemente consciente para adverti-la com um grito agudo quando viu os olhos dela vagando na direção das anotações que fizera. Levantando-se com certa dificuldade, ele juntou todos os papéis que continham o que escrevera, os lacrou em um grande envelope que imediatamente colocou no bolso interno do casaco. Ele tinha força bastante para chegar em casa, mas era tão evidente que precisava de cuidados médicos que o dr. Hartwell foi chamado na mesma hora. Quando o médico o colocou na cama, ele só conseguia murmurar repetidas vezes *"Mas o que, em nome de Deus, podemos fazer?"*.

O dr. Armitage adormeceu, mas passou o dia seguinte num estado semidelirante. Ele não deu explicação nenhuma ao dr. Hartwell, mas em seus momentos mais tranquilos falou da necessidade imperiosa de uma longa conversa com Rice e Morgan. Suas divagações mais tresloucadas eram realmente assustadoras, incluindo apelos frenéticos para que alguma coisa em uma propriedade rural toda vedada fosse destruída, e fantásticas referências a um plano de extirpação de toda a raça humana e toda a vida vegetal e animal da Terra, por alguma raça mais antiga de seres vindos de outra dimensão. Ele gritava que o mundo corria perigo, já que os Seres Ancestrais desejavam esvaziá-lo e levá-lo embora do sistema solar e do cosmos de matéria para um outro plano ou fase da qual caíra, vintilhões de eras atrás. Em outros momentos, ele mencionava o temido *Necronomicon* e a *Daemonolatreia* de Remigius, livros em que ele nutria a esperança de encontrar alguma fórmula para deter o perigo que ele invocava.

— Detenham-nos, detenham-nos — gritava ele. — Aqueles Whateleys tinham a intenção de deixá-los entrar, e o pior de todos ainda está aí! Digam a Rice e Morgan que precisamos fazer algo — é uma tarefa às cegas, mas eu sei como fazer o pó... A coisa não foi alimentada desde 2 de agosto, quando Wilbur veio até aqui ao encontro de sua morte, e nesse ritmo...

Mas Armitage tinha uma constituição sólida apesar dos 73 anos de idade, e o sono o livrou daquela confusão mental na mesma noite, sem desenvolver uma febre verdadeira. Ele acordou tarde na sexta-feira, com a mente lúcida, embora sentisse um medo a lhe corroer as entranhas e um tremendo senso de responsabilidade. Naquela mesma tarde ele se sentiu apto a ir até a biblioteca e chamar Rice e Morgan para uma reunião, e pelo resto daquele dia e início da noite os três homens torturaram seus cérebros nas especulações mais extravagantes e no debate mais desesperado. Muitos livros estranhos e terríveis foram retirados das estantes e de lugares onde ficavam guardados com toda a segurança; diagramas e fórmulas foram copiados com uma pressa febril e numa profusão desconcertante. De ceticismo, nada havia. Todos os três tinham visto o corpo de Wilbur Whateley jazendo no chão em uma sala daquele mesmo prédio, e depois disso nenhum deles podia sentir a menor inclinação a tratar o diário como o desvario de um alucinado.

Discutiram a possibilidade de notificar os fatos à Polícia Estadual de Massachusetts, mas finalmente decidiram por não fazer isso. Havia coisas envolvidas que simplesmente não seriam levadas a sério por pessoas que não tivessem visto uma amostra, como de fato ficou evidente em algumas investigações posteriores. Tarde da noite o grupo se separou sem ter conseguido desenvolver um plano definitivo, mas durante todo o domingo Armitage se ocupou em comparar fórmulas e misturar substâncias químicas que obteve do laboratório da faculdade. Quanto mais ele refletia sobre o diabólico diário, mais ele se inclinava a duvidar da eficácia de qualquer agente material para eliminar a entidade que Wilbur Whateley deixara atrás de si — a entidade que ameaçava o planeta e que, sem que ele soubesse, iria em poucas horas irromper no mundo visível e transformar-se no memorável horror de Dunwich.

A segunda-feira foi, para o dr. Armitage, uma repetição do domingo, pois a sua tarefa exigia uma infinidade de pesquisas e experiências. Mais consultas ao monstruoso diário promoveram várias mudanças de plano, e ele sabia que, mesmo no final, uma grande fração de incerteza ainda perduraria. Na terça-feira, ele tinha uma sequência de ações já planejadas e acreditava que tentaria fazer uma viagem a Dunwich no prazo de uma semana. Então, na quarta-feira, veio o grande choque. Num canto obscuro do *Arkham Advertiser* estava uma nota zombeteira da Associated Press, comentando sobre o inusitado monstro que o uísque clandestino de Dunwich despertara. Armitage, meio aturdido, só conseguiu telefonar para Rice e Morgan. Os três ficaram discutindo noite adentro, e no dia seguinte houve um turbilhão de preparativos da parte dos três. Armitage sabia que estaria mexendo com poderes terríveis, mas percebia que não havia outra maneira de anular as intromissões mais profundas e malignas que outros já haviam realizado antes dele.

IX

Na sexta-feira cedo, Armitage, Rice e Morgan partiram de carro para Dunwich, chegando ao vilarejo por volta de uma da tarde. O dia estava agradável, mas mesmo sob o sol mais brilhante um tipo de terror e portento silencioso parecia pairar sobre as estranhamente arredondadas colinas e as profundas e sombrias ravinas da região afetada. Ocasionalmente, em alguns cimos de montanha, um esquelético círculo de pedras podia ser visto contra o céu. Pelo clima de terror silenciado no armazém de Osborn, eles perceberam que algo medonho havia acontecido e logo ficaram sabendo da aniquilação da casa e da família de Elmer Frye. Durante toda a tarde, eles percorreram a região em torno de Dunwich, interrogando os habitantes locais sobre tudo o que acontecera e vendo pelos próprios olhos, com crescentes espasmos de horror, as lúgubres ruínas no terreiro dos Frye, o gado de Seth Bishop todo ferido, os enormes trechos de vegetação esmagada em vários lugares. A trilha que subia para a Colina Sentinela e de lá descia pareceu a Armitage de um significado quase cataclísmico, e ele ficou um longo tempo contemplando a sinistra pedra no topo, que parecia um altar.

Finalmente os visitantes, informados sobre um destacamento da Polícia Estadual que viera de Aylesbury naquela manhã em resposta aos primeiros relatos telefônicos da tragédia dos Fryes, decidiram procurar os policiais e comparar suas observações da melhor maneira possível. Isso, entretanto, foi mais fácil planejar do que fazer, já que não puderam encontrar sinais do grupo em lugar algum. Cinco deles haviam circulado de carro, mas agora o veículo estava estacionado, vazio, perto das ruínas do terreiro dos Fryes. Os habitantes locais, que tinham todos conversado com os policiais, pareceram no início tão perplexos quanto Armitage e seus companheiros. Então algo veio à mente do velho Sam Hutchins e ele ficou branco, cutucando Fred Farr e apontando para o fosso úmido e profundo que se abria ali perto.

— Deus! — exclamou — Eu disse pra eles não descer o vale, e eu nunca achei que alguém ia fazer isso com aquelas pegada e aquele cheiro e os bacurau gritando lá embaixo na escuridão em pleno meio-dia...

Um arrepio gelado percorreu os corpos dos habitantes locais e também os dos visitantes, e todos os ouvidos pareciam concentrados tentando, instintiva e inconscientemente, ouvir alguma coisa. Armitage, agora que de fato encontrara o horror e seus feitos monstruosos, tremeu diante da responsabilidade que julgava ser sua. A noite em breve cairia, e era nessa hora que a incomensurável blasfêmia se movia em seu curso sinistro. *Negotium perambulans in tenebris...* O velho bibliotecário ensaiava as fórmulas que havia memorizado e amassava na mão o papel contendo as fórmulas alternativas que não tinha conseguido memorizar. Verificou que sua lanterna estava funcionando direito. Rice, ao seu lado, tirou da valise um pulverizador de metal do tipo usado no combate a insetos, ao passo que Morgan tirou do seu estojo um rifle para caça pesada, no qual ele confiava, apesar das advertências de seu amigo, segundo o qual nenhuma arma concreta e feita de matéria poderia ajudar.

Armitage, tendo lido o medonho diário, para sua tristeza sabia bem que tipo de manifestação deveria esperar, mas ele não quis aumentar o terror dos habitantes de Dunwich dando qualquer pista. Ele esperava que o horror pudesse ser conquistado sem que fosse necessário revelar nada sobre a monstruosa coisa de que o mundo havia escapado. À medida que a escuridão se adensava, os habitantes locais começaram a se dispersar indo para casa, ansiosos por se fecharem nela, apesar da evidência de que todas as fechaduras e trincos humanos eram inúteis diante de uma força que podia entortar árvores e derrubar casas quando bem quisesse. Eles sacudiram a cabeça em desaprovação quando os visitantes lhes expuseram seu plano de montar guarda nas ruínas dos Fryes perto do vale; quando partiram, alimentavam poucas esperanças de vê-los outra vez.

Naquela noite, houve estrondos sob as colinas e os bacuraus piaram de forma ameaçadora. De vez em quando um vento, subindo do Vale da Fonte Fria, trazia para o pesado ar noturno um toque de indescritível fedor, um fedor que todos os três vigilantes já haviam sentido antes, quando ficaram diante de um ser moribundo que durante 15 anos e meio fora tido como um ser humano. Mas o terror que antecipavam não apareceu. O que quer que estivesse lá no fundo do grotão, essa coisa estava esperando o momento propício, e Armitage disse aos colegas que uma tentativa de atacar no escuro seria suicídio.

A manhã chegou pálida, e os sons noturnos cessaram. Fez uma dia cinzento, melancólico, com uma chuva fina caindo de quando em quando; e nuvens cada vez mais pesadas pareciam estar se juntando além das colinas a noroeste. Os homens de Arkham não sabiam o que fazer. Buscando abrigo da chuva, que ficava cada vez mais intensa, sob um dos poucos barracões não destruídos dos Fryes, eles discutiram se era sensato esperar ou tomar uma atitude mais agressiva e descer até o fundo do vale em busca de sua presa monstruosa e inominável. A chuva ficou mais forte, e um ribombar de trovões vinha, a intervalos, de distantes horizontes. Um relâmpago difuso brilhou no céu e, em seguida, um raio forcado faiscou mais perto, como se estivesse descendo e entrando no maldito vale. O céu ficou muito escuro, e os observadores alimentavam a esperança de que a tempestade, apesar de intensa, seria curta, dissipando-se rapidamente.

Ainda estava terrivelmente escuro quando, não muito mais que uma hora depois, ouviu-se uma confusa babel de vozes na estrada. No momento seguinte, surgiu um grupo aterrorizado de mais de doze homens correndo, gritando e até choramingando histericamente. Alguém que vinha à frente começou pronunciar entre soluços alguns fragmentos de frase, e os homens de Arkham tiveram um violento sobressalto quando as palavras formaram um todo coerente.

— Ai meu Deus, meu Deus — gritava a voz rouca. — Tá acontecendo de novo, e agora, de dia! A coisa saiu, tá se mexendo agora mesmo, só Deus sabe quando vai atacá nóis de novo!

Quem falava silenciou, recuperando o fôlego, mas um outro continuou a mensagem.

— Faz uma hora o Zeb Whateley aqui ouviu um telefone tocando, e era a sra. Corey, mulher do George, que mora pra lá, na encruzilhada. Ela disse que o empregadinho, Luther, tava recolhendo as vaca por causa do temporal depois do raio forte, e ele viu todas árvore tombando na boca do vale, lá do outro lado, e sentiu o mesmo cheiro horrive que ele sentiu quando encontrô aquelas pegada enorme segunda passada de manhã. E ela disse que ele disse que tinha um som de onda batendo, muito mais forte que as árvore e arbusto podia fazê, e de repente as árvore da estrada começaro a tombá pro lado, e teve um barulho horroroso de passos pesado chapinhando na lama. Mas veja bem, Luther não viu nadinha de nada, só as árvore tombada e o mato pisado.

— Depois, lá longe, no lugar que o Riacho dos Bishop passa embaixo da estrada ele ouviu um barulho que parecia que tinha alguma coisa pesada na ponte, e ele achô que as tábua ia arrebentá. E sempre ele nunca viu nada, só as árvore e arbusto entortado. E depois o som de onda ficou muito longe — indo pra estrada que dá na propriedade do bruxo Whateley e na Colina Sentinela — Luther, ele teve a corage de ir até lá onde ele ouviu o barulho primeiro e olhar o chão. Era tudo lama e água, e o céu estava escuro, e a chuva estava varrendo todas as pegada muito depressa; mas começando na boca do vale, ali onde as árvore tinha saído do lugar, ainda ele viu algumas das terrive pegada, grande como barril, que ele viu na segunda-feira.

Nesse ponto, o que tinha falado primeiro interrompeu o outro.

— Mas isso não é o problema agora — aquilo foi só o começo. O Zeb aqui estava acordando as pessoa e todo mundo estava prestando atenção quando telefonaro da casa do Seth Bishop. A empregada dele, Sally, tava desesperada; ela tinha acabado de ver as árvore tombando do lado da estrada, e disse que ouviu um tipo de barulho meio abafado, que nem um elefante bufando e pisando e indo na direção da casa. Daí ela falou de um cheiro de repente, de dá arrepio, e diz que o menino dela, Chauncey, estava gritando porque era igualzinho o cheiro que ele sentiu nas ruína dos Whateleys na segunda de manhã. E os cachorro latindo e ganindo muito.

— E então ela soltou um grito terrive e disse que o abrigo perto da estrada tinha desabado que nem se a tempestade tivesse levado ele, mas o vento não era forte o bastante pra fazer isso. Todos tava escutando e nós pudemo ouvi muita gente que estava na linha do telefone comunitário ofegando. E de repente Sally gritou de novo e disse que a cerca da frente tinha ido pelos ar, mas não tinha sinal de quem fez aquilo. Então todo mundo que tava na linha ouviu o Chauncey e o velho Seth Bishop gritando também, e a Sally falou num berro que algo pesado tava batendo na casa — não era raio nem nada, mas alguma coisa pesada batendo na frente, batendo de novo e de novo, mas não dava pra ver nada pelas janela. E depois, e depois...

Linhas de preocupação se aprofundaram em cada rosto; Armitage, perturbado como estava, mal podia pedir que o outro prosseguisse.

— E depois... Sally gritô bem alto "Socorro, a casa está caindo... e na linha nós ouvimo um estrondo horrive e muitos grito... igualzinho quando a casa de Elmer Frye foi atacada, só...

O homem interrompeu o que dizia, e outro na multidão falou.

— Isso foi tudo, nenhum som nem grito pelo telefone depois disso. Tudo quieto. Nós, que tinha ouvido, pegamo uns caminhão e umas carroça e reunimo na casa do Corey todos homem forte que pudemo, e viemo aqui para ver o que vocêis acha melhor fazê. Mas eu acho que é o julgamento que Deus está fazendo das nossa iniquidade, que nenhum mortal pode evitá.

Armitage viu que chegara o momento adequado para uma ação ofensiva e falou de forma decidida para o grupo vacilante de pessoas rústicas e amedrontadas.

— Temos de ir atrás dele, pessoal — ele imprimiu em sua voz o tom mais tranquilizador que pôde. — Acho que existe uma chance de o derrotarmos. Vocês sabem que aqueles Whateleys eram feiticeiros; bem, essa coisa é coisa de feitiçaria, e deve ser derrotada pelos mesmos meios. Eu vi o diário de Wilbur e li alguns daqueles estranhos livros velhos que ele lia; acho que conheço o tipo certo de encantamento que precisa ser pronunciado para que a coisa desapareça. É claro que não podemos ter certeza, mas sempre podemos tentar. Ele é invisível; eu sabia que seria. Mas existe um pó neste pulverizador de longa distância que pode fazê-lo aparecer por um segundo. Mais tarde vamos experimentá-lo. É perigoso ter essa coisa viva por perto, mas não é tão ruim quanto aquilo que Wilbur teria introduzido no mundo se tivesse vivido mais. Vocês nunca saberão do que o mundo escapou. Agora temos apenas essa coisa para combater, e ela não consegue se multiplicar. Mas ela pode fazer muito estrago; não devemos hesitar em bani-la da comunidade.

— Devemos seguir a coisa, e devemos começar pelo local que acabou de ser destruído. Peço que alguém me leve até lá. Não conheço muito bem estas estradas, mas faço ideia que devem existir atalhos cortando terrenos. O que me dizem?

Os homens tergiversaram por um momento, e então Earl Sawyer falou baixinho, apontando com um dedo encardido através da chuva que diminuía cada vez mais.

— Acho que o senhor pode ir até a casa do Seth Bishop cortando pela vargem mais baixa, passando pelo riacho onde ele é raso e subindo o gramado do Carrier e o bosque mais além. Ele dá na estrada de cima, bem perto da casa do Seth, um pouco pro outro lado.

Armitage, acompanhado de Rice e Morgan, começou a caminhar na direção indicada; a maioria dos homens os seguiu lentamente. O céu estava clareando, dando sinais de que a tempestade tinha acabado. Quando Armitage sem querer tomou a direção errada, Joe Osborn o avisou e foi à frente para mostrar o caminho correto. A coragem e a confiança estavam crescendo, embora fosse um desafio e tanto para essas qualidades a sombra da floresta que cobria a colina quase perpendicular ao final do atalho, por entre cujas impressionantes árvores ancestrais eles tinham que subir como se fosse uma escada.

Finalmente eles emergiram em uma estrada enlameada para encontrar o sol reaparecendo. Estavam um pouco além da propriedade de Seth Bishop, mas as árvores tombadas e as inconfundíveis e medonhas pegadas indicavam o que havia passado por ali. Apenas alguns momentos foram consumidos na verificação das ruínas logo após a curva. Era a repetição do incidente com os Fryes, e nada morto ou vivo foi encontrado em nenhuma das construções desmoronadas que antes eram a casa e o rancho. Ninguém quis ficar ali em meio ao fedor e àquele líquido pegajoso, mas todos se viraram instintivamente para a linha de terríveis pegadas que levavam mais além, na direção da propriedade arruinada dos Whateleys e das encostas da Colina Sentinela, encimada por seu altar de pedra.

Quando passaram pelo local onde havia morado Wilbur Whateley, eles estremeceram visivelmente e mais uma vez deram a impressão de misturar hesitação e coragem. Não era brincadeira seguir as pegadas de alguma coisa que tinha o tamanho de uma casa e que não era visível, mas tinha a viciosa malignidade de um demônio. Em frente à base da Colina Sentinela, as pegadas abandonavam a estrada e viam-se mais árvores tombadas e mais mato pisado ao longo do amplo trecho que marcava a primeira trilha do monstro, indo para o topo e saindo dele.

Armitage pegou um telescópio portátil de considerável potência e observou a encosta íngreme da colina. Em seguida, passou o instrumento para Morgan, que enxergava melhor. Depois de um momento olhando, Morgan soltou um grito repentino, passando o telescópio para Earl Sawyer e indicando com o dedo um determinado ponto da encosta. Sawyer, desajeitado como são quase todas as pessoas que nunca lidaram com instrumentos óticos, ficou um pouco atrapalhado, mas acabou conseguindo focar as lentes com a ajuda de Armitage. No momento em que fez isso, soltou um grito menos contido que o de Morgan.

— Deus do céu, a grama e os arbusto tá se mexendo! Ele está subindo, devagar, se arrastando, até o topo, só Deus sabe para quê!

Então o germe do pânico pareceu se espalhar entre os que olhavam. Caçar uma entidade sem nome era uma coisa; encontrá-la era bem diferente. Os encantamentos podem ser coisas boas — mas, e se não forem? Vozes começaram a questionar Armitage sobre o que sabia sobre a coisa, e nenhuma resposta que ele deu parecia satisfatória.

Todos se sentiam em íntima proximidade com fases da natureza e da existência completamente proibidas e inteiramente externas à experiência saudável da humanidade.

X

No final, os três homens de Arkham — o velho Armitage, com sua barba branca, o forte professor Rice, com seus cabelos grisalhos, e o esbelto e jovem dr. Morgan — subiram a montanha sozinhos. Depois de meticulosas instruções sobre como focalizá-lo e usá-lo, eles deixaram o telescópio com o amedrontado grupo que permaneceu na estrada; e à medida que escalavam, eles eram observados de perto por quem recebia o telescópio, que passava de mão em mão. Foi uma escalada difícil, e Armitage precisou de auxílio mais de uma vez. Bem acima do destemido trio, a grande área marcada estremecia quando seu demoníaco causador passava mais uma vez com a deliberação de uma lesma. Então ficou óbvio que os perseguidores estavam ganhando terreno.

Curtis Whateley — do ramo não decaído da família — estava segurando o telescópio quando viu o grupo de Arkham desviar radicalmente da trilha pisada no chão. Ele disse ao grupo que os homens estavam evidentemente tentando alcançar um pico adjacente que se debruçava sobre o trecho pisado em um ponto consideravelmente à frente de onde os arbustos estavam agora tombando. E, de fato, ele estava falando a verdade; o grupo foi visto chegando à elevação menor apenas pouco tempo depois que a invisível blasfêmia havia passado por ela.

Então Wesley Corey, que pegara o telescópio, gritou que Armitage estava ajustando o pulverizador que Rice segurava nas mãos e que alguma coisa provavelmente estava para acontecer. O grupo se agitava nervoso, lembrando que o pulverizador deveria conferir ao horror ainda não contemplado um momento de visibilidade. Dois ou três homens fecharam os olhos, mas Curtis Whateley pegou de volta o telescópio e forçou os olhos ao máximo. Ele viu que Rice, do ponto em que os três homens estavam, acima e atrás da entidade, tinha uma chance excelente de espargir o extraordinário pó com um efeito maravilhoso.

Os que não tinham telescópio viram apenas um *flash* instantâneo de nuvem cinzenta — uma nuvem mais ou menos do tamanho de um edifício médio — perto do topo da montanha. Curtis, que segurava o telescópio, deixou-o cair com um grito lancinante, e o instrumento afundou na lama da estrada. Ele cambaleou e teria caído no chão se dois ou três não o tivessem segurado e apoiado. Tudo o que ele podia fazer era produzir um gemido quase inaudível.

— Oh, oh, meus Deus... aquela... aquela...

Sobreveio uma tempestade de perguntas, e só Henry Wheeler pensou em resgatar o telescópio caído e retirar a lama que o cobria. Curtis não falava coisa com coisa, e mesmo respostas isoladas eram quase demais para ele.

— Maior que um estábulo... feito de um monte de corda retorcida, tem forma de ovo de galinha e é maior que qualqué coisa, com dezenas de perna que parece umas cabeça de porco que abre e fecha quando pisa... é tudo mole, tudo que nem geleia, e feito de um monte de corda separada e balançando que se junta... um monte de olho saltado sobre todo o corpo... dez ou vinte boca ou tromba que nasce dos lado, grande como chaminé e todas se mexendo e abrindo e fechando... tudo cinza, com umas argola azul ou roxa... e Deus do céu — aquela metade de cara lá em cima...

Esta última recordação, o que quer que fosse, revelou-se intensa demais para Curtis, que desfaleceu completamente antes de poder dizer mais. Fred Farr e Will Hutchins o levaram para a margem da estrada e o deitaram no capim úmido. Henry Wheeler, trêmulo, assestou o telescópio resgatado para a montanha para ver o que pudesse. Através das lentes pôde ver três diminutas figuras, aparentemente correndo na direção do topo tão depressa quanto a inclinação íngreme lhes permitia. Só isso — nada mais. Então todos perceberam um extemporâneo ruído no profundo grotão atrás deles, e até mesmo na vegetação rasteira da própria Colina Sentinela. Era o piar de inúmeros bacuraus, e em seu coro eles pareciam imprimir uma nota de tensa e malévola expectativa.

Earl Sawyer nesse momento pegou o telescópio e disse que as três figuras estavam sobre o ponto mais alto do cimo, quase no mesmo nível que o altar de pedra, mas a considerável distância dele. Um dos homens, disse ele, parecia estar elevando as mãos acima da cabeça a intervalos rítmicos, e quando Sawyer mencionou esse detalhe o grupo teve a impressão de ouvir um som fraco, meio musical, vindo de longe, como se um canto acompanhasse os gestos. A estranha silhueta naquele pico remoto deve ter sido um espetáculo infinitamente grotesco e impressionante, mas nenhum dos observadores estava inclinado a apreciações estéticas.

— Acho que ele tá falando as palavra do encantamento — sussurrou Wheeler, pegando de volta o telescópio. Os bacuraus piavam alucinados e em um singularmente curioso ritmo irregular, muito diferente daquele do ritual que podiam ver.

De repente, teve-se a impressão de que o brilho do sol diminuíra sem a intervenção de nenhuma nuvem discernível. Foi um fenômeno muito peculiar, que todos notaram. De trás das colinas parecia crescer um ribombar, que estranhamente se mesclava com um ribombar semelhante que vinha do céu. Viu-se o faiscar de um raio lá em cima, e as pessoas perplexas buscaram em vão os prenúncios de uma tempestade. O canto dos homens de Arkham agora havia se tornado inequívoco, e Wheeler viu pelo telescópio que eles estavam todos erguendo os braços no ritmo do encantamento. De alguma propriedade rural distante veio o latido frenético de cães.

A mudança na qualidade da luz do dia aumentou e as pessoas contemplaram espantadas o horizonte. Uma mancha púrpura, que nascera apenas de uma espectral intensificação do azul do céu, descia sobre as colinas retumbantes. Depois o relâmpago brilhou de novo, um pouco mais intenso que antes, e as pessoas tiveram a impressão de que ele revelou uma certa névoa em volta da pedra-altar na altura distante. Ninguém, entretanto, estava usando o telescópio nesse momento. Os bacuraus continuavam seu piado irregular, e os homens de Dunwich buscavam forças para enfrentar alguma imponderável ameaça que parecia sobrecarregar a atmosfera.

Sem aviso vieram os profundos, estridentes, rouquenhos sons vocais que nunca abandonarão a memória daquele grupo estupefato que os ouviu. Eles não vinham de nenhuma garganta humana, pois os órgãos humanos não produzem tais perversões acústicas. Era mais fácil alguém ter dito que os sons vinham da própria fenda do vale, se não fosse tão evidente que eles vinham da pedra-altar, lá no pico. É quase um erro chamá-los de sons, pois muito de seu timbre espectral e gravíssimo falava a pontos obscuros de consciência e terror muito mais sutis que o ouvido; mas é preciso dizer que eram sons, pois a forma que assumiam era sem dúvida, embora vagamente, de palavras semiarticuladas. Eram altos — altos como o ribombar e o trovão que eles ecoavam —, mas não vinham de um ser visível. E como a imaginação poderia sugerir uma fonte conjectural no mundo das coisas não visíveis, o grupo amontoado na base da montanha se amontoou mais ainda, e cada um se encolheu como se esperasse um golpe.

— *Ygnailh... ygnaiih... thflthkh'ngha... Yog-Sothoth...* — soava o medonho grasnado que vinha do espaço — *Y'bthnk... h'ehye — n'grkdl'lh...*

O impulso da fala parecia vacilar nesse ponto, como se estivesse ocorrendo alguma terrível luta psíquica. Henry Wheeler forçou os olhos no telescópio, mas só pôde ver as três figuras humanas grotescamente desenhadas no pico, todas as três mexendo os braços em estranhos gestos, enquanto seu encantamento chegava ao clímax. De que negros abismos de terror aquerôntico, de que insondáveis fossos de consciência extracósmica ou hereditariedade obscura há muito latente vinham aqueles grasnados que mais pareciam trovões semiarticulados? De repente, eles começaram a recobrar a força e a coerência, crescendo em um total e acabado frenesi.

— *Eh-y-ya-ya-yahaah - e'yayayaaaa... ngh'aaaaa... ngh'aaa... h'yuh... h'yuh... SOCORRO! SOCORRO!... p- p- pp- PAI! PAI! YOG-SOTHOTH!...*

Mas isso foi tudo. As pálidas pessoas na estrada, ainda cambaleantes depois de ouvirem as sílabas que inequivocamente reconheceram *como de sua língua* e que se derramaram espessas e trovejantes daquele espaço vazio ao lado da terrível pedra-altar, nunca as ouviriam de novo. Tiveram, porém, um violento sobressalto quando veio o fabuloso estrondo que pareceu rasgar as montanhas, o ensurdecedor e cataclísmico estrépito cuja origem, fossem as entranhas da Terra ou o céu, nenhum ouvido foi capaz de localizar. Um único raio se lançou do céu arroxeado para a pedra-altar, e uma enorme onda de força invisível e um indescritível fedor inundaram tudo, desde a colina até a região lá embaixo. Árvores, grama, arbustos, tudo foi açoitado por aquela fúria; e as amedrontadas pessoas na base da montanha, enfraquecidas pelo letal cheiro que por pouco não as asfixiou, foram quase derrubadas ao chão. Cães uivavam na distância, a grama e as folhagens verdes assumiram um tom curioso, um doentio amarelo-acinzentado, e sobre campo e floresta se espalhavam os corpos de bacuraus mortos.

O mau cheiro se foi rapidamente, mas a vegetação nunca mais voltou ao normal. Até hoje existe alguma coisa sinistra e maligna nas coisas que crescem naquela terrível colina e em torno dela. Curtis Whateley estava recobrando a consciência quando os homens de Arkham desciam lentamente a montanha sob os raios de um sol mais uma vez brilhante e sem manchas. Eles estavam sérios e taciturnos, e pareciam abalados por memórias e reflexões ainda mais terríveis que aquelas que tinham reduzido o grupo de habitantes locais a um estado de trêmulo terror. Em resposta a uma saraivada de perguntas, eles apenas abanavam a cabeça e reafirmavam um único fato fundamental.

— A coisa se foi para sempre — disse Armitage. — Ela foi desfeita, transformando-se naquilo que originalmente era, e nunca poderá existir de novo. Era uma impossibilidade em um mundo normal. Apenas uma minúscula parte dela era realmente matéria em qualquer sentido que conheçamos. Era como seu pai, e a maior parte dela retornou para ele em alguma vaga dimensão fora de nosso universo material, algum vago abismo do qual apenas os ritos mais amaldiçoados da blasfêmia humana poderiam tê-la evocado por um momento nas colinas.

Fez-se um breve silêncio, e naquela pausa os sentidos do pobre Curtis Whateley começaram a se recompor numa certa continuidade; assim, ele pôs as mãos na cabeça com um gemido. A recordação parecia ter sido retomada a partir do ponto em que fora interrompida, e o horror da visão que havia prostrado aquele homem mais uma vez explodiu dentro dele.

— *Ai, ai, meu Deus, aquela cara pela metade, aquela metade de rosto em cima da coisa... aquele rosto com os olho vermelho e cabelo albino e crespo, sem queixo, que nem os Whateley... Parecia um polvo, uma centopeia, uma aranha, mas em cima de tudo tinha uma cabeça que parecia de gente, e ela parecia o Feiticeiro Whateley, só que tinha muitos metro de largura...*

Ele fez uma pausa, exausto, e todos os locais ficaram olhando com uma perplexidade que ainda não se cristalizara em novo terror. Apenas o velho Zebulon Whateley, que vagamente se lembrava de coisas antigas e que estivera calado até aquele momento, disse em voz alta:

— Quinze ano atrás — disse ele de forma vacilante — ouvi o velho Whateley dizê como algum dia nós ia ouvir um fio da Lavínia chamando o nome do pai no topo da Colina Sentinela...

Mas Joe Osborn o interrompeu para interrogar mais uma vez os homens de Arkham.

— *No fim das conta, o que era essa coisa*, e como foi que o bruxinho Whateley chamou ela do céu de onde ela veio?

Armitage escolheu as palavras com muito cuidado.

— A coisa era... bem, era principalmente um tipo de força que não pertence à nossa parte do espaço; um tipo de força que age e cresce e se conforma obedecendo a outras leis, diferentes daquelas da nossa natureza. Nós não temos nada que ficar chamando essas coisas lá de fora, e apenas pessoas muito más e cultos muito perversos tentam fazer isso. Havia algo da coisa no próprio Wilbur Whateley, o suficiente para o transformá-lo em um demônio e em um monstro precoce, e fazer de sua morte uma visão de terror. Vou queimar seu maldito diário, e se vocês forem sensatos, devem dinamitar a pedra-altar lá em cima e derrubar todos os círculos de pilares de pedra em cima das outras colinas. Coisas assim trouxeram os seres de quem os Whateleys tanto gostavam, os seres que eles iam permitir que entrassem para literalmente banir a raça humana e arrastar a Terra para algum lugar sem nome, por alguma razão inominável.

— Mas quanto a esta coisa que acabamos de mandar de volta: os Whateleys a criaram para que desempenhasse um terrível papel nas coisas que seriam feitas no futuro. Ela cresceu rápido e muito, pelo mesmo motivo que Wilbur cresceu rápido e muito — mas a coisa superou Wilbur, porque tinha em si uma proporção maior de seu caráter alheio. Vocês não precisam perguntar como Wilbur a chamou do espaço. Ele não chamou a coisa. *A coisa era seu irmão gêmeo, mas era mais parecida com o pai que Wilbur.*

❖

Sussurros na escuridão

I

Quero deixar claro que no fim eu não testemunhei nenhum horror visual concreto. Dizer que um choque mental foi a causa do que inferi — aquela gota d'água que me fez sair correndo da solitária propriedade rural de Akeley, passando como um relâmpago pelas colinas abobadadas de Vermont em um veículo furtado à noite — é ignorar os fatos mais triviais da minha experiência final. Embora eu estivesse bastante inteirado das informações e especulações de Henry Akeley, apesar das coisas que vi e ouvi e da perfeita nitidez da impressão que elas causaram em mim, nem mesmo agora posso provar se eu estava certo ou errado em minha medonha inferência. Afinal de contas, o desaparecimento de Akeley não prova nada. Não foi encontrado nada suspeito na casa, apesar das marcas de balas nas partes interna e externa. Foi como se ele simplesmente tivesse saído para um passeio casual nas colinas, para nunca mais voltar. Não havia nem mesmo um sinal de que ele recebera uma visita, ou de que aqueles horríveis cilindros e máquinas haviam sido guardados no escritório. Também não significa nada o pavor que ele tinha das verdes colinas sobrepostas e do infindável gorgolejar dos riachos da região onde nascera e fora criado, já que milhares de pessoas são vítimas desses temores mórbidos. Além disso, a excentricidade poderia facilmente explicar seus estranhos atos e apreensões no final.

A história toda começou, pelo que sei, com a inaudita enchente ocorrida em Vermont em 3 de novembro de 1927, acontecimento que entrou para a história. Na época eu era, e sou até agora, professor de Literatura na Miskatonic University em Arkham, Massachusetts, e um entusiasta pesquisador informal do folclore da Nova Inglaterra.

Logo após a enchente, em meio aos muitos relatos jornalísticos de agruras, sofrimentos e socorro prestado às vítimas, apareceram umas histórias bizarras de coisas que foram encontradas flutuando em alguns dos rios cheios; dessa forma, muitos de meus amigos embarcaram em curiosas discussões e me pediram para esclarecer o assunto como me fosse possível. Eu me senti lisonjeado quando vi meu estudo sobre folclore sendo levado tão a sério, e fiz o que pude para minimizar as imprecisas e alucinadas histórias que me pareciam tão claramente resultar de antigas superstições rústicas. Eu achava engraçado que muitas pessoas com bom nível de estudo insistissem que poderia haver algum elemento factual, obscuro e distorcido, por trás dos boatos.

As histórias que chegavam ao meu conhecimento vinham principalmente de recortes de jornais, embora um relato tivesse uma fonte oral, tendo sido repetido a um amigo meu em uma carta de sua mãe que morava em Hardwick, Vermont. O tipo de coisa descrita era essencialmente o mesmo em todos os casos, embora parecessem existir três instâncias envolvidas — uma ligada ao Rio Winooski, perto de Montpelier, outra relacionada ao West River, no Condado de Windham, além de Newfane, e uma terceira envolvendo o Rio Passumpsic, no Condado da Caledônia, acima de Lyndonville. É claro que muitas das histórias individuais mencionavam outras instâncias, mas numa análise mais detalhada todas elas pareciam se resumir a essas três. Em todos os casos, as pessoas do interior relatavam ter visto um ou mais bizarros e muito perturbadores objetos boiando nas turbulentas águas que desciam das montanhas desabitadas, e havia uma tendência generalizada de ligar essas visões a um ciclo primitivo e semiesquecido de lendas sussurradas que os velhos ressuscitaram nessa ocasião.

O que as pessoas pensavam ter visto eram formas orgânicas diferentes de tudo o que conheciam. Naturalmente, houve muitos corpos humanos varridos pelas águas ao longo dos rios naquele trágico período, mas as pessoas que descreveram essas estranhas formas tinham certeza de que elas não eram humanas, apesar de algumas semelhanças superficiais em tamanho e contornos gerais. Além disso, diziam as testemunhas, elas não poderiam ser nenhum tipo de animal conhecido em Vermont. Eram seres rosados de cerca de um metro e meio de comprimento, com corpos de crustáceos que tinham vastos pares de nadadeiras dorsais ou asas membranosas e vários conjuntos de membros articulados; no lugar onde estaria normalmente uma cabeça, tinham um tipo de elipsoide torcido, coberto com miríades de antenas muito curtas. Era realmente digno de nota o fato de que os relatos de diferentes fontes tendiam a coincidir, embora a surpresa fosse diminuída pelo fato de que velhas lendas, que circularam em certa época por todo o interior, criavam uma figura morbidamente vívida que poderia muito bem ter alimentado a imaginação de todas as testemunhas envolvidas. Concluí que essas testemunhas — em todos os casos pessoas simples e ingênuas do interior — tinham visto os corpos inchados e desfigurados de seres humanos ou de animais do campo nas fortes correntezas e haviam permitido que as memórias de um folclore nebuloso atribuíssem a esses deploráveis objetos características fantásticas.

As histórias antigas, embora vagas, evasivas e em grande medida esquecidas pela geração atual, tinham um caráter altamente singular, sem dúvida refletindo a influência de tradições indígenas ainda mais antigas. Embora nunca tivesse estado em Vermont, eu as conhecia muito bem, por meio da monografia extremamente rara de Eli Davenport, que coligiu relatos orais anteriores a 1839 junto aos habitantes mais antigos do estado. Além disso, esses relatos eram muito semelhantes a histórias que eu tinha pessoalmente ouvido de rústicos anciãos das montanhas de New Hampshire. Em termos resumidos, elas aludiam a uma raça oculta de seres monstruosos que espreitavam em algum ponto entre as colinas mais remotas — nas profundezas das matas dos mais altos picos e nos escuros vales percorridos por riachos vindos de fontes desconhecidas. Esses seres quase nunca eram vistos, mas provas de sua presença eram relatadas por pessoas que haviam se aventurado a ir mais longe que o habitual, subindo encostas de determinadas montanhas ou descendo por gargantas escarpadas que até os lobos evitavam.

Havia bizarras pegadas de pés ou garras na lama das margens dos riachos e em trechos de solo estéril e curiosos círculos de pedra, com a grama em torno deles desgastada, que não pareciam ter sido colocados ali e nem mesmo moldados pela Natureza. Havia também certas cavernas de intrigante profundidade nas encostas das montanhas, cujas aberturas eram tapadas com grandes pedras arredondadas de um formato que não parecia nada acidental, e com uma profusa quantidade das estranhas pegadas levando até elas e também delas se afastando — se na verdade a direção dessas pegadas pudesse ser determinada de forma precisa. E, pior de tudo, havia as coisas que as pessoas aventureiras tinham visto muito raramente na penumbra dos vales mais remotos e nas densas florestas perpendiculares acima dos limites em geral alcançados pelas pessoas.

Seria bem menos desconfortável se os relatos isolados sobre esses seres não coincidissem tanto. Na realidade, quase todos os rumores tinham muitos pontos em comum, afirmando que os seres eram um tipo de enorme caranguejo avermelhado com muitos pares de pernas e duas grandes asas de morcego no meio das costas. Algumas vezes eles andavam com todas as pernas e outras vezes se apoiavam apenas no par traseiro, usando os outros membros para transportar grandes objetos de natureza indeterminada. Certa ocasião haviam sido vistos em um número considerável, um grupo deles andando ao longo de um riozinho raso da floresta, três lado a lado, em uma formação evidentemente disciplinada. Numa ocasião, um deles havia sido visto voando — lançara-se na noite do topo de uma colina descoberta e solitária, desaparecendo no céu depois que a silhueta de suas grandes asas em movimento se desenhou por um instante contra a luz da lua cheia.

Em geral, esses seres pareciam satisfeitos em deixar a humanidade em paz, embora algumas vezes fossem considerados responsáveis pelo desaparecimento de pessoas aventureiras — em especial aquelas que construíam casas muito perto de determinados vales ou em pontos muito altos das montanhas. Vários locais acabaram sendo classificados como não recomendáveis para morar, e essa impressão persistia mesmo após a causa ter sido esquecida. Quando olhavam alguns precipícios ali perto, as pessoas sentiam um arrepio, mesmo sem recordar quantas pessoas tinham desaparecido e quantas propriedades haviam sido reduzidas a cinzas, nas encostas mais baixas daquelas sombrias sentinelas verdes.

Mas embora as lendas mais antigas dissessem que as criaturas aparentemente atacavam apenas aqueles que invadiam sua privacidade, havia relatos mais recentes de sua curiosidade em relação aos homens e de suas tentativas de estabelecer postos avançados secretos no mundo humano. Havia histórias sobre estranhas marcas de garras que haviam sido vistas perto de janelas de casas ao amanhecer e de ocasionais desaparecimentos fora das áreas obviamente assombradas. Além do mais, contavam-se histórias de vozes sussurradas que ensaiavam uma imitação da fala humana e faziam surpreendentes ofertas a viajantes solitários em estradas e carreiros nas profundas florestas e de crianças aterrorizadas por coisas vistas ou ouvidas nos pontos em que a floresta primal se aproximava de seus quintais. Na camada mais recente das lendas — a camada que precede o declínio da superstição e o abandono de um contato íntimo com os lugares temidos —, existem referências escandalizadas a eremitas e remotos agricultores que, em algum período da vida, parecem ter passado por uma repulsiva alteração mental; esses eram evitados e despertavam os comentários das pessoas, que diziam que eles eram mortais que haviam se vendido aos seres estranhos. Em um dos condados na região nordeste, ao que parece era moda, por volta de 1800, acusar reclusos excêntricos e pouco populares de serem aliados ou representantes dos seres abomináveis.

Quanto ao que seriam esses seres, com certeza as explicações variavam. O nome comum a eles aplicado era "aqueles" ou "os ancestrais", embora outros termos tivessem um emprego local e transitório. Talvez a maior parte dos colonos puritanos os tenham descartado como parentes do demônio, transformando-os na base de uma assombrada especulação teológica. Os que traziam em seu legado as lendas celtas – principalmente os escoceses e irlandeses de New Hampshire e suas famílias, que haviam se assentado em Vermont nas terras doadas pelo Governador Wentworth — vagamente os ligavam às fadas malignas e aos "diabretes" dos pântanos e brejos, e se protegiam com trechos de encantamentos que lhes haviam chegado desde gerações muito antigas. Mas eram os índios que tinham as teorias mais fantásticas. Embora as lendas tribais divergissem, havia um marcado consenso em se acreditar em algumas características importantes, sendo que todos concordavam que as criaturas não eram nativas desta Terra.

Os mitos dos Pennacook, que eram os mais consistentes e pitorescos, diziam que Os Alados tinham vindo da Ursa Maior lá no céu, que tinham minas em nossas colinas terrestres de onde eles extraíam um tipo de pedra que não podiam obter em nenhum outro mundo. Eles não viviam aqui, segundo os mitos, mas simplesmente mantinham postos avançados e voavam com enormes carregamentos de pedra para suas estrelas, no norte. Eles só prejudicavam as pessoas da Terra que chegavam muito perto deles ou os espionavam. Os animais os evitavam com um ódio instintivo, e não porque fossem caçados. Eles não podiam comer os seres e animais terrestres e traziam das estrelas sua própria comida. Era ruim se aproximar deles, e algumas vezes jovens caçadores que entravam em suas montanhas nunca mais voltavam. Também não era bom ouvir o que eles sussurravam à noite na floresta, com vozes como as de abelhas que tentavam se parecer com as vozes dos homens. Eles sabiam as línguas de todos os tipos de homens — Pennacooks, Hurons, homens das Cinco Nações — mas não pareciam ter ou precisar de nenhuma língua própria. Eles falavam com suas cabeças, que mudavam de cor de modos diferentes para significar coisas diferentes.

É claro que todas as lendas, tanto dos índios quanto dos brancos, foram desaparecendo durante o século XIX, à exceção de alguns recrudescimentos atávicos. Os costumes dos habitantes de Vermont foram se solidificando e, uma vez estabelecidos seus caminhos e suas habitações de acordo com um plano fixo, eles se lembravam cada vez menos dos temores e precauções que tinham determinado aquele plano, e até mesmo de que houvera temores e precauções. A maioria das pessoas simplesmente sabia que certas regiões montanhosas eram consideradas insalubres, inaproveitáveis e que morar nelas dava azar; quanto mais longe as pessoas se mantivessem delas, melhor estariam. Com o tempo as rotinas dos costumes e interesses econômicos se tornaram tão bem marcadas nos lugares aprovados que deixou de haver motivo para ir além deles, e as colinas assombradas foram abandonadas muito mais por acidente que por desígnio. Exceto por ocasião de infrequentes acessos de pânico, apenas as vovós que gostavam de histórias fantásticas e os nonagenários saudosistas sussurravam sobre seres que moravam naquelas colinas; e até mesmo esses sussurros admitiam que não havia muito motivo para temer aqueles seres agora que eles haviam se habituado à presença de casas e assentamentos, e agora que os seres humanos haviam deixado o território deles rigorosamente em paz.

Tudo isso eu já sabia de longa data, devido a minhas leituras e também por causa de algumas histórias populares coligidas em New Hampshire; por isso, quando os boatos começaram a aparecer na época da enchente, eu pude facilmente deduzir qual fora o contexto imaginativo que os havia gerado. Tive muito trabalho para explicar isso aos meus amigos e fiquei bastante surpreso quando vários espíritos teimosos continuaram a insistir em um possível elemento de verdade nos relatos. Essas pessoas tentavam mostrar que as antigas lendas tinham uma persistência e uma uniformidade significativas e que a natureza praticamente inexplorada das colinas de Vermont desaconselhava qualquer dogmatismo sobre o que poderia ou não habitar aquela região. Tampouco elas foram silenciadas por minha declaração de que todos os mitos pertenciam a um padrão bem conhecido, manifesto na maioria das comunidades humanas e determinado por fases antigas de experiência imaginativa que sempre produziam o mesmo tipo de ilusão.

Não adiantou nada demonstrar a meus oponentes que os mitos de Vermont eram, em sua essência, pouquíssimo diferentes das lendas universais sobre personificações de elementos da natureza que encheram o mundo antigo de faunos e dríades e sátiros, sugeriram os *kallikanzarai* da Grécia moderna, e deram à extravagante Irlanda e ao País de Gales seus sombrios vestígios de estranhas, pequenas e terríveis raças ocultas de trogloditas e seres subterrâneos. Também de nada adiantou citar a crença ainda mais assustadoramente semelhante das tribos das montanhas nepalesas nos temíveis *Mi-Go* ou "Abomináveis Homens das Neves", que espreitam por entre o gelo e os pináculos de pedra do Himalaia. Quando mostrei essas provas, meus oponentes contra-argumentaram que isso devia indicar alguma historicidade verdadeira das lendas antigas, que devia ser prova da real existência de alguma bizarra e ancestral raça da Terra, que fora levada a se esconder depois do advento e do domínio da humanidade e que poderia muito bem ter sobrevivido em pequeno número até tempos relativamente recentes — ou mesmo até o presente.

Quanto mais eu ria dessas teorias, mais esses amigos teimosos as afirmavam, acrescentando que, mesmo sem a herança das lendas, os relatos recentes eram por demais claros, consistentes, detalhados e saudavelmente prosaicos em sua transmissão para serem completamente ignorados. Dois ou três extremistas fanáticos chegaram a ponto de sugerir que havia algum significado nas antigas lendas indígenas que conferiam aos seres ocultos uma origem extraterrestre, citando os extravagantes livros de Charles Fort com suas alegações de que viajantes de outros mundos e do espaço muitas vezes visitaram a Terra. Muitos de meus adversários eram, entretanto, simplesmente românticos que insistiam em tentar transferir para a vida real as histórias fantásticas de "diabretes" à espreita, popularizadas pelos magníficos livros de horror de Arthur Machen.

II

Como se poderia esperar nessas circunstâncias, esse acalorado debate acabou indo parar na imprensa na forma de cartas para o *Arkham Advertiser*, algumas das quais foram reproduzidas nos jornais das regiões de Vermont de onde tinham vindo as histórias da enchente. O *Rutland Herald* publicou meia página com trechos de cartas defendendo os dois lados, ao passo que o *Brattleboro Reformer* republicou na íntegra um dos meus longos ensaios históricos e mitológicos, com alguns comentários adicionais na sensata coluna do “Errante da Pena”, que apoiava e aplaudia minhas conclusões céticas. Por volta da primavera de 1928, eu era quase uma personalidade pública em Vermont, apesar do fato de nunca ter colocado meus pés naquele estado. Vieram então as desafiadoras cartas de Henry Akeley, que me impressionaram tão profundamente e que me levaram pela primeira e última vez àquela região fascinante de compactos precipícios verdes e murmurantes córregos da floresta.

Quase tudo o que sei sobre Henry Wentworth Akeley foi obtido por cartas trocadas com seus vizinhos e com seu único filho que mora na Califórnia, depois de minha experiência em sua solitária propriedade rural. Ele era, acabei descobrindo, o último representante em sua terra natal de uma longa linhagem de juristas, administradores e proprietários de terra muito respeitados localmente. Nele, entretanto, a família havia se desviado mentalmente das questões práticas para se dedicar à pura pesquisa acadêmica, de modo que ele fora um notável estudioso de matemática, astronomia, biologia, antropologia e folclore na University of Vermont. Eu nunca antes ouvira falar de Akeley, e ele não me deu muitos detalhes autobiográficos em suas comunicações, mas, desde o início, percebi que era um homem de caráter, estudo e inteligência, embora fosse um recluso, com pouca sofisticação mundana.

Apesar da natureza incrível do que ele alegava, desde o princípio não pude deixar de levá-lo mais a sério do que levara qualquer um dos outros que desafiavam minhas opiniões. Em primeiro lugar, ele estava realmente próximo dos fenômenos concretos — visíveis e tangíveis — sobre os quais especulava de forma tão grotesca; em segundo lugar, ele estava surpreendentemente disposto a deixar suas conclusões em um estágio provisório, como um verdadeiro homem de ciência. Ele não tinha preferências pessoais para defender, e era sempre guiado pelo que julgava ser uma prova concreta. É claro que no início achei que ele estava enganado, mas dei-lhe crédito por estar inteligentemente enganado, e em tempo algum eu me comportei como alguns de seus amigos, que atribuíam suas ideias e o medo que ele tinha das solitárias colinas verdes a uma suposta loucura sua. Eu percebia que o homem era uma pessoa respeitável e sabia que o que ele relatava com certeza vinha de alguma circunstância estranha que merecia ser investigada, mesmo que tivesse pouco a ver com as causas fantásticas atribuídas ao caso por ele. Mais tarde recebi de Akeley algumas provas materiais que colocaram a questão em uma base um pouco diferente e desconcertantemente bizarra.

O melhor que tenho a fazer é transcrever na íntegra, na medida do possível, a longa carta em que Akeley se apresentou, carta essa que foi um marco muito importante na minha história intelectual. A carta não está mais comigo, mas minha memória retém, quase palavra por palavra, aquela portentosa mensagem, e volto a afirmar minha confiança na sanidade do homem que a escreveu. Aqui está o texto – um texto que chegou até mim nas garatujas tortuosas e de aparência arcaica de alguém que com certeza não se mesclara com o mundo durante sua tranquila vida acadêmica.

Correio Rural 2, Townshend, Windham Co., Vermont. 5 de maio de 1928.

Excelentíssimo Senhor
Albert N. Wilmarth.
118, Saltonstall St.
Arkham, Massachusetts.

Prezado Senhor:

Foi com grande interesse que li no *Brattleboro Reformer* a reprodução (23 de abril de 1928) de sua carta sobre as recentes histórias de estranhos corpos que foram vistos boiando em nossos rios durante a enchente do último outono e sobre o curioso folclore com o qual elas coincidem. É fácil entender por que uma pessoa de fora como o senhor assume a posição que assume e por que o "Errante da Pena" concorda com o senhor. Essa é a atitude que geralmente tomam as pessoas estudadas, tanto em Vermont quanto fora daqui, e foi também minha atitude quando eu era jovem (agora tenho 57 anos), antes que meus estudos, tanto gerais como do livro de Davenport, me levassem a realizar umas explorações em partes dos entornos das montanhas que em geral não são visitadas.

Fui direcionado para esses estudos pelas bizarras histórias antigas que eu costumava ouvir de velhos agricultores do tipo mais ignorante, mas agora gostaria de ter deixado todo esse assunto em paz. Posso dizer, com toda a modéstia apropriada para a situação, que os assuntos relacionados à antropologia e ao folclore não me são de modo algum desconhecidos. Estudei bastante essas disciplinas na faculdade e conheço a maioria das autoridades respeitadas, como Tylor, Lubbock, Frazer, Quatrefages, Murray, Osborn, Keith, Boule, G. Elliott Smith e muitos outros. Para mim não é novidade alguma que histórias de raças ocultas são tão antigas quanto a própria humanidade. Vi as reproduções das cartas escritas pelo senhor e também daqueles que discutiam com o senhor, no *Rutland Herald*, e acho que sei em que pé está sua controvérsia atualmente.

O que desejo dizer agora é que receio que seus adversários estão mais próximos da verdade que o senhor, embora pareça que toda a razão está do seu lado. Eles estão mais certos do que eles próprios percebem — pois sem dúvida se apoiam apenas na teoria e não podem saber o que eu sei. Se eu soubesse do assunto tão pouco quanto eles, eu não veria motivos para acreditar no que eles acreditam. Eu estaria inteiramente do seu lado.

O senhor pode perceber que para mim está sendo difícil chegar ao ponto, provavelmente porque eu realmente tenho pavor de chegar ao ponto; mas a conclusão do assunto é que *eu tenho provas de que seres monstruosos realmente vivem nas florestas das altas montanhas que não são visitadas por ninguém*. Eu não vi nenhum dos seres boiando nos rios, como foi relatado, mas vi seres como eles em circunstâncias que temo repetir. Eu vi pegadas e ultimamente as tenho visto mais perto da minha casa (eu moro na velha propriedade Akeley, ao sul da Townshend Village, na encosta do Monte Escuro) do que agora ouso lhe dizer. E eu entreouvi vozes na floresta em certos pontos que não vou nem começar a descrever no papel.

Em um determinado local, eu os ouvi com tanta nitidez que levei um fonógrafo até lá com um ditafone e um cilindro de cera — e vou tentar providenciar para que o senhor ouça a gravação que fiz. Eu reproduzi minha gravação na máquina diante das pessoas velhas daqui, e uma das vozes quase as deixou paralisadas de medo por ser tão parecida com uma certa voz (a voz sussurrada das florestas que Davenport menciona) sobre as quais suas avós lhes haviam contado, imitando-a para eles. Eu sei o que a maioria das pessoas pensa de um homem que fala sobre "ouvir vozes" — mas antes que o senhor tire alguma conclusão, ouça essa gravação e pergunte aos habitantes locais mais antigos o que acham dela. Se o senhor conseguir explicá-la normalmente, muito que bem; mas deve haver algo por trás dela. *Ex nihilo nihil fit*, o senhor sabe.

Meu objetivo em lhe escrever não é iniciar uma discussão, mas dar-lhe informações que eu julgo que um homem com seus critérios vai considerar profundamente interessantes. *Isto é particular. Publicamente, estou do seu lado,* pois algumas coisas me indicam que não é bom que as pessoas saibam demais sobre esses assuntos. Meus próprios estudos são hoje em dia completamente privados, e eu não pensaria em dizer qualquer coisa que atraísse a atenção das pessoas e as motivasse a visitar os lugares que explorei. É verdade — uma terrível verdade — que existem *criaturas não humanas nos vigiando o tempo todo*, com espiões entre nós que coletam informações. Foi de um pobre coitado, que *era um desses espiões* (se é que não era um louco, e eu acho que não era), que eu consegui a maior parte das pistas sobre esse assunto. Depois ele se matou, mas tenho motivos para pensar que existem outros agora.

Os seres vêm de outro planeta, sendo capazes de viver no espaço interestelar e voar através dele com asas desajeitadas e poderosas que têm um modo de resistir ao éter mas que, sendo muito ruins de controlar, não têm muita utilidade para eles se moverem na Terra. Vou contar-lhe sobre isso depois, se o senhor não me rechaçar imediatamente, considerando-me um louco. Eles vêm para cá para obter metais de minas que ficam no fundo das montanhas, *e acho que sei de onde eles vêm*. Eles não irão nos machucar se os deixarmos em paz, mas ninguém pode saber o que vai acontecer se ficarmos curiosos demais a seu respeito. Sem dúvida, um bom exército de homens poderia eliminar a colônia de mineração deles. É isso o que eles temem. Mas se isso acontecesse, mais deles viriam de *fora — qualquer* número deles. Eles poderiam facilmente conquistar a Terra, mas ainda não tentaram fazer isso porque não tiveram a necessidade. Eles preferem deixar as coisas como estão para evitar complicações.

Acho que eles querem se livrar de mim por causa do que descobri. Existe uma grande pedra negra com hieróglifos desconhecidos e meio apagados que encontrei na floresta do Monte Redondo, a leste daqui; e depois que a trouxe para casa tudo ficou diferente. Se acharem que suspeito demais, eles vão me matar *ou me levar para longe da Terra, de onde vieram*. Eles gostam de levar homens eruditos de vez em quando, para se manterem informados do estado das coisas no mundo humano.

Isso me conduz ao segundo motivo pelo qual lhe escrevo — a saber, solicitar que o senhor silencie o debate atual, em vez de dar a ele mais publicidade. *As pessoas devem se manter distantes dessas colinas* e, para que isso aconteça, sua curiosidade não deve ser ainda mais estimulada. De qualquer forma, já existe perigo suficiente com empresários e especuladores imobiliários vindo para Vermont com hordas de turistas de verão que pretendem invadir os locais selvagens e cobrir as colinas com chalés baratos.

Gostaria de um novo contato com o senhor, e tentarei enviar-lhe a gravação fonográfica e a pedra negra (cujas fotos não revelariam as inscrições, estando a pedra muito gasta) pelo correio expresso, se o senhor me autorizar. Digo "tentar" porque acho que esses seres têm um jeito de atrapalhar as coisas por aqui. Há um sujeito sombrio e dissimulado chamado Brown, de um sítio perto da vila, que eu acho que é espião deles. Pouco a pouco eles estão tentando me isolar de nosso mundo porque sei demais sobre o mundo deles.

Eles têm o mais surpreendente modo de descobrir o que faço. Talvez o senhor nem receba esta carta. Acho que deverei deixar esta parte do país para ir viver com meu filho em San Diego, na Califórnia, se as coisas piorarem, mas não é fácil deixar o lugar onde nascemos e onde nossa família viveu por seis gerações. Além disso, eu não ousaria vender esta casa para ninguém agora que os seres a notaram. Eles parecem estar tentando obter a pedra negra de volta e destruir a gravação fonográfica, mas, se eu puder, não deixarei que eles façam isso. Meus grandes cães policiais os mantêm afastados, pois ainda há bem poucos deles por aqui, e eles são desajeitados para se locomover. Como já disse, as asas deles não são de grande utilidade para voos curtos na Terra. Eu estou prestes a decifrar a inscrição daquela pedra — o que é apavorante — e com seu conhecimento de folclore talvez o senhor consiga fornecer os elos que estão faltando e assim me ajudar. Suponho que o senhor saiba tudo sobre os temíveis mitos anteriores à vinda do ser humano à Terra — os ciclos de Yog-Sothoth e de Cthulhu — aos quais se faz alusão no *Necronomicon*. Certa vez, tive acesso a um exemplar dessa obra e ouvi falar que o senhor tem um na biblioteca de sua faculdade, guardado sob chave e cadeado.

Concluindo, Sr. Wilmarth, acho que nós, cada um com seus estudos, podemos ser úteis um para o outro. Eu não desejo colocá-lo em perigo e suponho que devo adverti-lo de que não será muito seguro ter em seu poder a pedra e a gravação; mas acho que o senhor considerará que vale a pena correr qualquer risco pelo bem do conhecimento. Vou de carro até Newfane ou Brattleboro para enviar o que o senhor me autorizar, pois as agências do correio expresso de lá são mais confiáveis. Posso dizer que atualmente vivo bastante sozinho, já que não tenho mais condições de manter empregados. Eles não permanecem por causa dos seres que tentam se aproximar da casa durante a noite e que fazem os cães latirem continuamente. Fico feliz por não ter me aprofundado tanto nesse assunto enquanto minha mulher estava viva, pois esta situação toda a teria deixado louca.

Na esperança de não estar incomodando o senhor de forma indevida e de que o senhor decida entrar em contato comigo, em vez de jogar esta carta no cesto de lixo, tomando-a pelo delírio de um alucinado, subscrevo-me.

Atenciosamente,
Henry W. Akeley

P.S. Estou fazendo cópias de algumas fotografias que tirei e acho que podem ajudar a provar vários dos pontos que mencionei. As pessoas de mais idade as consideram monstruosamente verdadeiras. Posso enviá-las em breve se o senhor estiver interessado. H. W. A.

Seria difícil descrever meus sentimentos quando li aquele estranho documento pela primeira vez. Seguindo as regras convencionais, eu deveria ter rido muito mais alto dessas extravagâncias do que das teorias bem mais comedidas que anteriormente me haviam levado à hilaridade; no entanto, algo no tom da carta me fez levá-la paradoxalmente a sério. Não que eu acreditasse na raça oculta vinda dos astros mencionada por meu correspondente; o que aconteceu foi que, após algumas sérias dúvidas preliminares, eu comecei a ter certeza absoluta de sua seriedade e sanidade e de que ele realmente tinha tido um confronto com algum fenômeno genuíno, embora singular e anormal, que ele não podia explicar a não ser de uma forma imaginativa. Refleti que não podia ser como ele pensava, mas, por outro lado, aquilo sem dúvida merecia uma investigação. O homem parecia exageradamente agitado e alarmado por alguma coisa, mas era difícil pensar que não houvesse causa alguma. Ele era de certa forma tão específico e lógico — e afinal de contas, sua narrativa se encaixava desconcertantemente bem com alguns dos antigos mitos — e até com as mais extravagantes lendas indígenas.

Que ele realmente ouvira perturbadoras vozes nas montanhas, e realmente encontrara a pedra negra que mencionara, era completamente possível, apesar das estranhas inferências que ele havia feito — provavelmente sugeridas pelo homem que alegara ser um espião dos seres extraterrestres e que depois havia se suicidado. Era fácil deduzir que esse homem era completamente alucinado, mas que ele provavelmente tinha uma veia de perversa lógica superficial que levou o ingênuo Akeley — já predisposto a essas coisas por seus estudos do folclore — a acreditar em sua história. Quanto aos últimos acontecimentos — parecia, por sua incapacidade de manter empregados na casa, que os vizinhos mais rústicos e humildes estavam tão convencidos quanto ele de que a casa estava sendo vítima do cerco de misteriosas criaturas durante a noite. Os cães também latiam de verdade.

E também a questão da gravação fonográfica, que eu não podia deixar de acreditar que ele obtivera da forma por ele descrita. Aquilo significava alguma coisa, talvez ruídos animais que pareciam vozes, ou a fala de algum ser humano oculto, decaído num estado não muito acima daquele dos animais inferiores, que assombrava a noite. Da gravação meus pensamentos retornaram à pedra negra com hieróglifos e a especulações sobre seu significado. Além disso, que dizer das fotografias que Akeley dissera estar prestes a me enviar, e que as pessoas mais velhas haviam considerado tão convincentemente terríveis?

Relendo aquela caligrafia retorcida, senti como nunca antes que meus crédulos oponentes poderiam ter mais argumentos a seu favor do que eu havia admitido. Afinal de contas, deveria haver, naquelas colinas inóspitas, algumas pessoas banidas e talvez deformadas por problemas hereditários, mesmo que não se tratasse de nenhuma raça de monstros dos astros como asseverava o folclore. E se as houvesse, então a presença de corpos estranhos nas águas da enchente não seria de todo inacreditável. Seria muita presunção minha supor que tanto as antigas lendas quanto os relatos recentes tinham essa base de realidade? Mas, mesmo acolhendo essas dúvidas, eu me sentia envergonhado pelo fato de que uma peça tão bizarra quanto a carta de Akeley as tivesse provocado.

No final, acabei respondendo à carta de Akeley, adotando um tom de amigável interesse e solicitando mais detalhes. Sua resposta chegou quase que imediatamente, contendo, em cumprimento à promessa, várias fotos Kodak de cenas e objetos que ilustravam o que ele tinha a contar. Observando as fotos ao tirá-las do envelope, senti uma curiosa sensação de medo e proximidade a coisas proibidas, pois, apesar da imprecisão da maioria delas, elas tinham um terrível poder de sugestão que era intensificado pelo fato de serem fotografias genuínas — concretos elos visuais com o que elas representavam e o produto de um processo de transmissão impessoal, sem vieses, falibilidade ou truques.

Quanto mais as observava, mais eu percebia que a seriedade com que considerei Akeley e sua história tinha suas justificativas. Com certeza, as fotos traziam provas conclusivas da existência de algo nas montanhas de Vermont, algo que, no mínimo, estava muito fora do alcance de nosso conhecimento e de nossa crença comum. A pior coisa de todas era a pegada — uma foto tirada onde o sol brilhava sobre um lamaçal em algum ponto das desertas terras lá em cima. Não se tratava de alguma falsificação barata, eu pude imediatamente ver, pois a nitidez dos seixos e do capim no campo de visão dava uma indicação clara de escala e excluía a possibilidade de um truque de montagem. Chamei aquilo de "pegada", no sentido de "marca de pé", mas acho que "marca de garra" seria um termo mais adequado. Até mesmo agora me é difícil descrevê-la a não ser dizendo que ela se parecia medonhamente com um caranguejo, e era difícil determinar sua direção. Não era uma pegada muito profunda ou recente, mas parecia ser mais ou menos do tamanho do pé de um homem normal. De uma região central meio arredondada, pares de garras serrilhadas se projetavam em direções opostas — e intrigava que aquilo funcionasse; isso se, de fato, o objeto como um todo fosse exclusivamente um órgão de locomoção.

Outra fotografia — evidentemente uma exposição longa feita sob uma sombra densa — era da abertura de uma caverna na floresta, com uma grande pedra bastante arredondada que a fechava. No chão descoberto em frente a ela, era possível discernir uma densa rede de curiosas pegadas e, quando estudei a foto com uma lupa, tive uma perturbadora certeza de que as pegadas eram semelhantes às da outra foto. Uma terceira foto mostrava um círculo druídico de pilares de pedra no topo de uma montanha inóspita. Em torno daquele misterioso círculo, a grama estava muito pisoteada e desgastada, embora eu não tenha conseguido discernir ali pegadas, mesmo com a lupa. A aparência extremamente remota do lugar ficava visível a partir do verdadeiro oceano de montanhas desabitadas que compunham o fundo e se estendiam na direção de um horizonte nebuloso.

Mas se a mais perturbadora de todas as fotos era a da pegada, a que mais despertava curiosidade era a da grande pedra negra encontrada na mata do Monte Redondo. Akeley a havia fotografado sobre o que evidentemente era sua escrivaninha, pois eu conseguia ver prateleiras de livros e um busto de Milton ao fundo. O objeto, numa descrição aproximada, estava de frente para a câmera em posição vertical e tinha uma superfície irregularmente curva de 30 por 60 centímetros, mas dizer qualquer coisa definitiva sobre aquela superfície, ou sobre o formato geral do objeto como um todo, praticamente desafia o poder da linguagem. Que grotescos princípios geométricos haviam guiado o corte — pois tratava-se, com certeza, de uma pedra cortada artificialmente — eu não podia nem sequer começar a imaginar; nunca antes eu vira algo que me parecesse tão estranha e inegavelmente de fora deste mundo. Dos hieróglifos na superfície eu pude distinguir muito pouco, mas um ou dois que vi me provocaram um choque. É claro que aquelas letras poderiam ser fruto de uma fraude, pois outras pessoas além de mim tinham lido o monstruoso e abominado *Necronomicon,* do insano árabe Abdul Alhazred; mas mesmo assim estremeci ao reconhecer certos ideogramas que o estudo me ensinou a relacionar com as sugestões mais apavorantes e blasfemas de coisas que tiveram um tipo de semiexistência alucinada antes da criação da Terra e dos mundos internos que fazem parte do sistema solar.

Das outras cinco fotos restantes, três eram de cenas de pântanos e montanhas que pareciam revelar traços de habitantes ocultos e nefastos. Outra era de uma bizarra marca no chão muito perto da casa de Akeley, que ele dissera ter fotografado na manhã seguinte a uma noite em que os cachorros tinham latido mais violentamente que o costumeiro. Estava muito desfocada, e não era possível tirar conclusões definitivas a partir dela, mas ela de fato era malignamente semelhante àquela outra pegada ou marca de garra fotografada nas regiões desérticas das colinas. A última foto era da propriedade de Akeley; uma casa branca bem conservada, de dois andares e um sótão, com cerca de 120 anos de existência, e com um gramado bem cuidado e um caminho margeado por pedras que levava a uma porta entalhada no estilo georgiano, de muito bom gosto. Havia vários cães policiais enormes no gramado, agachados perto de um homem de rosto agradável e uma barba grisalha cortada rente, que eu supus ser o próprio Akeley — seu próprio fotógrafo, era possível inferir pela lâmpada conectada a um tubo em sua mão direita.

Das fotos voltei-me para a extensa carta com suas letras apertadas; e durante as três horas seguintes fiquei imerso em um abismo de horror inexprimível. Nos pontos sobre os quais Akeley havia feito apenas uma descrição geral na carta anterior, ele agora entrava em minuciosos detalhes, apresentando longas transcrições de palavras que entreouvira na mata durante a noite, extensos relatos sobre monstruosas formas rosadas vistas em moitas nas colinas ao crepúsculo, e uma terrível narrativa cósmica derivada da aplicação de conhecimentos eruditos profundos a variadas e infindáveis falas do autodenominado espião, o louco que tinha se suicidado. Encontrei-me frente a frente com nomes e termos que eu ouvira em outras ocasiões, ligados ao que há de mais medonho — Yuggoth, o Grande Cthulhu, Tsathoggua, YogSothoth, R'lyeh, Nyarlathotep, Azathoth, Hastur, Yian, Leng, o Lago de Hali, Bethmoora, o Sinal Amarelo, L'mur-Kathulos, Bran, o *Magnum Innominandum* — e fui arrastado através de inomináveis eras e inconcebíveis dimensões para mundos ancestrais de identidade alienígena que o alucinado autor do *Necronomicon* havia apenas adivinhado da forma mais vaga. Fiquei sabendo sobre os abismos de vida primal e sobre correntes que haviam gorgolejado a partir de lá; e, finalmente, sobre o diminuto regato que vinha de uma dessas correntezas e que tinha se enredado com os destinos de nossa Terra.

Minha mente girava em torvelinho e, nas passagens diante das quais antes eu tentara racionalizar, agora eu começava a acreditar nos mais anormais e incríveis portentos. O conjunto de provas vitais era terrivelmente vasto e arrasador, e a atitude desapaixonada e científica de Akeley — uma atitude completamente distante de uma imaginação demente, fanática, histérica e até mesmo extravagantemente especulativa — exerceu um efeito fortíssimo em meu pensamento e juízo. Quando depus a horrenda carta na mesa, pude entender os terrores que ele viera a sentir e estava pronto a fazer qualquer coisa que estivesse ao meu alcance para manter as pessoas longe daquelas montanhas assombradas. Até mesmo agora, quando o tempo já amorteceu a impressão e me faz questionar pelo menos em parte minha própria experiência e terrível dúvida, há coisas naquela carta de Akeley que eu não conseguiria citar, e nem mesmo colocar em palavras no papel. Fico quase feliz por as cartas, a gravação e as fotografias não estarem mais comigo — e eu gostaria, por motivos que logo ficarão claros, que o novo planeta além de Netuno não tivesse sido descoberto.

Com a leitura daquela carta, minhas discussões públicas sobre o horror de Vermont cessaram definitivamente. Os argumentos de meus opositores permaneceram sem respostas ou foram adiados com promessas e, por fim, a controvérsia foi caindo no esquecimento. Durante o final de maio e o início de junho, eu me correspondi constantemente com Akeley, embora de vez em quando uma carta fosse extraviada e nós tivéssemos de refazer nossas investigações e realizar um laborioso trabalho de cópia. O que estávamos tentando fazer, em termos gerais, era comparar anotações sobre obscuros conhecimentos mitológicos e chegar a uma correlação mais clara entre os horrores de Vermont e o conjunto geral das lendas primitivas do mundo.

Em primeiro lugar, praticamente ficou decidido que aqueles seres mórbidos e os diabólicos Mi-Go do Himalaia eram da mesma ordem de pesadelo encarnado. Havia também conjecturas zoológicas que tomavam muito tempo e que teriam me feito consultar o professor Dexter, de minha faculdade, se não fosse pela imperativa ordem de Akeley, para que eu não revelasse esse assunto a ninguém. Se pareço desobedecer a essa ordem agora, é só porque acho que, neste estágio, uma advertência sobre aquelas distantes montanhas de Vermont — e sobre os picos do Himalaia que bravos exploradores estão cada vez mais determinados a escalar — é mais proveitosa para a segurança pública do que seria o silêncio. Uma coisa específica que estávamos buscando era decifrar os hieróglifos da infame pedra negra — uma decifração que poderia com certeza nos tornar cientes de segredos mais profundos e assustadores que quaisquer outros já conhecidos pelo homem.

III

Mais para o final de junho, chegou a gravação fonográfica — enviada de Brattleboro, já que Akeley não confiava na filial da região norte. Ele começara a experimentar uma sensação crescente de estar sendo espionado, que foi agravada pelo extravio de algumas de nossas cartas; falava, também, sobre as pérfidas ações de determinados homens que ele considerava serem instrumentos e agentes dos seres ocultos. Acima de todos, ele suspeitava do mal-encarado agricultor Walter Brown, que vivia sozinho em um lugar decadente numa encosta de montanha bem dentro da mata e que fora várias vezes visto perambulando por locais em Brattleboro, Bellows Falls, Newfane e South Londonderry da forma mais inexplicável e aparentemente imotivada. A voz de Brown, ele tinha certeza, era uma daquelas que ele entreouvira em determinada ocasião em uma terrível conversa; e certa vez ele encontrara uma pegada ou marca de garra perto da casa de Brown, o que poderia ter o significado mais agourento. Essa marca estava curiosamente perto de algumas das próprias pegadas de Brown — pegadas que estavam na direção da marca.

Assim, a gravação foi enviada de Brattleboro, para onde Akeley se dirigira em seu carro Ford ao longo das estradas secundárias de Vermont. Ele confessou em uma nota anexa que estava começando a suspeitar daquelas estradas e que agora nem se aventuraria a ir para

Townshend em busca de suprimentos, a não ser em plena luz do dia. Não valia a pena, ele repetiu várias vezes, saber demais, a não ser que se estivesse muito longe daquelas silenciosas e problemáticas montanhas. Ele iria para a Califórnia muito em breve para viver com o filho, embora fosse difícil deixar um lugar onde se concentravam todas as suas recordações e sentimentos ancestrais.

Antes de tentar tocar a gravação no aparelho que tomei emprestado do prédio administrativo da faculdade, eu cuidadosamente revisei todas as explicações de Akeley em várias cartas. Essa gravação, dissera ele, fora obtida por volta de uma hora da madrugada do dia 1º de maio de 1915, perto da abertura fechada de uma caverna onde a encosta oeste do Monte Escuro se ergue a partir do Pântano Lee. O lugar sempre fora estranhamente infestado por estranhas vozes, sendo essa a razão pela qual ele trouxera o fonógrafo, o ditafone e a cera, na expectativa de obter resultados. Experiências anteriores lhe haviam ensinado que a véspera do 1º de maio — a medonha noite do *Sabat* das ocultas lendas europeias — provavelmente seria mais frutífera que qualquer outra data, e ele não ficou desapontado. No entanto, era digno de nota o fato de ele nunca mais ter ouvido vozes naquele ponto em particular.

Diferentemente da maioria das vozes ouvidas na floresta, a essência dessa gravação era quase ritualística, incluindo uma voz perceptivelmente humana que Akeley nunca fora capaz de localizar. Não era a voz de Brown, mas parecia ser de um homem de mais estudo. A segunda voz, entretanto, era o ponto crucial de toda a gravação — pois era o maldito zumbido que não parecia nada humano, apesar das palavras humanas que ele pronunciava em um registro culto e com um sotaque erudito.

O fonógrafo e o ditafone usados nas gravações não tinham funcionado com uniformidade, e é claro que sofreram uma grande desvantagem por causa da natureza remota e abafada do ritual que foi entreouvido; assim, a fala realmente gravada era muito fragmentária. Akeley me enviara uma transcrição do que ele acreditava serem as palavras pronunciadas, e eu examinei esse texto várias vezes enquanto me preparava para colocar a máquina em ação. O texto era sombriamente misterioso e não abertamente horrível, embora um conhecimento de sua origem e forma de captação lhe emprestassem todo o horror associativo que qualquer palavra poderia muito bem possuir. Vou apresentá-lo aqui como consigo recordá-lo — e estou bastante confiante de que sei corretamente as palavras de cor, não apenas por ter lido a transcrição, mas por ter ouvido a gravação várias e várias vezes. Não é algo que uma pessoa possa facilmente esquecer!

(Sons indistintos)

(Voz de Homem Erudito)

... é o Senhor da Floresta, até mesmo... e as dádivas dos homens de Leng... assim, dos poços da noite até os abismos do espaço, e dos abismos do espaço até os poços da noite, sempre os louvores ao Grande Cthulhu, a Tsathoggua e Àquele Que Não Deve ser Nomeado. Sempre Seus louvores, e abundância para o Bode Negro da Floresta. Iä! Shub-Niggurath! O Bode com Mil Crias!

(Zumbido Imitando a Fala Humana)

Iä! Shub-Niggurath! O Bode Negro da Floresta com Mil Crias!

(Voz Humana)

E aconteceu que o Senhor da Floresta, tendo... 79 anos, descendo os degraus de ônix... (tri)butos a Ele no Abismo, Azathoth, Ele de Quem Tu nos ensinaste marav(ilhas)... nas asas da noite do espaço além, muito além d... para Aquele de quem Yuggoth é o filho mais novo, flutuando em negro éter junto à borda...

(Zumbido)

... ande entre os homens e descubra os caminhos deles, para que Ele no Abismo possa saber. A Nyarlathotep, Poderoso Mensageiro, todas as coisas devem ser ditas. E Ele deve assumir a aparência dos homens, a máscara de cera e o manto que oculta, e descer do mundo dos Sete Sóis para zombar...

(Voz Humana)

(Nyarl)athotep, Grande Mensageiro, que traz estranho júbilo para Yoggoth através do vazio, Pai dos Milhões de Favorecidos, Aquele que Vaga Imponente entre...

(Fala interrompida pelo fim da gravação)

Essas eram as palavras que eu deveria escutar quando começasse a tocar o fonógrafo. Foi com um sentimento de genuíno pavor e relutância que acionei a alavanca e ouvi primeiros arranhões da agulha de safira, e fiquei contente por as primeiras palavras, fracas e fragmentárias, serem pronunciadas por voz humana — uma voz suave e instruída, que parecia ter um vago sotaque bostoniano, e que certamente não era de nenhum nativo das montanhas de Vermont. Ouvindo à torturantemente débil reprodução, tive a impressão de encontrar falas idênticas à transcrição cuidadosamente preparadas por Akeley. A gravação continuava entoando, naquela suave voz bostoniana... "Iä! Shub-Niggurath! O Bode com Mil Crias!".

E então ouvi *a outra voz*. Até agora volto a estremecer quando penso em como aquela voz me impressionou, embora eu estivesse bem preparado pelos relatos de Akeley. Aquelas pessoas para quem, desde essa época, descrevi a gravação garantem que nela só há loucura e truque barato; mas se elas a tivessem ouvido diretamente, ou se pudessem ler todas as cartas que troquei com Akeley (especialmente a enciclopédica e terrível segunda carta), tenho certeza de que pensariam de forma diferente. Afinal de contas, é uma grande pena que eu não tenha desobedecido às ordens de Akeley e tocado a gravação para outras pessoas — assim como é uma grande pena o fato de todas as suas cartas terem sido perdidas. Para mim, que ouvi direta e concretamente os sons, e com meu conhecimento do contexto e das circunstâncias envolvendo todo o caso, a voz era monstruosa. Ela rapidamente seguia a voz humana em uma resposta ritualística, mas na minha imaginação era um eco mórbido sobrevoando os inimagináveis abismos de inimagináveis infernos exteriores. Faz mais de dois anos agora que me livrei daquele blasfemo cilindro de cera; mas, neste momento, e em todos os outros momentos, ainda posso ouvir aquela voz sussurrada, aquele zumbido maligno e baixo tal qual ele chegou a mim pela primeira vez.

"Iä! Shub-Niggurath! O Bode Negro da Floresta com Mil Crias!".

Mas embora a voz esteja constantemente em meus ouvidos, não fui ainda capaz de analisá-la de forma suficientemente completa para fazer uma descrição gráfica. Era como o zumbido de algum inseto gigante e odioso que houvesse sido adaptado ao discurso articulado de uma espécie alienígena, e eu tenho certeza de que os órgãos que produziam aquele som não tinham semelhança alguma com os órgãos vocais humanos ou mesmo com os de qualquer animal mamífero. Havia singularidades de timbre, alcance e sons secundários que localizavam esse fenômeno totalmente fora da esfera da humanidade e da vida na Terra. Seu repentino advento naquela primeira vez quase me atordoou, e eu ouvi o resto da gravação distraído, em uma espécie de torpor. Quando chegou o trecho mais longo com os mesmos zumbidos, ficou muito mais intensa aquela sensação de blasfema infinitude que havia me atingido enquanto eu ouvia a passagem anterior, mais curta. No final a gravação terminava de forma abrupta, em meio a uma fala incomumente nítida da voz humana de Boston; mesmo assim, fiquei ali paralisado um longo tempo depois que a máquina se desligou automaticamente.

Nem seria preciso dizer que toquei muitas outras vezes aquela gravação e que fiz tentativas exaustivas de analisá-la, comparando minhas impressões com as anotações de Akeley. Além de perturbador, seria inútil repetir aqui tudo o que concluímos, mas posso dizer que concordamos em acreditar que tínhamos em nosso poder uma pista da origem de alguns dos mais repulsivos costumes primordiais das crípticas religiões antigas da espécie humana. Também nos parecia claro que havia ancestrais e elaboradas alianças entre as ocultas criaturas do espaço e alguns membros da raça humana. Não havia como estabelecer o alcance dessas alianças, nem como compará-las em seu estado atual ao que haviam sido em estágios anteriores; na melhor das hipóteses, só havia espaço para uma ilimitada especulação cheia de horror. Parecia haver uma horrenda e imemorial ligação em vários estágios definidos entre o homem e o inominado infinito. Sugeria-se que as blasfêmias que apareciam na Terra vinham do obscuro planeta Yuggoth, na borda do sistema solar, mas esse planeta era apenas um populoso posto avançado de uma temível raça interestelar cuja verdadeira origem deveria se localizar muito longe do contínuo espaço-temporal eisteiniano, ou mesmo do mais amplo cosmo que nos é conhecido.

Enquanto isso, continuávamos a discutir a pedra negra e a melhor maneira de transportá-la até Arkham — sendo que Akeley considerava desaconselhável que eu fosse visitá-lo no próprio local dos seus aflitivos estudos. Por alguma razão, Akeley temia confiar o objeto a qualquer meio de transporte comum ou costumeiro. Sua ideia final foi levar a pedra até Bellows Falls e despachá-la pelo sistema ferroviário entre Boston e Maine, através de Keene e Winchendon e Fitchburg, mesmo que isso implicasse a necessidade de ele viajar pelas estradas mais solitárias e entranhadas na mata do que a estrada principal de Battleboro. Ele disse ter notado, na ocasião em que enviara a gravação fonográfica, nas imediações do guichê da estação de Brattleboro, um homem cujas ações e expressões não eram nada confiáveis. Esse homem lhe parecera por demais aflito para conversar com os funcionários, e tomara o mesmo trem em que fora despachada a gravação. Akeley confessou que não se sentira totalmente tranquilo a respeito da gravação até que ficou sabendo que ela chegara a salvo até mim.

Por volta dessa época — a segunda semana de julho —, outra carta minha se extraviou, segundo fiquei sabendo por um ansioso comunicado de Akeley. Depois disso, ele me disse para não lhe enviar a correspondência em Townshend, mas para enviá-la aos cuidados do Correio Geral de Brattleboro, para onde ele faria viagens frequentes, de carro ou pela linha de coletivos que nos últimos tempos substituíra o serviço de passageiros do lento ramo ferroviário. Eu percebia que ele estava ficando cada vez mais aflito, pois entrava em muitos detalhes sobre os latidos cada vez mais intensos dos cães nas noites sem luar e sobre as novas marcas de garras que algumas vezes ele encontrava na estrada e na lama dos fundos de seu terreiro ao amanhecer. Uma ocasião ele me contou sobre um verdadeiro exército de pegadas que descreviam uma linha que fazia frente a uma linha igualmente grossa e bem definida de pegadas de cães, e me enviou uma odiosa reprodução fotográfica para comprovar o relato. Isso aconteceu depois de uma noite em que os cães se superaram em sua capacidade de latir e uivar.

Na manhã de 18 de julho, uma quarta-feira, recebi um telegrama de Bellows Falls, no qual Akeley dizia que estava despachando a pedra negra pela B. & M., trem nº 5508, que sairia de Bellows Falls às 12h15, horário comum, e chegaria à Estação Norte de Boston às 16h12. A encomenda deveria, pelos meus cálculos, chegar a Arkham depois das 12h do dia seguinte; e de fato, fiquei em casa toda a manhã de quinta-feira para recebê-la. Mas até o meio-dia, e ainda mais tarde, a pedra não chegara. Telefonei ao escritório de entregas e fui informado de que não chegara nenhuma encomenda para mim. Minha próxima providência, tomada em meio a uma inquietação crescente, foi fazer uma ligação interurbana para o escritório de entregas na Estação Norte de Boston, e não fiquei muito surpreso diante da notícia de que minha encomenda nem aparecera lá. O trem nº 5508 tinha chegado com um atraso de apenas 35 minutos no dia anterior, mas não continha nenhuma caixa endereçada a mim. O funcionário prometeu, no entanto, instituir um inquérito; terminei o dia enviando para Akeley um telegrama noturno descrevendo a situação.

Com louvável prontidão, chegou-me na tarde seguinte um relatório da central em Boston, o agente tendo telefonado assim que ficou inteirado dos fatos. Parecia que o funcionário do trem expresso nº

5508 conseguira recordar um incidente que talvez tivesse alguma ligação com o extravio — uma discussão com um homem de voz muito curiosa, magro, de cabelos claros e aparência rústica, quando o trem estava parado em Keene, N. H., pouco após a uma hora da tarde, horário padrão.

O homem, disse ele, estava muito agitado por causa de uma caixa pesada que ele dizia estar esperando, mas que não estava nem no trem nem tinha sido registrada nos livros da empresa. Ele dera o nome de Stanley Adams e tinha uma estranhíssima voz ciciada que deixou o funcionário incomumente tonto e sonolento ao ouvi-lo. O funcionário não conseguia se lembrar exatamente de como a conversa havia terminado, mas se recordava de estar voltando a um estado de total vigília quando o trem começou a se mover. O funcionário de Boston acrescentou que esse atendente era um jovem em que se podia acreditar e confiar totalmente, tendo um histórico longo e irreprochável na empresa.

Naquela noite fui até Boston para conversar pessoalmente com o atendente, tendo obtido seu nome e endereço na agência. Ele era um sujeito franco e cativante, mas percebi que ele não podia acrescentar nada a seu relato original. O mais estranho é que ele não se sentia capaz nem mesmo de reconhecer o estranho homem se o visse outra vez. Percebendo que ele não tinha mais nada a dizer, retornei a Arkham e fiquei acordado noite adentro escrevendo cartas a Akeley, à empresa de entregas, ao departamento policial e ao funcionário da estação em Keene. Eu sentia que o homem de voz estranha que afetara de forma tão bizarra o atendente tinha um papel central naquele acontecimento ominoso e esperava que os empregados da estação de Keene e os registros telegráficos pudessem dizer algo sobre ele e sobre como ele fizera essa busca e como e quando a fizera.

Devo admitir, entretanto, que todas as minhas investigações foram inúteis. O homem de voz estranha realmente fora notado nos arredores da estação de Keene no início da tarde de 18 de julho e, ao que parecia, um circunstante o viu com uma caixa pesada; mas ele era completamente desconhecido e não havia sido visto ali nem antes nem depois. Ele não entrara no escritório dos telégrafos nem recebera nenhuma mensagem pelo que se sabia; nem houvera nenhuma mensagem que pudesse ser considerada uma notificação sobre a presença da pedra negra no trem nº 5508. Naturalmente, Akeley me acompanhou nessas investigações, chegando até a fazer uma viagem para Keene no intuito de interrogar as pessoas nas imediações da estação, mas sua atitude em relação ao assunto era mais fatalista que a minha. Ele parecia julgar que o extravio da caixa era um portentoso e ameaçador cumprimento de tendências inevitáveis e não tinha nenhuma esperança real de recuperá-la. Ele falava dos indubitáveis poderes telepáticos e hipnóticos das criaturas das montanhas e de seus agentes, e em uma carta sugeriu que não acreditava que a pedra estivesse ainda nesta Terra. De minha parte, fiquei justificadamente enfurecido, pois eu sentira que havia pelo menos uma oportunidade de aprender sobre coisas profundas e fabulosas a partir dos antigos e apagados hieróglifos. O assunto teria ficado amargurando meus pensamentos se cartas imediatamente posteriores de Akeley não me tivessem levado a uma nova fase do problema das montanhas, fase que de imediato me absorveu a atenção.

IV

Os seres desconhecidos, escreveu Akeley em uma caligrafia que se tornara lamentavelmente trêmula, tinham começado a fechar-lhe o cerco com um grau totalmente novo de determinação. Os latidos noturnos, todas as vezes que a lua estava encoberta ou ausente, agora estavam se tornando medonhos, e houvera tentativas de molestá-lo nas solitárias estradas que ele tinha de atravessar durante o dia. No dia 2 de agosto, indo para a aldeia em seu carro, ele deparara com um tronco de árvore atravessando seu caminho, em um ponto em que a estrada passava por um trecho de mata cerrada. Os latidos selvagens dos dois cães enormes que ele levava consigo o advertiram claramente sobre seres que deveriam estar por perto, à espreita. O que teria acontecido se os cães não estivessem com ele, ele nem ousava pensar — mas a partir desse dia ele nunca mais saiu sem pelo menos dois de seus fiéis e fortes cães. Outras experiências na estrada haviam ocorrido em 5 e 6 de agosto: na primeira, um tiro atingiu de raspão seu carro; na segunda, os latidos dos cães anunciaram presenças malignas na mata.

No dia 15 de agosto, recebi dele uma carta desesperada que me perturbou muito, fazendo-me desejar que Akeley deixasse de lado sua solitária reserva e pedisse ajuda aos representantes da lei. Acontecera uma coisa terrível na noite do dia 12 para o dia 13; balas voaram no exterior da casa, e três dos doze cães foram encontrados mortos de manhã. Havia milhares de marcas de garras na estrada, com as pegadas humanas de Walter Brown entre elas. Akeley começara a ligar para Brattleboro para pedir mais cães, mas a linha telefônica emudecera antes que ele tivesse a chance de dizer muito. Mais tarde ele foi em seu carro até Brattleboro e ficou sabendo que os funcionários da companhia telefônica haviam achado o cabo principal habilmente cortado em um ponto onde se passava pelas colinas desertas ao norte de Newfane. Mas ele estava prestes a retornar para casa com quatro novos e excelentes cães e muitas caixas de munição para seu rifle de repetição para caças pesadas. A carta foi escrita na agência dos correios de Brattleboro e chegou até mim sem demora.

Minha atitude em relação ao assunto estava rapidamente deixando de ser científica e assumindo um alarmado tom pessoal. Eu receava por Akeley em sua propriedade solitária e remota e tinha um certo medo por mim mesmo, em virtude de minha agora evidente conexão com o estranho problema das colinas. A coisa estava, então, *se alastrando*. Será que ela iria me sugar e tragar? Ao responder a essa carta, insisti para que ele buscasse ajuda e insinuei que eu mesmo tomaria providências se ele não o fizesse. Mencionei a possibilidade de ir pessoalmente a Vermont, mesmo contra a vontade dele, e de ajudá-lo a explicar a situação para as autoridades competentes. Em resposta, no entanto, recebi apenas um telegrama de Bellows Falls no qual se lia o seguinte:

> APRECIO SUA ATITUDE MAS NÃO POSSO FAZER NADA. NÃO FAÇA NADA TAMBÉM POIS PODERIA NOS PREJUDICAR A AMBOS. AGUARDE EXPLICAÇÃO.
>
> HENRY AKELY

Mas o caso estava se complicando. Depois de responder ao telegrama, recebi um bilhete de Akeley com letras trêmulas, com a espantosa informação de que não só ele jamais enviara o telegrama, mas também não havia recebido a minha carta à qual esse telegrama era uma óbvia resposta. Uma investigação apressada em Bellows Falls apurou que a mensagem havia sido depositada por um estranho homem de cabelo amarelado e com uma voz curiosamente grossa e chiada, mas apenas essa informação foi obtida. O atendente mostrou a ele o texto original, escrito a lápis pelo emissor, mas a caligrafia era totalmente desconhecida. Era fácil perceber que a assinatura estava grafada incorretamente — A-K-E-L-Y, sem o segundo "E". Certas conjecturas eram inevitáveis, mas, em meio à crise óbvia, ele não parou para pensar nelas.

Ele mencionou a morte de mais cães e a compra de alguns outros, bem como a troca de tiros que se transformara em uma ocorrência regular em todas as noites sem lua. As pegadas de Brown, bem como as de pelo menos mais uma ou duas outras figuras humanas calçadas, eram agora encontradas regularmente por entre as marcas de garras, e também no fundo do terreiro. Essa era, Akeley admitia, uma péssima situação, e logo ele provavelmente teria de ir morar com o filho na Califórnia, tendo ou não conseguido vender a velha propriedade. Mas não era fácil abandonar o único lugar que ele poderia considerar realmente como a sua casa. Ele deveria tentar permanecer um pouco mais; talvez pudesse afugentar os intrusos — em especial se explicitamente desistisse de penetrar seus segredos.

Escrevendo em seguida para Akeley, renovei minhas ofertas de auxílio e falei mais uma vez em visitá-lo e ajudá-lo a convencer as autoridades de seu terrível perigo. Em sua resposta, ele parecia menos defensivo contra esse plano do que sua atitude anterior levaria a prever, mas disse que gostaria de resistir mais um pouco — tempo suficiente para organizar suas coisas e se reconciliar com a ideia de abandonar o local de nascimento que estimava quase morbidamente. As pessoas olhavam desconfiadas para seus estudos e especulações, e seria melhor partir em surdina, sem provocar um furacão entre o povoado e disseminar dúvidas sobre sua própria sanidade mental. Já sofrera bastante, admitia ele, mas queria sair de forma digna, se pudesse.

Essa carta chegou até mim no dia 28 de agosto, e eu preparei e enviei a resposta mais encorajadora que consegui. Ao que pareceu, o encorajamento teve efeito, pois Akeley tinha menos terrores a relatar quando acusou o recebimento da minha mensagem. Entretanto, não estava muito otimista, e expressou a convicção de que era apenas a estação da lua cheia que estava mantendo as criaturas afastadas. Ele esperava que não houvesse noites com nuvens muito densas, e falou vagamente em dormir em Brattleboro na época da lua minguante. Outra vez escrevi para ele uma mensagem encorajadora, mas em 5 de setembro chegou um novo comunicado que com certeza havia cruzado com minha última carta nos correios; a este último, não pude dar nenhuma palavra de esperança. Em vista de sua importância, acho melhor transcrevê-lo na íntegra — da melhor forma que eu puder recuperar em minha memória aquela caligrafia trêmula. A carta era essencialmente o que segue:

Segunda-feira

Prezado Wilmarth

Um P.S. bastante desencorajador a minha última carta. Ontem à noite o céu estava coberto de pesadas nuvens — embora não tenha chovido — e nenhum raio de luar as atravessava. As coisas pioraram muito, e acho que o fim está próximo, apesar de todas as esperanças que havíamos alimentado. Depois da meia-noite algo aterrissou no telhado da casa, e os cães correram todos para ver o que era. Eu podia ouvi-los agitados, mordendo e rasgando o que viam pela frente, e então um deles conseguiu chegar até o telhado saltando a partir da edícula, que tem teto mais baixo. Houve uma luta terrível lá em cima, e eu ouvi um abominável *zumbido* que nunca esquecerei. E então espalhou-se no ar um odor nojento. Mais ou menos na mesma hora balas atravessaram a janela e quase me atingiram. Acho que o principal destacamento das criaturas das montanhas chegou perto da casa quando os cães se dividiram por causa do que estava acontecendo no telhado. O que havia lá em cima eu ainda não sei, mas temo que as criaturas estejam aprendendo a se locomover melhor com suas asas espaciais. Eu desliguei a luz e usei as janelas como pontos de mira e varri de balas toda a área em torno da casa, mirando a uma altura suficiente para não atingir os cães. Ao que parece, isso deu cabo da coisa toda, mas na manhã seguinte encontrei grandes poças de sangue no terreiro, ao lado de poças de uma substância verde e pegajosa que tinha o pior cheiro que eu jamais havia sentido. Subi no telhado e encontrei mais da mesma substância pegajosa ali. Cinco dos cães haviam sido mortos — receio ter eu mesmo atingido um deles, mirando muito baixo, pois ele foi alvejado pelas costas. Agora estou consertando as vidraças que os tiros quebraram, e vou até Brattleboro para comprar mais cães. Acho que os homens dos canis pensam que sou louco. Mais tarde escrevo mandando mais notícias. Acho que estarei pronto para me mudar dentro de uma ou duas semanas, embora realmente para mim seja a morte pensar no assunto.

Apressadamente
Akeley

Mas essa não foi a única carta de Akeley que cruzou com a minha. Na manhã seguinte, 6 de setembro, uma outra chegou; desta vez uma caligrafia perturbada que realmente me enervou e me deixou sem saber o que dizer ou fazer em seguida. Mais uma vez, o melhor é citar o texto com a maior fidelidade que minha memória permitir.

Terça-feira

As nuvens não se dissiparam, portanto, outra vez não haverá luar — e de qualquer forma, agora estamos entrando no quarto minguante. Eu colocaria fios para ter eletricidade na casa e ligaria um holofote se não soubesse que eles cortariam os cabos assim que fossem consertados.

Acho que estou ficando louco. Pode ser que tudo o que escrevi a você seja sonho ou loucura. Já estava ruim antes, mas agora está demais. *Eles falaram comigo ontem à noite — falaram* naquela maldita voz ciciante, e me disseram coisas *que não ouso repetir para você*. Eu os ouvi distintamente, num volume acima dos latidos dos cães, e uma vez, quando a voz deles ficou abafada, uma *voz humana os ajudou*. Fique longe disso, Wilmarth — é pior do que você ou até eu suspeitávamos. *Eles não querem permitir que eu vá para a Califórnia agora – eles querem me levar vivo, ou o que teórica e mentalmente corresponde a "vivo"* — não só para Yuggoth, mas para mais além — para longe, fora da galáxia e *possivelmente além da última curva de espaço*. Eu lhes disse que não iria para onde eles querem que eu vá, ou do terrível modo que eles se propõem a me levar, mas receio que isso não adiantará nada. Minha residência fica tão afastada de tudo que em pouco tempo acho que eles poderão chegar aqui tanto de dia quanto de noite. Mais seis cães mortos, e eu senti presenças ao longo de todas as partes da estrada cobertas de mata quando fui de carro até Brattleboro hoje. Foi um erro tentar enviar-lhe aquela gravação fonográfica e a pedra negra. Melhor você destruir a gravação antes que seja tarde demais. Amanhã lhe escrevo alguma coisa se ainda estiver por aqui. Eu gostaria de poder enviar meus livros e pertences para Brattleboro e embarcar lá. Eu fugiria sem levar nada se pudesse, mas algo dentro de minha mente me detém. Posso ir até Brattleboro, onde pensei que estaria a salvo, mas sinto-me prisioneiro, tanto lá quanto aqui em minha casa. E parece que sei que não conseguiria chegar muito longe mesmo se deixasse tudo para trás e tentasse fazê-lo. É horrível — não se meta nisso.

Um abraço, Akeley

Não consegui dormir durante toda a noite depois de receber essas notícias terríveis, e fiquei completamente perplexo diante da sanidade que ainda restava em Akeley. O assunto da carta era completamente alucinado, mas a maneira de expressão — em vista de tudo o que acontecera antes — tinha uma capacidade terrivelmente forte de convencimento. Não tentei responder à carta, julgando melhor esperar até que Akeley tivesse tempo para responder a meu último comunicado. Essa resposta de fato veio no dia seguinte, mas o novo conteúdo ofuscava todos os pontos mencionados na carta a que ela respondia nominalmente. Abaixo está o que recordo do texto, rabiscado e borrado como foi no curso de uma composição frenética e apressada.

Quarta-feira

W —

Sua carta chegou, mas não adianta discutir mais nada. Estou completamente resignado. Causa-me surpresa que ainda me restem forças para rechaçá-los. Não conseguiria escapar, mesmo se estivesse disposto a deixar tudo para trás e fugir. Eles vão me pegar.

Recebi uma carta deles ontem — O funcionário do Correio Rural a trouxe enquanto eu estava em Brattleboro. Escrita à máquina e com o carimbo de Belllows Falls. Diz o que eles querem fazer comigo — não posso repeti-lo. Cuide-se, você também! Destrua aquela gravação. As nuvens continuam cobrindo o céu de noite, e a lua diminui o tempo todo. Eu queria ousar pedir ajuda — isso poderia alavancar minha força de vontade —, mas todas as pessoas que ousariam vir até aqui me chamariam de louco, a não ser que vissem alguma prova. Eu não poderia pedir que as pessoas viessem sem lhes apresentar um motivo — estou sem comunicação com ninguém, e isso há anos.

Mas ainda não lhe contei o pior, Wilmarth. Prepare-se para ler isto, pois você vai ficar chocado. No entanto, estou lhe dizendo a verdade. É o seguinte — *eu vi e toquei um dos seres, ou parte de um dos seres*. Meus Deus, é horripilante! Estava morto, é claro. Um dos cachorros o pegou, e eu o encontrei perto do canil esta manhã. Tentei conservá-lo no depósito de lenha para convencer as pessoas da coisa toda, mas ele evaporou completamente em poucas horas. Não restou nada. Você sabe, todas aquelas coisas nos rios foram vistas apenas na primeira manhã após a enchente. E o pior é isto: Tentei fotografá-lo para você, mas quando revelei o filme *não havia nada visível, a não ser o depósito de lenha*. Do que poderia ter sido feito esse ser? Eu o vi e senti, e eles todos deixam pegadas. Era com certeza feito de matéria — mas de que tipo de matéria? É impossível descrever a forma. Era um enorme caranguejo com um monte de anéis ou nós carnudos feitos de uma matéria espessa e pegajosa, cobertos de tentáculos no lugar onde estaria a cabeça de um homem. Aquela substância verde e pegajosa é o sangue ou linfa deles. E a cada minuto que passa chegam mais deles à Terra.

Walter Brown desapareceu — não tem sido visto andando pelos lugares que costumava frequentar nos arredores das aldeias. Talvez eu o tenha atingido com um dos meus tiros, mas as criaturas sempre dão a impressão de tentar levar embora seus mortos e feridos.

Fui à cidade esta tarde sem nenhum problema, mas temo que eles estejam mantendo distância porque têm certeza sobre mim. Estou escrevendo esta carta na agência dos correios de Brattleboro. Talvez este seja um adeus — se for, escreva a meu filho George Goodenough Akeley, 176 Pleasant St., San Diego, Califórnia, *mas não venha até aqui*. Escreva ao rapaz se não tiver notícias minhas no prazo de uma semana, e acompanhe os jornais para saber se há notícias.

Agora vou dar minhas duas últimas cartadas — se tiver forças para isso. Primeiro, tentar jogar gás venenoso nas criaturas (tenho os produtos químicos adequados e fiz máscaras para mim e para os cães) e depois, se isso não der certo, vou avisar o delegado. Eles podem me trancar num hospício se quiserem — será melhor do que aquilo que *as criaturas* fariam. Talvez eu consiga fazê-los dar atenção às pegadas em torno da casa — estão fracas, mas ainda as encontro de manhã. Apesar disso, suponho que a polícia diga que eu as forjei, pois todos eles acham que sou um tipo esquisito.

Vou tentar conseguir que um policial do estado passe aqui uma noite e veja por si mesmo, embora poderia muito bem ser que as criaturas tomassem conhecimento disso e não viessem naquela noite. Eles cortam meus fios toda vez que tento telefonar durante a noite — os funcionários da empresa telefônica acham muito estranho e podem testemunhar a meu favor se não acharem que estou louco a ponto de eu mesmo cortar os fios. Já faz uma semana que não tento consertá-los.

Eu poderia pedir que alguma pessoa simples aqui da região testemunhasse por mim sobre a realidade dos horrores, mas todos riem do que eles dizem e, de qualquer forma, eles evitam minha propriedade há tanto tempo que não sabem nada sobre os acontecimentos recentes. Seria impossível trazer um desses agricultores decaídos para dentro de um raio de dois quilômetros da minha casa: não viriam nem por dinheiro nem por nada neste mundo. O carteiro ouve o que eles dizem e faz piadas sobre isso comigo. Deus! Se eu ousasse lhe contar que as histórias são reais! Acho que vou tentar fazê-lo examinar as pegadas, mas ele vem à tarde e em geral elas já sumiram nessa hora. Se eu preservasse uma delas colocando sobre ela uma caixa ou lata, ele com certeza acharia que era algo forjado, ou uma brincadeira.

Eu queria não ter me transformado em um ermitão, para que as pessoas passassem por aqui como costumavam fazer. Nunca ousei mostrar a pedra negra e as fotografias nem tocar aquela gravação a ninguém, exceto às pessoas ignorantes. Os outros diriam que eu forjei as provas todas e apenas ririam. Mas ainda assim posso tentar mostrar as fotos. Elas exibem claramente aquelas marcas de garras, mesmo que os seres que as deixaram não possam ser fotografados. É lamentável que ninguém mais tenha visto aquela *coisa* hoje cedo, antes que ela se desfizesse em nada!

Mas nada mais importa. Depois de tudo aquilo pelo que passei, um hospício é um lugar tão bom quanto qualquer outro. Talvez os médicos consigam me convencer a deixar esta casa, e é só isso que poderia me salvar.

Escreva para meu filho George se não tiver notícias de mim logo. Adeus, destrua aquela gravação e não se meta nisto.

Abraço
Akeley

Essa carta literalmente me afundou no mais negro dos terrores. Eu não sabia o que responder, mas rabisquei algumas palavras incoerentes de conselhos e encorajamento e as enviei numa carta registrada. Lembro-me de ter insistido pedindo que Akeley se mudasse imediatamente para Brattleboro e se pusesse sob proteção das autoridades, acrescentando que eu poderia ir até aquela cidade levando a gravação fonográfica para ajudá-lo a convencer os tribunais de sua sanidade. Era oportuno também, acho que escrevi, advertir as pessoas em geral contra essas criaturas que estavam em meio a elas. Fica evidente que, nesse momento de tensão, minha própria crença em tudo o que Akeley havia me dito e asseverado era quase plena, embora me passasse pela cabeça que o fato de ele não ter conseguido uma foto do monstro morto se devesse não a alguma aberração, mas sim a algum lapso dele, motivado pela agitação.

V

Então, aparentemente cruzando com meu bilhete incoerente e chegando a mim na tarde de sábado, dia 8 de setembro, chegou aquela carta estranha, curiosamente tranquilizadora, muito bem datilografada em máquina nova, aquela inusitada carta que era ao mesmo tempo um alívio e um convite, e que deve ter marcado a transição tão prodigiosa em todo o pesadelo das solitárias montanhas. Mais uma vez vou citar a partir do que recordo — buscando, por motivos especiais, preservar ao máximo o sabor do estilo. A carta foi enviada de Bellows Falls, e tanto a assinatura quanto o corpo da carta estavam datilografados — como frequentemente acontece com os datilógrafos iniciantes. O texto, entretanto, era maravilhosamente preciso para o trabalho de um novato; concluí que Akeley devia ter usado uma máquina em épocas anteriores — talvez durante a faculdade. Seria mais que justo dizer que a carta me aliviou; mas por trás de meu alívio havia um substrato de ansiedade. Se Akeley havia mantido a sanidade em seu terror, estaria agora ele são em sua libertação? E o "relacionamento melhorado" que ele mencionou... O que seria aquilo? A coisa toda implicava uma inversão tão diametral da atitude anterior de Akeley! Mas eis a essência do texto, cuidadosamente transcrito a partir da memória da qual chego a me orgulhar.

Townshend, Vermont,
Quinta-feira, 6 de setembro de 1928.
Prezado Wilmarth —

É com imenso prazer que lhe digo para ficar tranquilo em relação a todas as coisas bobas sobre as quais tenho escrito. Digo "bobas", mas com isso me refiro a minha atitude amedrontada, e não a minhas descrições de determinados fenômenos. Esses fenômenos são bastante reais e importantes; meu erro foi ter assumido uma atitude anômala em relação a eles.

Acho que mencionei que meus estranhos visitantes estavam começando a se comunicar comigo e a tentar essa comunicação. Na noite passada essa conversação se tornou real. Em resposta a certos sinais, deixei entrar na casa um mensageiro dos seres de fora — um ser humano como nós, devo logo dizer. Ele me falou de muitas coisas que nem você nem eu nem sequer começamos a imaginar, e mostrou claramente como nós havíamos interpretado de forma totalmente errônea o propósito dos Seres Externos em relação a manter sua colônia secreta neste planeta.

Ao que parece, as malignas lendas sobre o que eles ofereceram aos homens, e o que eles desejam da Terra, são totalmente fruto de uma concepção ignorante do discurso alegórico — um discurso moldado, sem dúvida, por contextos culturais e hábitos arraigados muito diferentes de qualquer coisa que possamos imaginar. Minhas próprias conjecturas, devo admitir, erraram o alvo na mesma medida daquelas dos agricultores mais analfabetos e os selvagens índios. O que eu havia considerado mórbido e vergonhoso e ignominioso é, na verdade, assombroso e liberador e até glorioso – *minha* estimativa anterior tendo sido apenas uma fase da eterna tendência humana a odiar, temer e evitar o que é *completamente diferente*.

Veja bem, lamento o mal que infligi a essas criaturas alienígenas e seres incríveis no decurso de nossas escaramuças noturnas. Lamento não ter, de saída, consentido em conversar pacífica e racionalmente com eles. Mas eles não me guardam rancor; suas emoções são organizadas de forma muito diferente das nossas. É uma pena que, como seus agentes, eles tenham tido em Vermont alguns dos mais vis indivíduos — o falecido Walter Brown sendo um exemplo. Ele me envenenou muito contra eles. Na verdade, que se saiba, eles jamais ofenderam os homens, mas muitas vezes foram cruelmente injustiçados e espionados por nossa espécie. Existe todo um culto secreto de homens maldosos (um homem com sua erudição mística me entende quando os ligo a Hastur e o Sinal Amarelo) dedicado a rastreá-los e prejudicá-los em nome de forças monstruosas e outras dimensões. É contra esses agressores — não contra a humanidade em termos gerais — que as drásticas precauções dos Seres Externos se dirigem. Incidentalmente, fiquei sabendo que muitas de nossas cartas extraviadas foram roubadas não pelos Seres Externos, mas pelos emissários do culto maligno.

Tudo o que os Seres Externos desejam dos homens é paz e não agressão, sem molestar ninguém e incrementando o relacionamento intelectual. Este último é absolutamente necessário agora que nossas invenções e recursos estão expandindo nossos conhecimentos e ações, o que torna cada vez mais impossível para os Seres Externos manter *em segredo* seus postos avançados neste planeta. Os seres alienígenas desejam conhecer a humanidade de forma mais plena e proporcionar a alguns dos líderes humanos no campo da filosofia e da ciência um melhor conhecimento sobre eles. Com tal intercâmbio de conhecimento, todos os perigos se dissiparão, e um *modus vivendi* satisfatório será estabelecido. A própria ideia de *escravizar* ou *degradar* a humanidade é ridícula.

Como um início desse relacionamento melhorado, os Seres Externos naturalmente escolheram a mim — que já os conheço bastante bem — como seu principal intérprete na Terra. Muito me foi dito ontem à noite — fatos da mais estupenda e libertadora natureza — e mais será comunicado oralmente e por escrito. Não serei convocado para fazer nenhuma viagem ao *exterior* por agora, embora provavelmente eu *queira* fazer algo assim mais tarde — fazendo uso de recursos especiais e transcendendo tudo aquilo a que até agora estivemos acostumados a considerar como experiência humana. Minha casa não será mais assediada. Tudo voltou ao normal, e os cães não terão mais o que fazer. No lugar do pavor, recebi uma grande dádiva de conhecimento e aventura intelectual que raros mortais experimentaram.

Os Seres Externos são provavelmente os mais maravilhosos seres orgânicos existentes dentro ou além do espaço e do tempo — membros de uma raça cósmica da qual todas as outras formas de vida são simplesmente variantes degeneradas. Eles são mais vegetais do que animais, se é que esses termos são aplicáveis ao tipo de matéria que os compõe, e têm uma estrutura até certo ponto fungoide, embora a presença de uma substância semelhante à clorofila e de um sistema nutritivo muito singular os diferencie totalmente dos verdadeiros fungos cormófitos. De fato, esse tipo é composto por uma espécie de matéria totalmente alheia a nossa parte do espaço – seus elétrons tendo uma frequência de vibração inteiramente diferente. É por isso que esses seres não podem ser fotografados com as câmeras e chapas *comuns* conhecidas em nosso universo, mesmo que nossos olhos possam vê-los. Com os conhecimentos adequados, entretanto, qualquer químico competente poderia produzir uma emulsão fotográfica que gravaria as imagens deles.

Esse gênero é único em sua habilidade de atravessar o vácuo interestelar sem ar ou calor em plena forma corpórea, e algumas de suas variantes não podem fazer isso sem instrumentos mecânicos ou curiosas transposições cirúrgicas. Apenas algumas espécies têm as asas resistentes ao ar que são características da variedade de Vermont. Aqueles que habitam certos picos remotos no Velho Mundo foram trazidos de outras maneiras. A semelhança externa que guardam com a vida animal e com o tipo de estrutura que entendemos como material é muito mais uma questão de evolução paralela do que de parentesco próximo. Sua capacidade mental excede a de qualquer outra forma de vida sobrevivente, apesar de os tipos alados de nossa região de colinas não serem de forma alguma os mais desenvolvidos. A telepatia é em geral sua forma comum de comunicação, embora tenham órgãos vocais rudimentares que, após uma pequena operação (pois a cirurgia é uma atividade comum e corriqueira entre eles), podem mais ou menos imitar a fala dos organismos que ainda a utilizam.

Sua habitação *imediata* principal é um planeta ainda desconhecido e quase totalmente sem luz na extremidade do sistema solar — além de Netuno, sendo o nono em distância a partir do sol. Trata-se, como inferimos, do objeto mencionado misticamente como Yuggoth em certas escrituras antigas e proibidas; logo esse lugar será o centro de uma estranha focalização de pensamento sobre nosso mundo, num esforço de facilitar um relacionamento mental. Eu não me surpreenderia se os astrônomos ficassem suficientemente sensíveis a essas correntes de pensamento a ponto de descobrirem Yuggoth, agora que os Seres Externos desejam que eles o façam. Mas é claro que Yuggoth é apenas um ponto de passagem. O grupo principal desses seres habita abismos estranhamente organizados inteiramente fora do alcance máximo de qualquer imaginação humana. O glóbulo de tempo-espaço que reconhecemos como a totalidade de toda a entidade cósmica é apenas um átomo da genuína infinitude que é a deles. *E a fração dessa infinitude que uma mente humana pode conceber deverá ser revelada a mim, assim como foi para não mais de 50 outros homens desde que existe a raça humana.*

Provavelmente, no início, você classifique isso tudo de delírio, mas com o tempo você poderá apreciar a titânica oportunidade com a qual deparei. Gostaria de partilhar com você essa experiência tanto quanto possível, e com esse fim preciso contar-lhe milhares de coisas que não são colocáveis no papel. No passado o adverti que não viesse me visitar. Agora que tudo está seguro, é com grande prazer que retiro aquela advertência e o convido.

Você não poderia vir até aqui antes que seu semestre na faculdade comece? Seria um prazer imenso se você pudesse. Traga consigo a gravação fonográfica e todas as cartas que lhe mandei, para usarmos como material de consulta — podemos precisar delas para montar o conjunto dessa extraordinária história. Você poderia trazer as fotografias também, já que aparentemente perdi os negativos e minhas próprias fotos nestes últimos dias de grande agitação. É uma riqueza de fatos o que tenho a acrescentar a este material tentativo e provisório — e *que recurso estupendo tenho para acrescentar os novos elementos!*

Não hesite — não há mais ninguém me espionando, e você não encontrará aqui nada inatural ou perturbador. Venha e permita que meu carro vá buscá-lo na estação de Brattleboro — prepare-se para ficar quanto tempo quiser, e espere muitas noites de discussão sobre coisas que estão além de qualquer conjectura humana. É claro que você não deve contar a ninguém sobre isso — pois esse assunto não deve ser de conhecimento do grande e promíscuo público.

O serviço de trem até Brattleboro não é ruim — você pode conseguir os horários em Boston. Tome o B. & M. até Greenfield e depois faça a conexão para o breve trecho restante. Sugiro que você tome o trem no conveniente horário das 16h10, no carro comum que vem de Boston. Ele chega a Greenfield às 19h35, e às 21h19 um trem parte de lá chegando a Brattleboro às 22h01. Isso é nos dias de semana. Diga-me a data de sua vinda e meu carro estará à sua disposição na estação.

Perdoe esta carta datilografada, mas ultimamente minha caligrafia tem ficado muito trêmula, como você sabe, e eu não me sinto apto a escrever cartas muito longas a mão. Comprei ontem esta nova máquina Corona em Brattleboro — ela parece funcionar muito bem.

Aguardo um comunicado seu, e espero vê-lo em breve com a gravação fonográfica e todas as minhas cartas — e as fotos Kodak.

Em seu aguardo,
Henry W. Akeley
Exmo. Sr.
Albert N. Wilmarth,
Miskatonic University,
Arkham, Mass.

Seria impossível fazer uma descrição adequada do que senti ao ler, reler e pensar sobre essa estranha e inesperada carta. Eu disse que ao mesmo tempo me senti aliviado e ansioso, mas isso só expressa de forma grosseira as nuanças de sentimentos diversos e em grande medida inconscientes que compunham tanto o alívio quanto a ansiedade. Para começar, a situação era tão completamente oposta a toda a cadeia de horrores que a precedeu — a mudança de atitude, de total terror para uma calma complacência e até uma exaltação era tão imprevista, fulminante e completa! Eu mal podia acreditar que um único dia pudesse alterar tanto assim a perspectiva psicológica de alguém que havia escrito aquela carta tão atormentada na quarta-feira, independentemente dos eventos apaziguadores que pudessem ter ocorrido. Em determinados momentos, uma sensação de irrealidades conflitantes me fazia questionar se todo esse drama vagamente relatado de forças fantásticas não era algum tipo de sonho meio ilusório criado em grande medida por minha própria mente. Então eu pensava na gravação fonográfica e ficava ainda mais perplexo.

A carta parecia tão diferente de tudo o que se poderia esperar!

Analisando minhas impressões, percebi que elas tinham duas fases diferentes. Em primeiro lugar, concedendo-se que Akeley estivera são antes e ainda permanecia são, a mudança indicada na própria situação era por demais rápida e inconcebível. Em segundo lugar, a mudança na atitude, nos modos e na linguagem de Akeley estava absolutamente além do que é normal ou previsível. Toda a personalidade daquele homem parecia ter sofrido uma insidiosa mutação — uma mutação tão profunda que era quase impossível reconciliar seus dois estados com a suposição de que ambos igualmente representavam sanidade mental. A escolha de palavras, a ortografia — tudo era sutilmente diferente. E com minha sensibilidade acadêmica para a escrita em prosa, eu conseguia detectar profundas divergências no ritmo de suas reações e respostas mais comuns. Com certeza, um cataclismo emocional ou uma revelação que produzisse uma mudança tão radical deveriam mesmo ser muito extremos! Apesar disso, por outro lado, a carta parecia bastante característica de Akeley. A mesma antiga paixão pelo infinito — a mesma velha curiosidade acadêmica. Eu não pude conceber nem por um momento — ou por mais de um momento — a ideia de fraude ou maligna impostura. O convite — a disposição de me permitir testar em pessoa a veracidade da carta — isso não provava que ela era genuína?

Eu não me recolhi no sábado à noite, mas fiquei acordado pensando no que havia de sombrio e espantoso por trás da carta que tinha recebido. Minha mente, sofrendo com a rápida sucessão de monstruosas concepções que fora forçada a confrontar nos últimos quatro meses, trabalhava nesse novo e surpreendente material em um ciclo de dúvida e aceitação que repetiu a maioria dos estágios experimentados diante dos prodígios anteriores; muito antes do amanhecer, um candente interesse e curiosidade haviam começado a substituir a primeira tempestade de perplexidade e desconforto. Louco ou são, metamorfoseado ou simplesmente aliviado, Akeley, ao que tudo indicava, havia realmente vivenciado uma estupenda mudança de perspectiva em sua arriscada pesquisa, uma mudança que ao mesmo tempo diminuía o perigo — fosse ele real ou imaginado — e abria novos e estonteantes horizontes de conhecimento cósmico e super-humano. Meu próprio interesse pelo desconhecido se incendiou acompanhando o dele, e me senti contagiado pela mórbida quebra de barreira. Livrar-se das enlouquecedoras e cansativas limitações de tempo, espaço e lei natural — ligar-se ao vasto exterior — chegar perto dos obscuros e abismais segredos do infinito e do supremo —

com certeza, por essas oportunidades valia arriscar a vida, a alma e a sanidade! E Akeley dissera que não havia mais perigo algum — ele me convidara a visitá-lo, em vez de me advertir para manter distância, como antes. A curiosidade me mordia quando eu pensava no que ele poderia ter para me revelar agora — havia uma fascinação quase paralisante na ideia de sentar-me naquela solitária e recém-assediada casa com um homem que havia conversado com verdadeiros emissários do espaço sideral, sentar-me ali com a terrível gravação e a pilha de cartas em que Akeley havia resumido suas conclusões anteriores.

Assim, no final da manhã de domingo telegrafei a Akeley dizendo que o encontraria em Brattleboro na quarta-feira seguinte, dia 12 de setembro — se essa data lhe fosse conveniente. Em apenas um aspecto eu não acolhi suas sugestões, e foi em relação à escolha do trem. Francamente, eu não gostava da ideia de chegar àquela assombrada região de Vermont tarde da noite; então, em vez de tomar o trem que ele sugeriu, liguei para a estação e fiz outro arranjo. Levantando mais cedo e embarcando no trem das 8h07 (carro comum) para Boston, eu tomaria o trem das 9h25 para Greenfield, chegando lá às 12h22. Esse trem fazia uma conexão perfeita com um outro que chegava em Brattleboro à 13h08 — um horário muito mais confortável do que 22h01 para encontrar Akeley e viajar com ele por aquelas montanhas tão cerradas e que guardavam tantos segredos.

Mencionei essa escolha no telegrama, e fiquei feliz em saber, quando recebi a resposta que chegou ao cair da tarde, que meu anfitrião concordava com ideia. O telegrama dele dizia o seguinte:

> Proposta satisfatória. Vou encontrar o trem das 13h08 na quarta-feira. Não esqueça gravação cartas e fotos. Não revele seu destino. Aguarde grandes surpresas.
> Akeley

Receber essa mensagem em resposta direta à que eu havia mandado para Akeley — e que fora necessariamente entregue em sua casa, trazida da estação de Townshend ou por um mensageiro oficial ou pelo serviço telefônico restaurado — dissipou quaisquer dúvidas subconscientes que pudessem restar sobre a autoria da perturbadora carta. Meu alívio foi nítido — na verdade, foi maior do que pude perceber naquele momento — já que todas aquelas dúvidas estavam completamente sepultadas. Mas dormi profundamente a noite toda, e me ocupei diligentemente dos preparativos nos dois dias subsequentes.

VI

Parti na quarta-feira como combinado, levando comigo uma mala cheia de itens básicos e dados científicos, inclusive a medonha gravação fonográfica, as fotografias Kodak e toda a correspondência de Akeley. Como ele havia solicitado, não comentei com ninguém sobre meu destino, pois eu percebia que o assunto exigia a máxima reserva, mesmo levando-se em conta seus efeitos extremamente favoráveis. O pensamento de um efetivo contato mental com entidades extraterrestres era já bastante espantoso para minha mente treinada e de certa forma preparada; e, sendo assim, que se poderia dizer do efeito desse mesmo pensamento sobre as vastas massas de leigos desinformados? Não sei se a emoção dominante em mim era o terror ou a expectativa aventureira no momento em que mudei de trem em Boston e iniciei a viagem deixando regiões conhecidas e entrando em outras que me eram menos familiares. Waltham — Concord — Ayer — Fitchburg — Gardner — Athol.

Meu trem chegou a Greenfield com 7 minutos de atraso, mas a conexão rumo ao norte estava esperando. Fazendo uma apressada transferência, senti uma curiosa falta de fôlego à medida que os vagões avançavam, com seu ruído surdo e prolongado, através do início da tarde por territórios sobre os quais eu sempre lera, mas que nunca havia visitado. Eu sabia que estava adentrando uma Nova Inglaterra muito mais antiga e primitiva que as mecanizadas e urbanizadas áreas do sul e do litoral, onde eu havia passado toda a minha vida; era uma Nova Inglaterra ancestral e intacta, sem os forasteiros e a fumaça das fábricas, sem as grandes placas e as estradas de concreto características das regiões já tocadas pela modernidade. Eu esperava encontrar singulares sobreviventes daquela contínua vida nativa cujas profundas raízes a transformam em um autêntico prolongamento da paisagem — a contínua vida nativa que mantém vivas estranhas memórias antigas e fertiliza o solo, preparando-o para crenças obscuras, fantasiosas e raramente mencionadas.

De quando em quando, eu avistava o azul Rio Connecticut brilhando ao sol, e depois de passar por Northfield nós o atravessamos. À frente assomavam verdes e crípticas montanhas e, quando o condutor se aproximou, fiquei sabendo que havíamos finalmente chegado a Vermont. Ele me instruiu a atrasar o relógio em uma hora, já que a região das montanhas do norte não acolhia esquemas de horário modernos. Movendo os ponteiros para trás, tive a impressão de estar também movendo o calendário para o século anterior.

O trem se mantinha próximo ao rio e, do outro lado, em New Hamphshire, eu podia ver se aproximando a encosta da escarpada Wantastiquet, montanha sobre a qual se acumulam singulares lendas antigas. Então à minha esquerda surgiram ruas, e uma ilha verde em meio ao rio despontou à minha direita. Os passageiros se levantaram e se organizaram em uma fila na direção da porta, e eu os segui. O trem parou e eu desci sob a longa marquise da estação de Brattleboro.

Examinando a fila de carros à espera, hesitei por um momento, tentando descobrir qual deles seria o Ford de Akeley, mas minha identidade foi descoberta antes que eu pudesse tomar a iniciativa. Entretanto, ficou claro que não era Akeley em pessoa quem avançou com a mão estendida para me cumprimentar e perguntando numa voz melosa se eu era mesmo o Sr. Albert N. Wilmarth de Arkham. Esse homem não tinha semelhança alguma com o Akeley da fotografia, barbudo e grisalho; era mais jovem e urbano, estava vestido de forma elegante e tinha no rosto apenas um pequeno bigode escuro. Sua voz cultivada tinha um traço estranho e quase perturbador de vaga familiaridade, embora eu não pudesse de forma alguma localizá-la em minha memória.

Enquanto o observava, ele me explicou que era amigo de meu futuro anfitrião e que viera até Townshend no lugar dele. Akeley, declarou ele, sofrera um ataque repentino de uma espécie de asma, e não se sentia apto a fazer uma viagem ao ar livre. Mas não era nada sério e não haveria mudança de planos em relação a minha visita. Eu não consegui saber em que medida esse sr. Noyes — como ele disse que se chamava — sabia das pesquisas e descobertas de Akeley, embora parecesse, pela sua maneira casual, que ele era relativamente leigo sobre o caso. Lembrando-me da vida de ermitão que Akeley levava, eu fiquei ligeiramente surpreso diante da pronta disponibilidade de um amigo assim; no entanto, não deixei minha perplexidade impedir-me de entrar no carro que ele indicou. Não era o pequeno carro antigo que eu havia esperado com base nas descrições de Akeley, mas um modelo recente, grande e impecável — aparentemente, do próprio Noyes, com placas de Massachusetts exibindo o divertido "bacalhauzinho" característico daquele ano. Meu guia, concluí eu, devia estar de passagem na região de Townshend durante o verão.

Noyes entrou no carro ao meu lado e deu a partida imediatamente. Fiquei feliz porque ele não puxou muita conversa, pois alguma peculiar tensão no ambiente me deixou sem vontade de conversar. A cidade parecia muito bonita ao sol da tarde à medida que subimos uma ladeira e viramos à direita para chegar à rua central. O lugar era envolvido por uma modorra, como as mais antigas cidades da Nova Inglaterra que recordamos da infância, e algo na disposição dos tetos, campanários, chaminés e muros de tijolos formava um conjunto que despertava em mim profundas emoções ancestrais. Eu poderia dizer que estava no pórtico de uma região meio encantada pelo acúmulo de muitas eras, uma região onde seres antigos e estranhos tinham a oportunidade de crescer e permanecer porque nunca foram perturbados.

Quando saímos de Brattleboro, minha sensação de ansiedade e maus pressentimentos se intensificou, pois uma vaga qualidade daquela região interiorana e cheia de montanhas com suas altaneiras, ameaçadoras e opressoras encostas cobertas de verde e granito sugeria obscuros segredos e imemoriais sobreviventes que poderiam ou não ser hostis com a humanidade. Por um tempo, nosso caminho acompanhou um rio raso e largo que descia de montanhas desconhecidas ao norte, e eu tremi quando meu companheiro me disse que aquele era o West River. Foi naquele rio, eu me lembrava pelos relatos dos jornais, que um dos mórbidos seres que pareciam caranguejos fora avistado flutuando após a enchente.

Pouco a pouco, o ambiente a nossa volta foi ficando mais selvagem e deserto. Arcaicas pontes cobertas permaneciam nas montanhas, projetando-se temíveis, como testemunhas de eras passadas, e a semiabandonada linha de trem que acompanhava o rio parecia exalar um ar de desolação nebulosamente visível. Viam-se espantosos trechos de vales muito nítidos onde grandes encostas se erguiam, o granito bruto da Nova Inglaterra se exibindo cinzento e austero em meio ao verde que escalava as cimeiras. Havia gargantas onde saltitavam corredeiras indômitas, levando para o rio os inimagináveis segredos de milhares de picos sem trilhas ou caminhos. De vez em quando algumas estreitas e semiocultas estradas se ramificavam a partir da principal, abrindo seu caminho através de florestas densas e luxuriantes, entre cujas árvores primais exércitos de espíritos elementares poderiam muito bem estar à espreita. Vendo esse cenário, pensei em como Akeley havia sido molestado por agentes invisíveis em suas viagens por aquela mesma estrada, e não duvidei de que essas coisas pudessem acontecer.

A estranha e vistosa aldeia de Newfane, à qual chegamos em menos de uma hora, foi nosso último elo com aquele mundo que o homem pode definitivamente chamar de seu, em virtude de conquistas ou de uma plena ocupação. Depois disso, perdemos todo e qualquer contato com coisas imediatas, com a marca do tempo, adentrando um mundo fantástico de irrealidade sufocada no qual a estrada, tão estreita que mais parecia uma fita, subia e descia e fazia curvas com um capricho quase deliberado e senciente em meio aos desabitados picos e semidesertos vales. À exceção do som do motor e do distante movimento das poucas e solitárias propriedades pelas quais passávamos a infrequentes intervalos, a única coisa que chegava aos meus ouvidos era o gorgolejar insidioso daquelas estranhas águas que vinham de inúmeras fontes ocultas nos bosques sombrios.

A proximidade, a intimidade com as agora diminuídas e arredondadas colinas era literalmente de tirar o fôlego. Sua natureza escarpada e abrupta era mais intensa ainda do que eu tinha imaginado ao ouvir falar delas, e não sugeria nada semelhante ao mundo prosaico e objetivo que conhecemos. Os densos e intocados bosques que cobriam aquelas encostas inacessíveis pareciam dar abrigo a incríveis seres alienígenas, e eu sentia que o próprio contorno das colinas tinha algum estranho e muito antigo significado, como se fossem enormes hieróglifos deixados por alguma raça titânica cujas glórias sobrevivem apenas em sonhos raros e profundos. Todas as lendas do passado e todas as assombrosas imputações das cartas e materiais de Henry Akeley foram intensificadas em minha memória, aumentando a atmosfera de tensão e crescente ameaça. O propósito de minha visita e as temíveis anormalidades que ela postulava me vieram de repente à cabeça, trazendo uma fria sensação que quase superou meu ardente desejo de me aprofundar em coisas singulares.

Meu guia deve ter percebido minha atitude perturbada, pois à medida que a estrada ia ficando mais deserta e irregular, e nosso avanço mais lento e cheio de solavancos, seus agradáveis comentários ocasionais foram se transformando em um fluxo mais contínuo de discurso. Ele falou da beleza e da estranheza da região e revelou ter alguma familiaridade com os estudos sobre folclore de meu futuro anfitrião. Em suas perguntas educadas, ficava óbvio que ele sabia que eu viera com algum propósito científico e estava trazendo dados de considerável importância, mas ele não dava sinais de conhecer a profundidade e o terrível caráter do conhecimento que Akeley finalmente alcançara.

O jeito dele era tão alegre, normal e urbano que suas observações deveriam ter me acalmado, mas não foi bem assim. Eu só me sentia mais perturbado à medida que avançávamos, em meio a solavancos e desvios, dentro do território desabitado cheio de montanhas e florestas. Às vezes parecia que ele estava me sondando para ver o que eu sabia sobre os monstruosos segredos do lugar, e a cada nova coisa que ele falava ficava mais intensa aquela vaga, perturbadora e intrigante *familiaridade* em sua voz. Não era uma familiaridade comum ou saudável, apesar da natureza plenamente salutar e cultivada de sua voz. De alguma forma, eu a ligava a esquecidos pesadelos, e sentia que eu poderia enlouquecer se a reconhecesse. Se tivesse havido alguma boa desculpa, acho que desistiria ali mesmo de minha visita. Naquela situação, eu não podia fazer isso — e me ocorreu que uma conversa sóbria e científica com o próprio Akeley após minha chegada me ajudaria muito a me recompor.

Além disso, havia um elemento estranhamente calmante de beleza cósmica na paisagem hipnótica pela qual nós subíamos e descíamos numa viagem fantástica. O tempo se perdera nos labirintos atrás de nós, e à nossa volta se estendiam apenas as ondas florescentes de feérica e fantástica beleza recapturada de séculos desaparecidos – os bosques grisalhos, as perfeitas pastagens emolduradas por alegres flores outonais e, a grandes intervalos, os pequenos ranchos castanhos que se acomodavam em meio a enormes árvores sob precipícios verticais com fragrantes roseiras-bravas e relva cobrindo as colinas. Até a luz do sol assumia um encanto sublime, como se alguma atmosfera ou exalação especial cobrisse a região toda. Eu nunca vira nada parecido antes, a não ser nas paisagens mágicas que algumas vezes formam os fundos dos quadros dos primitivos italianos. Sodoma e Leonardo conceberam essas vastidões, mas apenas à distância, e através das arcadas renascentistas. Agora estávamos nos entranhando no meio do quadro, e eu parecia encontrar em sua necromancia algo que eu soubera de forma inata ou herdara, algo que eu sempre estivera vagamente buscando.

De repente, depois de fazer uma curva aberta no topo de uma ladeira íngreme, o carro parou. À minha esquerda, depois de um gramado bem cuidado que vinha até a estrada e ostentava uma margem de pedras caiadas, erguia-se uma casa branca de dois andares e meio, de proporções e elegância incomuns para a região, com um conjunto de várias dependências ligadas por arcadas, e que correspondiam aos estábulos, ranchos e ao moinho de vento, mais abaixo e à direita. Reconheci imediatamente o lugar, lembrando-me da fotografia que recebera, e não fiquei surpreso ao ver o nome de Henry Akeley na caixa postal de ferro galvanizado junto à estrada. Ao fundo da casa, o terreno se estendia plano, com um solo pantanoso e poucas árvores;

além desse trecho, assomava uma encosta escarpada e coberta de mata que terminava em um pico denteado e coberto de folhas. Este último, eu sabia, era o pico do Monte Escuro, na direção do qual já devíamos ter subido metade do caminho.

Descendo do carro e pegando minha mala, Noyes me pediu que esperasse enquanto ele entrava para avisar Akeley de minha chegada. Ele próprio tinha coisas importantes a fazer em outro lugar, e não poderia ficar mais que um momento. Enquanto ele subia decidido o caminho até a casa, eu desci do carro, desejando esticar as pernas antes de enfrentar uma conversa sedentária. Minha sensação de nervosismo e tensão havia atingido um nível máximo de novo agora que eu estava na real cena do mórbido cerco descrito de forma tão sombria nas cartas de Akeley, e eu honestamente temia as discussões vindouras que me ligariam a mundos tão estranhos e proibidos.

Um contato próximo com o que é totalmente bizarro é muitas vezes mais aterrorizante que inspirador, e não me animava nada pensar que exatamente aquele trecho de estrada poeirenta fora o local onde as monstruosas pegadas e a fétida linfa verde haviam sido encontradas após noites sombrias cheias de medo e morte. Distraído, acabei notando que nenhum dos cães de Akeley parecia estar por ali. Teria ele vendido todos os animais tão logo os Seres Externos fizeram as pazes com ele? Por mais que eu tentasse, eu não podia ter a mesma confiança na profundidade e sinceridade daquela paz que foi demonstrada na última carta de Akeley, tão bizarramente diferente. Afinal de contas, ele era um homem muito simples e com pouca experiência de mundo. Será que não havia, talvez, alguma corrente profunda e sinistra sob a superfície da nova aliança?

Levados por meus pensamentos, meus olhos voltaram para a estrada poeirenta que exibira testemunhos tão medonhos. Os últimos dias tinham sido secos, e rastros de todos os tipos se amontoavam na estrada irregular e cheia de sulcos, apesar da natureza desabitada do local. Com uma vaga curiosidade, comecei a distinguir o contorno de algumas das heterogêneas marcas, tentando ao mesmo tempo reprimir os surtos de fantasia macabra sugerida pelo lugar e suas memórias. Havia algo ameaçador e desconfortável na quietude funérea, no som abafado e sutil de distantes riachos, nos verdes picos amontoados e nos precipícios cobertos com mata negra que sufocavam o estreito horizonte.

E então uma imagem surgiu em minha consciência como numa explosão, que fez aquelas vagas ameaças e surtos de fantasia parecerem realmente suaves e insignificantes. Eu disse que estava examinando as várias marcas na estrada com uma curiosidade descompromissada — mas de repente aquela curiosidade foi ofuscada de forma abrupta por uma onda paralisante de ativo terror. Pois embora as marcas na terra fossem em geral confusas e se sobrepusessem, tendo assim pouca probabilidade de chamar especial atenção, meus olhos irrequietos tinham captado certos detalhes perto do ponto onde o caminho para a casa se unia à estrada, tendo reconhecido, acima de qualquer dúvida ou esperança, o temível significado desses detalhes. Não era à toa, ai de mim, que eu tinha examinado durante horas aquelas fotos das pegadas dos Seres Externos que Akeley enviara. Eu conhecia, até bem demais, as marcas daquelas odiosas garras e aqueles sinais ambíguos de direção que estampavam horrores como nenhuma criatura deste planeta poderia fazer. Não havia nenhuma possibilidade de algum engano misericordioso. Ali, de fato, em forma objetiva diante dos meus olhos e feitas não muitas horas antes, estavam pelo menos três marcas que sobressaíam blasfemas em meio à surpreendente abundância de pegadas confusas que levavam à propriedade de Akeley e dela saíam. *Eram as demoníacas pegadas dos fungos vivos de Yuggoth.*

Tive de me controlar em tempo para sufocar um grito. Afinal de contas, que mais poderia eu ter esperado, supondo que eu realmente acreditara nas cartas de Akeley? Ele havia falado em selar a paz com os seres. Sendo assim, por que seria estranho que alguns deles o tivessem visitado em sua residência? Mas o terror foi mais forte que a confiança. Seria de esperar que um homem permanecesse impassível ao deparar pela primeira vez com marcas de garras de seres das longínquas profundezas do espaço? Foi nesse momento que Noyes surgiu na porta e veio a passos rápidos ao meu encontro. Eu devia, refleti, manter o autocontrole, pois provavelmente esse camarada cordial não sabia nada das sondagens mais profundas e mais estupendas de Akeley no campo do proibido.

Akeley, Noyes se apressou em me informar, estava contente e pronto para me ver, embora seu repentino ataque de asma o impedisse de ser um anfitrião adequado por um ou dois dias. Quando acometido desses ataques, ele ficava muito abatido, tendo febres debilitantes e uma fraqueza geral. Ele não se sentia bem durante todo o tempo de sua vigência — tinha de falar em sussurros e se mostrava desajeitado e fraco para se locomover. Seus pés e tornozelos também inchavam, e assim ele tinha que os manter enfaixados como os de um velho carnívoro atacado pela gota. Hoje ele estava se sentindo muito mal, de modo que eu deveria cuidar de minhas necessidades por mim mesmo; mas ele não estava por isso menos ansioso para iniciarmos nossas conversas. Eu o encontraria no escritório à esquerda do salão principal — o cômodo onde as janelas estavam fechadas. Ele tinha de se manter longe da luz do sol quando estava doente, pois seus olhos eram muito sensíveis.

Quando Noyes se despediu e foi embora em seu carro rumo ao norte, comecei a caminhar lentamente na direção da casa. A porta fora deixada aberta para mim, mas antes de me aproximar e entrar, lancei um olhar perscrutador em volta do lugar como um todo, tentando identificar o que ali me parecia tão intangivelmente esquisito. Os estábulos e ranchos me pareciam bem conservados e prosaicos, e eu observei o velho Ford de Akeley em seu abrigo espaçoso e aberto. Então o segredo da estranheza me atingiu. Havia um silêncio total. Em geral, um sítio é pelo menos moderadamente ruidoso, em virtude dos vários tipos de animais, mas aqui não havia sinal algum de vida. Onde estavam as galinhas e os cachorros? As vacas, que Akeley dissera possuir várias, poderiam talvez estar fora pastando, e os cães podiam ter sido vendidos, mas a ausência de qualquer tipo de cacarejo ou grunhido era realmente singular.

Não me detive no caminho por muito tempo; entrei resoluto pela porta aberta e a fechei atrás de mim. Isso me custara um considerável esforço psicológico, e agora que eu estava fechado no interior da casa tive um desejo momentâneo de fugir precipitadamente. Não que o lugar tivesse algo de sinistro em sua sugestão visual; ao contrário, considerei gracioso o agradável corredor em estilo colonial de muito bom gosto, e admirei a evidente boa estirpe do homem que o havia construído. O que me fazia querer fugir era algo muito atenuado e indefinível. Talvez fosse um certo odor estranho que julguei ter sentido — embora eu soubesse muito bem como eram comuns odores bolorentos mesmos nas melhores propriedades rurais antigas.

VII

Recusando-me a permitir que essas obscuras apreensões me dominassem, lembrei-me das instruções de Noyes e abri a porta branca de seis almofadas com trincos de bronze. O cômodo estava no escuro, como Noyes havia me dito; quando entrei, percebi que aquele cheiro esquisito era mais forte ali. Parecia também haver algum ritmo ou vibração sutil e meio irreal no ar. Por um momento, as janelas fechadas permitiram que eu enxergasse muito pouco, mas então um som sussurrado ou chiado num tom de desculpas chamou minha atenção para uma grande poltrona no canto mais distante e escuro do cômodo. Dentro dessas profundezas escuras eu vi a mancha branca do rosto e das mãos de um homem, e no momento seguinte fui até aquele ponto cumprimentar a figura que tentara falar algo. Embora a luz estivesse muito fraca, percebi que era mesmo meu anfitrião. Eu examinara a fotografia muito detalhadamente, e não podia haver dúvidas sobre aquele rosto firme e marcado pelo tempo, com a grisalha barba bem-aparada.

Mas no momento em que o encarei de novo, meu reconhecimento se mesclou à tristeza e à ansiedade, pois certamente seu rosto era o de um homem muito doente. Senti que devia haver algo além da asma por trás daquela expressão tensa, rígida e imóvel, por trás daquele olhar vidrado e estático; percebi também o efeito fortíssimo que suas terríveis experiências deviam ter tido sobre ele. Tudo aquilo com certeza poderia arruinar qualquer ser humano — mesmo um homem mais novo que esse intrépido pesquisador do campo proibido. O estranho e repentino alívio, temia eu, haviam chegado tarde demais para salvá-lo de algo como um colapso geral. Causava certa pena o modo como suas magras mãos, flácidas e sem vida, repousavam sobre seu colo. Ele vestia um roupão largo e tinha a cabeça e o pescoço envolvidos em um gorro ou uma echarpe de um tom amarelo bem vivo.

Então percebi que ele estava tentando falar naquele mesmo sussurro chiado com o qual me saudara. Era um sussurro difícil de entender no início, já que o bigode cinzento escondia todos os movimentos dos lábios, e algo em seu timbre me perturbava muito; mas concentrando minha atenção logo passei a entender surpreendentemente bem o que ele dizia. O sotaque não era de forma alguma rústico, e a língua era até mais refinada do que a correspondência me fizera esperar.

— Suponho que seja o sr. Wilmarth. Peço desculpas por não me levantar. Estou muito doente, como o sr. Noyes deve ter-lhe dito; mas não pude resistir ao desejo de recebê-lo mesmo assim. O senhor sabe sobre o que eu lhe escrevi em minha última carta — há muito que preciso lhe contar amanhã, quando estarei me sentindo melhor. Não consigo expressar minha satisfação em tê-lo aqui em pessoa após tantas cartas que trocamos. O senhor está com elas aí, naturalmente? E as fotos e as gravações? Noyes colocou sua mala no saguão — acho que o senhor a viu. Quanto a esta noite, temo que o senhor deverá cuidar de suas necessidades por si mesmo. Seu quarto é no andar de cima — exatamente em cima deste — e o senhor verá a porta do banheiro aberta no topo da escada. Há uma refeição servida para o senhor na sala de jantar — passando por esta porta, à sua direita — que o senhor poderá consumir quando quiser. Serei um anfitrião melhor amanhã, mas neste momento a fraqueza me deixa praticamente inválido.

— Sinta-se em casa. O senhor poderá trazer as cartas, fotos e gravações e colocá-las sobre esta mesa antes de subir para o quarto com sua mala. É aqui que deveremos discutir todo esse material — o senhor pode ver meu fonógrafo naquele canto.

— Não obrigado, não preciso de nada. Conheço estes ataques há muito tempo. Mas venha me fazer uma visitinha à noite, e então se recolha quando quiser. Vou ficar aqui — talvez durma aqui a noite toda, como muitas vezes faço. De manhã estarei bem melhor e apto para discutir as coisas que temos para discutir. O senhor percebe, é claro, a absolutamente estupenda natureza do assunto que temos diante de nós. Para nós, como para poucos homens nesta Terra, vão se abrir abismos de tempo e espaço e conhecimento além de qualquer coisa dentro da concepção da ciência e da filosofia humanas.

— O senhor sabe que Einstein está errado e que alguns objetos e forças *podem se mover* com uma velocidade maior que a da luz? Com um auxílio adequado, tenho a expectativa de poder ir para a frente e para trás no tempo, e verdadeiramente *ver* e *sentir* a Terra de remotas épocas do passado e do futuro. O senhor não pode imaginar a que patamar esses seres alçaram a ciência. Não há nada que não possam fazer com a mente e o corpo de organismos vivos. Espero visitar outros planetas e até mesmo outros astros e galáxias. A primeira viagem será para Yuggoth, o mundo mais próximo que é completamente povoado pelos seres. É um estranho e escuro globo localizado bem na borda de nosso sistema solar — ainda desconhecido dos astrônomos terrestres. Mas devo ter-lhe escrito sobre isso. No momento certo, o senhor sabe, os seres de lá vão direcionar correntes de pensamentos para nós e fazer com que o planeta seja descoberto — ou talvez vão permitir que um de seus aliados humanos dê uma pista aos homens de ciência.

— Há poderosas cidades em Yuggoth — grandes camadas de torres enfileiradas e construídas de pedra negra, como o espécime que tentei lhe enviar. Aquela veio de Yuggoth. O sol lá não brilha mais que uma estrela, mas os seres não precisam de luz. Eles têm outros sentidos mais sutis e não colocam janelas em suas grandes casas e templos. A luz até os fere, os atrapalha e os confunde, pois ela não existe no negro cosmo fora do tempo e do espaço de onde eles vieram originalmente. Uma visita a Yuggoth deixaria louco qualquer homem fraco — mas eu vou até lá. Os rios negros de piche que correm embaixo daquelas misteriosas pontes ciclópicas – coisas construídas por alguma raça ancestral extinta e esquecida antes de os seres irem para Yuggoth partindo do supremo vazio — tudo isso deve ser o suficiente para transformar qualquer homem em um Dante ou um Poe, se ele conseguir manter a sanidade para relatar o que viu.

— Mas lembre-se — aquele mundo escuro de jardins fungoides e cidades sem janelas não é na verdade terrível. É apenas para nós que ele pareceria assim. É provável que este nosso mundo tenha parecido igualmente terrível para os seres quando eles o exploraram pela primeira vez, na era primal. O senhor sabe que eles estavam aqui muito antes de a fabulosa época de Cthulhu terminar, e recordam tudo sobre a imersa R'lyeh, quando ela ainda estava acima das águas. Eles estiveram também no interior da Terra — há aberturas que os seres humanos não conhecem — algumas nestas próprias colinas de Vermont — e grandes mundos de vida desconhecida lá em baixo; K'n-yan de luz azul, Yoth de luz vermelha e N'kai, que é negro e não tem luz alguma. É de N'kai que veio o temível Tsathoggua — o senhor sabe, o deus amorfo com aparência de sapo mencionado nos *Manuscritos Pnacóticos* e no *Necronomicon* e no ciclo mítico de Commorium, preservado pelo sumo sacerdote de Atlântida, Klarkash-Ton.

— Mas conversaremos sobre isso depois. Agora já devem ser 4 ou 5 horas. É melhor que traga as coisas que estão em sua mala, coma algo e depois volte para uma conversa tranquila.

Vagarosamente, me virei e comecei fazer o que meu anfitrião determinara, pegando minha mala, tirando dela e depositando os artigos desejados e finalmente subindo até o quarto que me fora designado. Com a vívida lembrança daquela marca de garra na lateral da estrada, os parágrafos sussurrados por Akeley tinham me afetado de um modo esquisito; e os sinais de familiaridade com esse mundo desconhecido de vida fúngica — o proibido Yuggoth — me davam mais calafrios do que eu gostaria de admitir. Sentia-me muito pesaroso pela doença de Akeley, mas tinha de confessar que seu sussurro rouco tinha uma natureza odiosa que ao mesmo tempo me despertava um sentimento de pena. Seria melhor se ele não *exultasse* tanto quando falava de Yuggoth e seus negros segredos!

Meu quarto era muito agradável e bem mobiliado, sem aquele odor embolorado nem a perturbadora sensação de vibração. Depois de deixar lá minha mala, desci mais uma vez para saudar Akeley e comer a refeição que ele providenciara para mim. A sala de jantar era logo após o escritório, e eu vi que um outro cômodo que fazia as vezes de cozinha se estendia mais além na mesma direção. Sobre a mesa de jantar me aguardava uma grande variedade de sanduíches, bolos e queijos; uma garrafa térmica ao lado de uma xícara com pires provavam que o café quente não tinha sido esquecido. Depois de uma saborosa refeição, me servi de uma bela xícara de café, mas constatei que o padrão culinário havia pecado neste único detalhe. Minha primeira colherada revelou um sabor ligeiramente azedo e desagradável, de modo que não bebi mais. Durante toda a refeição, pensei em Akeley sentado quieto na grande poltrona da sala escurecida logo ao lado. Cheguei a ir até lá e convidá-lo a partilhar o repasto comigo, mas ele sussurrou que não conseguiria comer nada naquele momento. Mais tarde, um pouco antes de dormir, ele tomaria um pouco de leite maltado — tudo o que iria ingerir naquele dia.

Depois da refeição, eu insisti em tirar a mesa e lavar a louça na pia da cozinha — incidentalmente despejando o café que eu não conseguira apreciar. Então, retornando ao escritório escurecido, puxei uma cadeira para perto do canto onde estava meu anfitrião e me preparei para qualquer conversa que ele se sentisse inclinado a entabular. As cartas, as fotos e a gravação ainda estavam sobre a grande mesa central, mas naquele momento nós não tínhamos que falar sobre elas. Logo eu esqueci até o bizarro odor e as curiosas sugestões de vibração.

Eu disse que havia coisas em algumas das cartas de Akeley — especialmente a segunda e mais longa — que eu não ousaria citar ou mesmo expressar verbalmente no papel. Essa hesitação se aplica ainda com mais força às coisas que eu o ouvi sussurrar naquela noite na sala escurecida em meio às solitárias montanhas. A extensão dos horrores cósmicos revelados por aquela voz rouquenha eu não ouso nem mencionar. Ele conhecera coisas medonhas antes, mas o que tinha aprendido desde que fizera o pacto com os Seres Externos era quase demais para a sanidade suportar. Até agora eu absolutamente me recusava a acreditar no que ele sugeria sobre a constituição da infinidade suprema, a justaposição das dimensões e a terrível posição do cosmo de espaço e tempo que conhecemos na infindável cadeia de átomos cósmicos que estão ligados, e que constituem o supremo supercosmo de curvas, ângulos e organização eletrônica material e semimaterial.

Nunca um homem são esteve tão perigosamente perto dos arcanos da entidade básica — nunca uma mente orgânica chegou tão perto da completa aniquilação no caos que transcende forma e força e simetria. Eu aprendi de onde Cthulhu veio *originalmente* e por que metade das grandes estrelas temporárias da história passou a brilhar. Eu imaginei — a partir de pistas que forçavam até mesmo meu informante a fazer pausas, timidamente — o segredo por trás das Nuvens Magalhânicas das nebulosas globulares e a negra verdade velada pela imemorial alegoria de Tao. Foi a mim plenamente revelada a natureza dos Doels, e ele me falou da essência (embora não da fonte) dos Cães de Tindalos. A lenda de Yig, Pai das Serpentes, deixou de ser simbólica, e eu tive um sobressalto cheio de repulsa quando ele me contou sobre o monstruoso caos nuclear além do espaço angulado que o *Necronomicon* havia generosamente velado sob nome de Azathoth. Foi chocante ter os mais malignos pesadelos de ocultos mitos esclarecidos em termos concretos, cujo caráter odioso, evidente e mórbido excedia as alusões mais ousadas dos místicos antigos e medievais. Fui levado inelutavelmente a acreditar que os primeiros a sussurrarem aquelas amaldiçoadas lendas tinham conversado com os Seres Externos de Akeley, e talvez tivessem visitado regiões cósmicas externas como Akeley agora se propunha a fazer.

Fiquei sabendo da Pedra Negra e do que ela implicava, e me senti aliviado por ela não ter chegado até mim. Minhas suspeitas sobre aqueles hieróglifos tinham sido totalmente fundadas! E, no entanto, Akeley parecia agora reconciliado com todo o sistema torpe que havia descoberto, reconciliado e ansioso por se aprofundar mais ainda no monstruoso abismo. Eu me perguntava com que seres ele havia se comunicado desde sua última carta endereçada a mim, e se muitos deles eram tão humanos como aquele primeiro emissário que ele havia mencionado. A tensão dentro de mim tornou-se insuportável, e eu formulei toda sorte de teorias alucinadas sobre aquele bizarro e persistente odor e aquelas insidiosas sugestões de vibração no escritório envolto em sombras.

A noite já estava caindo e, lembrando-me do que Akeley escrevera sobre aquelas noites anteriores, estremeci quando pensei que não haveria luar. Também não gostava nada da forma como a propriedade estava aninhada sob aquela colossal encosta coberta de mata que levava até o pico intocado do Monte Escuro. Com a permissão de Akeley, acendi uma pequena lamparina a querosene, regulei-a para que a chama ficasse baixa e a coloquei em uma distante prateleira ao lado do fantasmagórico busto de Milton; mas depois me arrependi de ter feito isso, pois aquela iluminação fez o rosto tenso e imóvel de meu anfitrião, bem como suas mãos inertes, assumir uma aparência anormal e cadavérica. Ele parecia quase incapaz de se mexer, embora eu o visse mover ligeiramente a cabeça uma vez ou outra em sinal de afirmação.

Depois do que ele havia contado, eu mal podia imaginar que segredos mais profundos ele estava guardando para o outro dia; mas pelo desenrolar da conversa, pareceu-me que sua viagem a Yuggoth e mais além — e *minha possível participação nela* — comporiam o tópico do dia seguinte. Ele deve ter ficado surpreso com meu sobressalto de terror quando ouvi a proposta de uma viagem cósmica feita por mim, pois sua cabeça oscilou violentamente quando expressei meu medo. Na sequência, ele falou de forma muito suave sobre como os seres humanos poderiam realizar — e várias vezes tinham realizado — o aparentemente impossível voo através do abismo interestelar. *Ao que parecia, corpos humanos completos de fato não faziam a viagem,* mas as prodigiosas habilidades cirúrgicas, biológicas, químicas e mecânicas dos Seres Externos tinham descoberto um modo de transportar os cérebros humanos sem sua estrutura física correspondente.

Havia um modo inofensivo de extrair um cérebro e um modo de manter vivo o resíduo orgânico durante sua ausência. A matéria cerebral compacta em si era imersa em um fluido que era reposto de quando em quando dentro de um cilindro hermeticamente fechado, feito de um metal obtido em Yuggoth, onde estavam certos eletrodos que eram conectados livremente a elaborados instrumentos capazes de reproduzir as três faculdades vitais da visão, audição e fala. Para os seres fungoides alados, carregar os cilindros cerebrais intactos através do espaço era uma tarefa simples. Depois, em cada planeta habitado por sua civilização, eles encontrariam em abundância instrumentos ajustáveis de reprodução das faculdades, capazes de conectar-se com os cérebros trazidos dentro dos cilindros; assim, depois de alguns ajustes, essas inteligências viajantes podiam receber uma vida plena de sentidos e articulada — embora fosse uma vida mecânica sem corpo — a cada estágio de sua jornada através do contínuo tempo-espaço e além dele. Era simples como carregar uma gravação fonográfica e tocá-la onde quer que houvesse um fonógrafo da marca correspondente. Do sucesso dessa atividade, não poderia haver dúvidas. Akeley não estava com medo. Ela não tinha sido tantas vezes realizada com brilhantismo?

Pela primeira vez, uma das mãos inertes e inúteis se ergueu e apontou, muito rígida, para uma prateleira alta do outro lado da sala. Ali, dispostos em uma fileira bem ordenada, estavam mais de doze cilindros de um metal que eu nunca vira antes — cilindros de cerca de 30 centímetros de altura e um pouco menos de diâmetro, com três curiosos soquetes formando um triângulo isósceles na superfície frontal convexa de cada um deles. Um deles tinha dois de seus soquetes conectados a um par de máquinas de aparência estranha que ficavam no fundo. Sobre a finalidade delas, nem precisei perguntar, e estremeci como se estivesse com febre. Então vi a mão apontar para um canto bem mais próximo, onde estavam amontoados alguns complexos instrumentos com cabos e plugues afixados, vários deles muito parecidos com as duas máquinas na prateleira atrás dos cilindros.

— Há quatro tipos de instrumentos aqui, Wilmarth — sussurrou a voz. — Quatro tipos — três faculdades para cada um — totalizando 12 peças. Veja que há quatro tipos diferentes de seres representados naqueles cilindros lá em cima. Três humanos, seis seres fungoides que não podem navegar pelo espaço corporeamente, dois seres de Netuno (Céus, se você pudesse ver o corpo que esse tipo tem no planeta dele!) e o restante são entidades das cavernas centrais de uma estrela escura além da galáxia que é especialmente interessante. No posto avançado principal, dentro do Monte Redondo, de vez em quando é possível encontrar mais cilindros e máquinas — cilindros de cérebros extracósmicos com sentidos diferentes daqueles que conhecemos, de aliados e exploradores oriundos do mais remoto Espaço Externo, e máquinas especiais que lhes conferem impressões e expressão de vários modos, cada uma adequada ao mesmo tempo a eles e à compreensão de diferentes tipos de interlocutores. O Monte Redondo, como a maioria dos principais postos avançados desses seres em todos os vários universos, é um local bastante cosmopolita. É claro que apenas os tipos mais comuns me foram emprestados para eu fazer experiências.

— Aqui, pegue essas três máquinas que estou apontando e coloque-as sobre a mesa. Aquela alta com as duas lentes de vidro na frente, depois a caixa com os tubos a vácuo e a placa de som, e agora a outra com o disco de metal no topo. Agora, o cilindro com o rótulo "B-67". Você pode subir naquela cadeira Windsor para alcançar a prateleira. Pesado? Não se preocupe! Certifique-se do número — B-67. Não ligue para aquele cilindro novo e brilhante conectado aos dois instrumentos de teste — aquele com o meu nome escrito nele. Coloque o B-67 na mesa perto de onde você colocou as máquinas — empurre os interruptores de todas as três máquinas para a extrema esquerda.

— Agora, conecte o cabo da máquina das lentes ao soquete superior do cilindro — aí! Conecte a máquina do tubo ao soquete no ponto inferior esquerdo, e o aparelho com o disco ao soquete externo. Agora mova todos os botões da máquina para a extrema direita — primeiro o das lentes, depois o do disco e depois o do tubo. Assim. Eu poderia muito bem lhe dizer que esse é um ser humano — exatamente como nós dois. Vou lhe dar uma amostra de alguns dos outros amanhã.

Até hoje não sei por que obedeci àqueles sussurros de forma tão servil, ou se achei ou não que Akeley era louco. Depois do que acontecera antes, eu deveria estar preparado para qualquer coisa: mas aquela parafernália mecânica se parecia tanto com as excentricidades típicas de inventores ou cientistas malucos que semeou em mim uma dúvida que nem o discurso anterior fora capaz de despertar. O que o sussurador sugeria estava além de toda crença humana — entretanto, as outras coisas não eram ainda mais inacreditáveis, e menos absurdas somente por causa de seu caráter mais remoto em relação a qualquer prova concreta?

Enquanto minha mente girava em meio ao caos, dei-me conta de um som que era um misto de chiado e rangido e vinha de todas as três máquinas recém-conectadas ao cilindro — um chiado e um rangido que logo foram ficando mais fracos, até chegarem praticamente ao silêncio total. O que iria acontecer? Será que eu ouviria uma voz? E, em caso afirmativo, que prova eu teria de que aquilo não era um aparelho de rádio engenhosamente montado e pelo qual falava alguém escondido que nos observava de perto? Até mesmo agora não posso jurar sobre o que ouvi, ou sobre que fenômeno realmente ocorreu diante de mim. Mas algo certamente pareceu ocorrer.

Para ser simples e direto, a máquina com o tubo e a caixa de som começou a falar, e com argumentos e inteligência que não deixavam dúvidas de que o falante estava realmente presente e nos observava. A voz era alta, metálica, sem vida e praticamente mecânica em todos os detalhes de sua produção. Era incapaz de inflexões ou expressividade, mas continuava arranhando e taramelando com precisão e deliberação impressionantes.

— Sr. Wilmarth — disse a voz — espero não estar assustando o senhor. Sou um ser humano como o senhor, embora meu corpo esteja agora descansando em segurança e recebendo um tratamento vitalizador adequado dentro do Monte Redondo, cerca de três quilômetros a leste daqui. Eu mesmo estou aqui com o senhor — meu cérebro está naquele cilindro e eu vejo, escuto e falo por meio desses vibradores eletrônicos. Dentro de uma semana vou atravessar o vazio como fiz muitas vezes antes, e espero ter o prazer da companhia do sr. Akeley. Eu gostaria de contar com sua presença também, pois o conheço de vista e sei de sua reputação, tendo acompanhado de perto sua correspondência com seu amigo. Sou, é claro, um dos homens que se tornou aliado dos seres alienígenas que visitam nosso planeta. Eu me encontrei com eles pela primeira vez no Himalaia, e os ajudei de várias formas. Em retribuição, eles me proporcionaram experiências que raras pessoas puderam ter.

— O senhor percebe o que isso significa quando digo que estive em 37 diferentes corpos celestes — planetas, estrelas escuras e objetos menos definíveis — inclusive oito fora de nossa galáxia e dois fora do cosmo curvo de espaço e tempo? E isso não me prejudicou em nada. Meu cérebro foi retirado de meu corpo por uma remoção tão hábil que seria tosco chamar o procedimento de "cirurgia". Os seres visitantes têm métodos que tornam essas extrações fáceis e quase normais — e o corpo não envelhece nada quando o cérebro está fora dele. O cérebro, posso acrescentar, é praticamente imortal, com suas faculdades mecânicas e uma alimentação limitada suprida por mudanças ocasionais do fluido conservante.

— Em resumo, gostaria muito que o senhor decidisse vir com o sr. Akeley e comigo. Os visitantes estão ansiosos por conhecer homens estudados como o senhor e mostrar a eles os grandes abismos que a maioria de nós pôde apenas sonhar em nossa imaginativa ignorância. No início, pode parecer estranho conhecê-los, mas eu sei que o senhor está acima de preocupações desse tipo. Acho que também virá conosco o sr. Noyes — o homem que certamente o trouxe até aqui em seu carro. Ele já é um de nós há muitos anos — suponho que o senhor tenha reconhecido a voz dele como uma das vozes na gravação que o sr. Akeley lhe enviou.

Diante de meu violento sobressalto, o ser que falava fez uma breve pausa antes de concluir.

— Portanto, sr. Wilmarth, vou deixar a decisão em suas mãos, simplesmente acrescentando que um homem como o senhor, que tanto se interessa por coisas diferentes e folclóricas, nunca deveria perder uma oportunidade como esta. Não há o que temer. Todas as transições são indolores, e há muito o que apreciar em um estado de sensações completamente mecanizado. Quando os eletrodos estão desconectados, a gente simplesmente adormece e entra num sono de sonhos especialmente vívidos e fantásticos.

— E agora, se o senhor não se importar, devemos suspender nossa reunião até amanhã. Boa-noite — simplesmente empurre todos os interruptores de volta para o lado esquerdo; não se importe com a ordem exata, embora fosse melhor que o senhor deixasse a máquina das lentes por último. Boa-noite, Sr. Akeley — trate bem o nosso hóspede. Tudo certo agora com os botões?

E isso foi tudo. Eu obedeci mecanicamente e desliguei os três botões, embora cheio de dúvidas sobre tudo o que havia acontecido. Minha cabeça ainda estava atordoada quando ouvi a voz sussurrante de Akeley me dizendo que eu podia deixar todo o equipamento sobre a mesa, como estava. Ele não ensaiou nenhum comentário a respeito do que tinha acontecido, e na verdade nenhum comentário poderia ser comunicado a minhas faculdades tão sobrecarregadas. Eu o ouvi dizer que eu podia levar a lamparina para usá-la em meu quarto, e deduzi que ele queria descansar sozinho no escuro. Com certeza já era hora de ele descansar, pois seu discurso durante a tarde e a noite poderia ter deixado exausto até mesmo um homem vigoroso. Ainda atordoado, disse boa-noite a meu anfitrião e subi a escada com a lamparina, embora eu tivesse comigo uma excelente lanterna de bolso.

Fiquei aliviado por ter saído daquele escritório no andar de baixo, com seu odor bizarro e suas vagas sugestões de vibração; mesmo assim, não pude deixar de sentir uma medonha sensação de pavor, perigo e anormalidade cósmica quando pensei no lugar em que estava e nas forças que estava enfrentando. A região deserta e solitária, a encosta negra coberta por aquela misteriosa floresta, que ficava tão próxima dos fundos da casa; as pegadas na estrada, o doente e imóvel sussurrador no escuro, os diabólicos cilindros e máquinas e, acima de tudo, todos aqueles convites para estranhas cirurgias e viagens mais estranhas ainda — essas coisas, todas tão novas e vindas naquela sucessão tão repentina, invadiam-me com uma força cumulativa que consumia minha vontade e quase minava minha força física.

Descobrir que meu guia Noyes era o celebrante humano naquele monstruoso e ancestral ritual sabático da gravação fonográfica foi um choque e tanto, embora eu tivesse percebido uma distante e repelente familiaridade em sua voz. Outro forte choque foi com minha própria atitude em relação ao meu anfitrião sempre que eu parava para analisá-lo, pois, por mais que instintivamente eu apreciasse o Akeley que foi se revelando nas correspondências, ele agora me enchia com uma evidente repulsa. Sua doença deveria ter provocado em mim a pena, mas, em vez disso, ela me dava calafrios. Ele era tão rígido e inerte e parecido com um cadáver — e aquele sussurrar incessante era tão odioso e inumano!

Ocorreu-me que o sussurrar dele era diferente de qualquer coisa semelhante que eu já ouvira; ocorreu-me que, apesar da curiosa imobilidade dos lábios cobertos pelo bigode, a fala de Akeley tinha uma força e um poder de convencimento latentes, extraordinários para a respiração ofegante de um asmático. Eu conseguira entender o que ele dizia mesmo quando estava do outro lado do cômodo, e uma vez ou outra tive a impressão de que os sons baixos, mas penetrantes, representavam não tanto fraqueza, mas sim uma repressão deliberada — por que motivo, eu não podia imaginar. Desde o início, eu sentira uma qualidade perturbadora em seu timbre. Agora, quando tentava ponderar os fatos, achei que poderia localizar essa impressão em um tipo de familiaridade subconsciente, como aquela que tornara a voz de Noyes tão vagamente ominosa. Mas quando ou onde eu havia encontrado o ser que ela me fazia lembrar, eu não conseguia dizer.

Uma coisa era certa — eu não passaria outra noite ali. Meu interesse científico havia desaparecido em meio ao medo e ao ódio, e agora não sentia nada a não ser um desejo de escapar daquela rede de morbidez e revelação inatural. Agora eu sabia o bastante. Devia ser mesmo verdade que existem estranhas ligações cósmicas — mas seres humanos normais não devem se imiscuir com essas coisas.

Influências blasfemas pareciam me cercar e sufocar meus sentidos. Dormir, eu concluí, estava fora de questão, então simplesmente apaguei a lamparina e me atirei na cama completamente vestido. Com certeza isso era absurdo, mas eu estava pronto para alguma emergência desconhecida, agarrando com a mão direita um revólver que trouxera e segurando no bolso esquerdo minha lanterna. Nenhum som vinha lá de baixo, e eu pude imaginar que meu anfitrião estava sentado lá, imóvel como um cadáver, no escuro.

Em algum lugar eu ouvi o tique-taque de um relógio e me senti vagamente grato pela normalidade do som. Isso me lembrou, entretanto, de outra coisa sobre a região que me perturbava — a total ausência de vida animal. Com certeza não havia animais domésticos por ali, e agora eu percebia que mesmo os habituais ruídos noturnos de seres vivos selvagens estavam ausentes. A não ser pelo murmurar sinistro de águas distantes e invisíveis, aquela quietude era anômala — interplanetária — e eu me perguntava que influência maligna e intangível vinda dos astros poderia estar pairando sobre aquela região. Eu recordava, pelas antigas lendas, que cachorros e outros animais sempre haviam odiado os Seres Externos, e pensava no que poderiam significar aquelas pegadas na estrada.

VIII

Não pergunte quanto durou meu cochilo inesperado, ou em que medida o que se seguiu foi puro sonho. Se eu disser que acordei a uma determinada hora e ouvi e vi certas coisas, provavelmente você, leitor, vai simplesmente responder que eu não despertei e que tudo foi um sonho até o momento em que corri para fora da casa, fui aos trancos e barrancos até o abrigo onde vira o velho Ford e entrei no antigo veículo para fazer uma corrida alucinada e sem destino pelas assombradas montanhas, que finalmente me levou — após horas de solavancos e curvas através de labirintos ameaçados pela floresta — a uma aldeia que descobri ser Townshend.

É claro, leitor, que você também vai desconsiderar todo o resto do meu relato e declarar que todas as fotos, gravações, sons de cilindro e máquina e evidências semelhantes eram truques de puro ilusionismo que o desaparecido Henry Akeley me preparou. Você vai até sugerir que ele estava mancomunado com outras pessoas excêntricas para me pregar uma peça tola e elaborada — que ele retirara a encomenda expressa em Keene e que mandara Noyes fazer aquela terrível gravação em cera. É estranho, entretanto, que Noyes ainda não tenha sido identificado; que ele seja um desconhecido em todas as aldeias próximas da propriedade de Akeley, embora deva ter estado frequentemente na região. Eu lamento não ter parado para memorizar o número da placa do carro dele — ou talvez, afinal de contas, seja melhor que eu não o tenha feito. Pois eu, apesar de tudo o que puderem dizer, e apesar de tudo o que às vezes tento dizer a mim mesmo, sei que odiosas influências externas devem estar espreitando lá nas montanhas quase desconhecidas — e que essas influências têm espiões e emissários no mundo dos homens. Ficar tão longe quanto possível dessas influências e desses emissários é tudo o que peço da vida no futuro.

Quando minha história alucinada atraiu um destacamento policial até a propriedade de Akeley, ele havia desaparecido sem deixar nenhum rastro. Seu roupão solto, sua echarpe amarela e as bandagens dos pés estavam no chão do escritório perto da poltrona no canto, e não se conseguiu determinar se suas outras roupas haviam desaparecido com ele. Os cães e o gado estavam de fato ausentes, e havia alguns curiosos buracos de bala tanto no exterior da casa quanto em algumas paredes internas; mas, além disso, nada incomum pôde ser detectado. Nenhum cilindro ou máquina, nenhuma das provas que eu trouxera em minha mala, nenhum odor bizarro ou sensação de vibração, nenhuma pegada na estrada e nenhuma das coisas que vislumbrei no final.

Fiquei uma semana em Brattleboro depois de minha fuga, fazendo perguntas entre pessoas de todo tipo que haviam conhecido Akeley, e os resultados me convencem de que o assunto não é fruto de sonho ou imaginação. A estranha compra de cães, munição e produtos químicos feita por Akeley e o corte de seus fios de telefone são fatos verdadeiros, e todos os que o conheciam — incluindo seu filho na Califórnia — concordam que suas obsevações ocasionais sobre estranhos estudos tinham uma certa consistência. Cidadãos respeitáveis acreditam que ele era louco e, sem hesitar, declaram que todas as provas relatadas são farsas criadas com intenções doentias e talvez incitadas por mentes excêntricas; mas as pessoas mais humildes do campo confirmam as declarações dele em cada detalhe. Ele havia mostrado a algumas daquelas pessoas rústicas as fotos e a Pedra Negra e tinha tocado para eles a medonha gravação; e todos disseram que as pegadas e a voz ciciante eram como as descritas nas lendas ancestrais.

Eles disseram, também, que visões e sons suspeitos haviam sido cada vez mais notados em torno da casa de Akeley depois que ele encontrara a Pedra Negra, e que a propriedade agora era evitada por todos, exceto o carteiro e alguns eventuais e destemidos visitantes. O Monte Escuro e o Monte Redondo eram pontos sabidamente assombrados e eu não consegui encontrar ninguém que os tivesse explorado de perto. Desaparecimentos ocasionais de habitantes locais ao longo de toda a história do distrito estavam bem atestados, e agora incluíam o semivagabundo Walter Brown, que havia sido mencionado nas cartas de Akeley. Até me encontrei pessoalmente com um agricultor que julgava ter visto um dos bizarros corpos na época da enchente boiando no West River, mas a história dele era confusa demais para ser levada em conta.

Quando parti de Brattleboro, resolvi nunca mais voltar a Vermont, e tenho muita certeza de que manterei essa resolução. Aquelas inóspitas montanhas certamente são o posto avançado de alguma temível raça cósmica — como não duvido nem um pouco desde que li que um novo planeta foi avistado além de Netuno, exatamente como aqueles seres haviam dito que iria acontecer. Os astrônomos, com uma precisão medonha de que mal suspeitam, nomearam essa coisa de "Plutão". Sinto, acima de qualquer suspeita, que ele seja nada menos que o noturno Yuggoth — e estremeço quando tento descobrir o real motivo *por que* seus monstruosos habitantes queiram que ele se faça conhecido dessa forma nesta época em especial. Eu tento em vão me tranquilizar pensando que essas criaturas demoníacas não estão gradualmente promovendo uma nova política prejudicial à Terra e a seus habitantes normais.

Mas antes preciso relatar o final daquela terrível noite na propriedade de Akeley. Como eu disse, eu finalmente caí num cochilo agitado, um cochilo cheio de sonhos truncados que envolviam vislumbres de monstruosas paisagens. O que exatamente me acordou não sei dizer ainda, mas que realmente acordei nesse momento determinado eu tenho certeza. Minha primeira impressão confusa foi de um furtivo estalido nas tábuas do assoalho do corredor externo ao meu quarto e de um movimento hesitante na maçaneta, que produzia um ruído abafado. Isso, entretanto, cessou quase imediatamente, de modo que minhas impressões realmente claras começaram com as vozes que ouvi no escritório, no andar térreo. Parecia haver várias pessoas falando, e eu achei que eles estavam envolvidos em uma discussão.

Depois de ter escutado por alguns segundos, eu estava perfeitamente desperto, pois a natureza das vozes tornava ridícula qualquer ideia de dormir. Os tons eram curiosamente variados, e ninguém que tivesse ouvido aquela maldita gravação fonográfica teria alguma dúvida em relação à natureza de pelo menos duas delas. Embora a ideia fosse medonha, eu sabia que eu estava sob o mesmo teto com seres inomináveis do espaço abismal, pois essas duas vozes eram, sem dúvida, os blasfemos sussurros que os Seres Externos usavam em suas comunicações com os homens. As duas eram diferentes entre si — diferentes no tom, no sotaque e no ritmo —, mas eram ambas do mesmo maldito gênero.

Uma terceira voz sem dúvida vinha de uma máquina conectada a um dos cérebros guardados nos cilindros. Restava tão pouca dúvida em relação a essa voz quanto em relação às outras vozes zumbidas, pois a voz alta, metálica e sem vida da noite anterior, com seu som arranhado e taramelado sem expressão nem inflexão, era realmente inesquecível. Por um tempo, não parei para questionar se a inteligência por trás da voz metálica era a mesma que havia conversado comigo anteriormente; mas logo depois refleti que *qualquer* cérebro emitiria sons vocais da mesma qualidade se ligado à mesma máquina produtora de fala; as únicas diferenças possíveis seriam na linguagem, no ritmo, na velocidade e na pronúncia. Para completar o absurdo colóquio, havia duas vozes verdadeiramente humanas — uma delas a fala tosca de alguma pessoa desconhecida e evidentemente rústica, e a outra os suaves tons bostonianos daquele que fora meu guia, Noyes.

Tentando entender as palavras que o robusto assoalho abafava bastante, também percebi uma grande agitação de pés se arrastando e arranhando o chão na sala lá embaixo, tanto que eu não pude evitar a impressão de que ela estava cheia de seres vivos — muitos mais do que aqueles cuja fala eu podia distinguir. A exata natureza dessa movimentação é extremamente difícil de descrever, pois existem poucas bases boas de comparação. Objetos pareciam de vez em quando se mover pelo cômodo como entidades conscientes, o som das passadas sendo um pouco semelhantes a um patear numa superfície dura — semelhante ao contato de peças mal coordenadas de chifre ou borracha dura. Era, para usar uma comparação mais concreta, mas menos precisa, como se pessoas com calçados largos feitos de madeira áspera estivessem andando meio bêbadas sobre a madeira polida do assoalho. Sobre a natureza e a aparência daqueles responsáveis pelos sons, eu nem me atrevi a especular.

Logo eu vi que seria impossível discernir qualquer fala que tivesse uma sequência. Palavras isoladas — inclusive os nomes de Akeley e o meu — de vez em quando surgiam, especialmente quando emitidas pela máquina produtora de discurso; mas seu verdadeiro significado se perdia pela falta de um contexto contínuo. Hoje em dia me recuso a fazer qualquer dedução definida a partir delas, e mesmo seu terrível efeito sobre mim era mais da ordem de *sugestão* do que de *revelação*. Um conclave terrível e anormal, eu tinha certeza, estava acontecendo abaixo de mim, e quais seriam suas monstruosas deliberações eu não sabia. Era curioso como esse senso inquestionado do maligno e do blasfemo invadiu-me, apesar de Akeley ter garantido que os Externos eram amigos.

Ouvindo pacientemente, comecei a distinguir bem as vozes, mesmo não podendo entender muito do que elas diziam. Eu tinha a impressão de captar algumas emoções típicas na fala de alguns dos participantes. Uma das vozes sussurradas, por exemplo, tinha um indubitável tom de autoridade, ao passo que a voz mecânica, apesar de sua intensidade e regularidade artificiais, parecia estar em uma posição de suplicante subordinação. Os tons de Noyes expressavam uma espécie de atmosfera conciliadora. Os outros eu não consegui nem tentar interpretar. Eu não ouvi o sussurrar conhecido de Akeley, mas sabia muito bem que esse som nunca penetraria o sólido assoalho de meu quarto.

Vou tentar transcrever algumas das poucas palavras e outros sons desconexos que ouvi, indicando da melhor maneira possível quem falava. Foi da máquina que eu captei primeiro algumas frases reconhecíveis.

(A Máquina de Falar)

... eu mesmo trouxe... mandou de volta as cartas e a gravação... acabar com isso... capturado... vendo e ouvindo... maldito... força impessoal, afinal de contas... cilindro novo e brilhante... meu Deus...

(Primeira Voz Sussurrante)

... hora de acabar com isso... pequeno e humano... Akeley... cérebro... dizendo...

(Segunda Voz Sussurrante)

"Nyarlathotep... Wilmarth... gravações e cartas... impostura barata..."

(Noyes)

... [palavra ou nome impronunciável, possivelmente *N'gah-Kthun*] inofensivo... paz... algumas semanas... teatral... disse isso a você antes...

(Primeira Voz Sussurrante)

... razão alguma... plano original... efeitos... Noyes pode vigiar o Monte Redondo... cilindro novo... carro de Noyes...

(Noyes)

... bem... todo seu... aqui embaixo... descanso... lugar...

(Várias Vozes Simultaneamente em Conversa Incompreensível)

(Muitas passadas, inclusive as peculiares tropelias)

(Um Curioso Som de Bater de Asas)
(Som automóvel sendo ligado e se afastando)
(Silêncio)

Essa é a essência do que pude ouvir deitado e tenso naquela cama estranha no andar de cima, na assombrada propriedade rural em meio às demoníacas colinas — deitado ali completamente vestido, agarrando um revólver com minha mão direita e uma lanterna de bolso com a esquerda. Permaneci, como já disse, totalmente desperto, mas mesmo assim um tipo de obscura paralisia me manteve inerte por um longo tempo depois que os últimos ecos silenciaram. Ouvi o deliberado tique-taque daquele antigo relógio de madeira de Connecticut em algum distante ponto lá embaixo e finalmente discerni o ronco irregular de alguém que dormia. Akeley devia ter adormecido depois da estranha reunião, e eu podia muito bem acreditar que ele precisava disso.

Estava acima de minha capacidade decidir o que fazer ou o que pensar. Afinal de contas, o que eu *ouvira* além de coisas que informações anteriores poderiam ter me feito esperar? Eu não sabia que os inomináveis Seres Externos eram agora livremente admitidos na propriedade de Akeley? Sem dúvida, Akeley havia sido surpreendido por uma visita inesperada deles. Mas algo naquele discurso fragmentário havia gelado meu sangue, despertado as dúvidas mais grotescas e horríveis, fazendo-me desejar ardentemente poder acordar e constatar que tudo fora um sonho. Acho que meu subconsciente havia captado alguma coisa que em nível consciente eu não reconhecia. Mas que dizer de Akeley? Ele não era meu amigo, e não teria protestado se quisessem me fazer algum mal? O pacífico ronco lá embaixo parecia tornar ridícula a repentina intensificação de meus receios.

Seria possível que Akeley tivesse sido submetido a alguma imposição e sido usado como isca para me trazer até as montanhas com as cartas, as fotos e a gravação fonográfica? Será que esses seres pretendiam nos envolver em uma destruição conjunta porque sabíamos demais? Mais uma vez pensei na natureza abrupta e inatural daquela mudança de situação que deve ter ocorrido entre a penúltima carta de Akeley e a última. Alguma coisa, meu instinto me dizia, estava terrivelmente errada. Nem tudo era o que parecia. Aquele café com sabor azedo que recusei — não teria sido uma tentativa de alguma entidade oculta e desconhecida de colocar alguma droga nele? Eu precisava imediatamente falar com Akeley e restaurar seu senso de proporção. Eles o haviam hipnotizado com promessas de revelações cósmicas, mas agora ele devia dar ouvidos à razão. Nós precisávamos sair dali antes que fosse tarde demais. Se ele não tivesse força de vontade para se libertar, eu daria essa força a ele. Ou, se eu não conseguisse convencê-lo a ir, eu poderia pelo menos partir sozinho. Com certeza ele me emprestaria o Ford, e eu o deixaria em um estacionamento em Brattleboro. Eu havia notado o carro no abrigo — a porta fora deixada destrancada e aberta agora que o perigo era considerado extinto — e eu acreditava que havia uma grande chance de o carro estar pronto para ser usado. Aquela passageira indisposição com Akeley que eu sentira durante e depois da conversa da noite já não existia mais. Ele estava numa situação muito parecida com a minha, e nós devíamos permanecer juntos. Sabendo que ele estava indisposto, eu odiava ter de acordá-lo naquele momento, mas sabia que isso era necessário. Do jeito que as coisas estavam, eu não podia ficar naquele lugar até a manhã seguinte.

Finalmente me senti pronto para agir e me espreguicei vigorosamente para recuperar o comando de meus músculos. Levantando-me com um cuidado mais impulsivo que deliberado, pus meu chapéu, peguei a mala e desci a escada com o auxílio da lanterna. Em meu nervosismo, segurei o revólver apertado na mão direita, sendo capaz de carregar a mala e também a lanterna na mão esquerda. Por que eu tive essas precauções não consigo realmente saber, já que eu estava a caminho de acordar o único outro ocupante da casa.

Os degraus rangiam à medida que eu descia na ponta dos pés e, próximo ao corredor inferior, eu conseguia discernir com mais clareza o ronco daquele que dormia, e percebi que ele deveria estar no cômodo à minha esquerda — a sala de estar que eu não visitara. À minha direita estava a escuridão escancarada do escritório em que eu ouvira as vozes. Abrindo a porta destrancada da sala de estar, fiz um caminho com a lanterna na direção da fonte dos roncos, e finalmente a luz incidiu no rosto daquele que dormia. Mas no segundo seguinte eu apressadamente afastei a luz e comecei a me retirar para o corredor como um gato, minha precaução desta vez nascendo do raciocínio, e não apenas do instinto. Pois quem dormia no sofá não era Akeley, mas a pessoa que fora meu guia, Noyes.

Qual era a real situação eu não podia imaginar, mas o bom-senso me dizia que a coisa mais segura a fazer era descobrir o máximo possível antes de acordar alguém. Chegando de volta ao corredor, eu silenciosamente fechei e passei o trinco na porta da sala de estar atrás de mim, diminuindo assim as chances de acordar Noyes. Depois eu cuidadosamente entrei no escuro escritório, onde esperava encontrar

Akeley, dormindo ou acordado, na grande poltrona no canto que era evidentemente seu lugar preferido de descanso. Enquanto eu ia avançando, a luz de minha lanterna atingiu a grande mesa central, revelando um dos diabólicos cilindros acoplados a máquinas de visão e audição, e com uma máquina de fala por perto, prontos para serem conectados a qualquer momento. Aquele, refleti, devia ser o cérebro armazenado que eu ouvira falando durante a terrível conferência; e por um segundo tive o perverso impulso de conectar a máquina e ver o que ele diria.

Ele deveria, pensava eu, estar consciente de minha presença naquele exato momento, já que os aparelhos de visão e audição não poderiam deixar de revelar os raios de minha lanterna e o leve rangido do assoalho sob meus pés. Mas no final não ousei me meter com a coisa. Eu sem querer notei que era o cilindro novo e brilhante com o nome de Akeley, que eu vira mais cedo aquela noite na prateleira e que meu anfitrião pedira para ignorar. Lembrando aquele momento, só posso lamentar minha timidez e desejar que eu tivesse tido a coragem de fazer o aparelho falar. Só Deus sabe quais mistérios e terríveis dúvidas e questões de identidade eu poderia ter esclarecido. Mas também pode ter sido uma sorte ter deixado o cilindro em paz.

Da mesa, foquei minha lanterna no canto onde eu achava que Akeley estaria, mas descobri, para minha perplexidade, que na grande poltrona não havia nenhum ser humano, adormecido ou acordado. Da cadeira pendia o velho e conhecido roupão, e perto dele no chão estavam a echarpe amarela e as enormes bandagens para os pés que considerei tão esquisitas. Enquanto hesitava tentando pensar onde Akeley poderia estar, e por que ele havia tão repentinamente se desfeito de suas necessárias roupas de enfermo, observei que na sala não havia mais o bizarro odor nem a sensação de vibração. O que os teria causado? Curiosamente, ocorreu-me que eu os havia notado apenas perto de Akeley. Eles eram mais fortes onde ele estava sentado e totalmente ausentes a não ser na sala com ele ou nos lugares externos, perto das portas daquele cômodo. Parei, deixando a lanterna vagar no escuro escritório e fustigando meu cérebro em busca de explicações para o rumo tomado pelos acontecimentos.

Oxalá eu tivesse deixado o lugar em silêncio antes de permitir que a luz pousasse mais uma vez na poltrona vazia. No final das contas, não saí em silêncio, mas sim com um grito abafado que deve ter perturbado, embora não tenha acordado, a sentinela dormente do outro lado do corredor. Aquele grito e o ronco ainda contínuo de Noyes foram os últimos sons que ouvi naquela casa infestada de morbidez sob o pico negro da montanha assombrada — aquele foco de horror transcósmico em meio às solitárias colinas verdes e os riachos que murmuravam maldições em uma espectral região rústica.

É incrível que eu não tenha deixado cair a lanterna, a mala e o revólver naquela corrida alucinada, mas de alguma forma não perdi nenhum dos três. Realmente consegui sair daquele cômodo e daquela casa sem fazer mais nenhum ruído, corri levando meus pertences até o velho Ford que estava no abrigo, coloquei o arcaico veículo para funcionar e parti na direção de algum ponto seguro desconhecido na noite negra e sem luar. A viagem que se seguiu foi um delírio que poderia ter saído dos escritos de Poe ou Rimbaud, ou dos desenhos de Doré; mas finalmente cheguei a Townshend. Isso é tudo. Se minha lucidez ainda está intacta, sou uma pessoa de sorte. Algumas vezes tenho medo do que o futuro trará, principalmente desde que o novo planeta Plutão foi tão curiosamente descoberto.

Como já mencionei, deixei minha lanterna retornar até a poltrona vazia depois de haver feito com ela uma volta por todo o escritório; foi então que notei pela primeira vez a presença de alguns objetos na poltrona, que haviam ficado meio ocultos pelas dobras do roupão ali deixado. Esses são os objetos, três em número, que os investigadores não encontraram ao chegar mais tarde. Como eu disse no princípio, não havia nenhum horror visual neles. O problema era o que eles levavam a deduzir. Até agora tenho momentos de dúvida — momentos em que quase aceito o ceticismo daqueles que atribuem toda a minha experiência ao sonho e aos nervos e à alucinação.

As três coisas eram objetos incrivelmente bem construídos, providos de engenhosos grampos metálicos para prendê-los a desenvolvimentos orgânicos sobre os quais não ouso nem fazer conjecturas. Espero — com todas as forças do meu ser — que fossem produtos feitos de cera por um mestre-artista, apesar do que meus receios mais íntimos me dizem. Meu Deus! O sussurrador na escuridão com seu odor e vibrações mórbidas! Feiticeiro, emissário, bastardo, alienígena... aquele medonho sussurrar reprimido... e todo o tempo naquele cilindro novo e brilhante na prateleira... pobre diabo!... "Prodigiosas habilidades cirúrgicas, biológicas, químicas e mecânicas".

Pois as coisas na poltrona, absolutamente perfeitas, com sutis detalhes de microscópica semelhança — ou identidade — eram o rosto e as mãos de Henry Wentworth Akeley.

O ASSOMBRADOR DAS TREVAS

(Dedicado a Robert Bloch)

Eu vi o escuro universo se abrindo
Onde negros planetas perdidos
Vão girando em horror envolvidos,
Na ignorância que nem nome tem.

Nêmesis

Cautelosos investigadores hesitarão em desafiar a crença comum de que Robert Blake foi morto por um raio, ou por algum grave choque nervoso causado por uma descarga elétrica. É verdade que a janela diante dele estava intacta, mas a própria natureza tem se mostrado capaz de muitas atuações caprichosas. A expressão em seu rosto pode facilmente ter sido provocada por alguma obscura causa muscular, independentemente do que quer que ele tenha visto, embora os registros em seu diário resultem claramente de uma imaginação fantasiosa estimulada por certas superstições locais e por certos fatos antigos que ele descobriu. Quanto às condições anômalas na igreja deserta da Federal Hill, o arguto analista mais do que depressa as atribuirá a alguma espécie de charlatanice, consciente ou inconsciente, à qual pelo menos em parte Blake estava secretamente vinculado.

Pois no fim das contas, a vítima era um escritor e pintor totalmente dedicado ao campo do mito, sonho, terror e superstição, que era ávido em sua busca de cenas e efeitos de natureza bizarra, espectral. Sua estada anterior na cidade — uma visita a um velho estranho dedicado tão profundamente quanto ele ao conhecimento oculto e proibido — havia terminado em meio a chamas e morte, e deve ter sido algum mórbido instinto que o fez voltar de sua casa em Milwaukee. Talvez ele tivesse conhecimento das antigas histórias, apesar das afirmações no sentido oposto encontradas em seu diário, e sua morte pode ter cortado pela raiz alguma estupenda farsa destinada a refletir-se de algum modo na literatura.

Todavia, entre aqueles que examinaram e compararam todas essas provas, há alguns que se atêm a teorias menos racionais e comuns. Eles tendem a interpretar grande parte do diário de Blake aceitando seu sentido manifesto, e significativamente apontam para certos fatos como a indubitável autenticidade do registro da velha igreja, a existência constatada do repugnante e heterodoxo culto da Sabedoria Estelar antes de 1877, o desaparecimento documentado de um repórter curioso chamado Edwin M. Lillibridge em 1893 e — acima de tudo — a expressão de pavor monstruoso e deformante no rosto do jovem escritor por ocasião de sua morte. Foi uma das pessoas que acreditavam nisso que, levada por um fanatismo extremo, jogou na baía a pedra curiosamente angulada e a caixa de metal com seus estranhos adornos, ambas encontradas na torre da velha igreja — a negra torre sem janelas, e não a torre na qual o diário de Blake disse que essas coisas originalmente se encontravam. Embora amplamente censurado oficial e oficiosamente, esse homem - um respeitável médico que gostava do folclore bizarro — afirmou que ele havia livrado a Terra de algo perigoso demais para permanecer sobre ela.

Entre essas duas escolas de opinião o leitor deve decidir por si mesmo. Os jornais publicaram os detalhes tangíveis a partir de um ângulo cético, deixando para outros o desenho do quadro tal qual Robert Blake o viu — ou pensou ter visto — ou fingiu ter visto. Agora, estudando o diário atentamente, sem paixão, e com calma, vamos resumir a tenebrosa sequência de acontecimentos do ponto de vista do ator principal.

O jovem Blake voltou a Providence no inverno de 1934-1935, alugando o andar superior de uma respeitosa residência num beco coberto de relva perto da College Street — no topo de uma grande colina da zona leste perto do *campus* da Brown University e atrás da marmórea John Hay Library. Era um lugar confortável e atraente, num pequeno oásis ajardinado semelhante ao de antigas aldeias, onde gatos enormes e amistosos tomavam sol no alto de algum cômodo alpendre. A casa quadrada no estilo georgiano tinha teto solar, uma entrada clássica com porta arredondada, janelas com vidraças pequenas e todos os outros sinais de identificação da arte do início do século XIX. Dentro, havia portas com seis almofadas, assoalhos de tábuas largas, uma escada colonial em curva, consolos de lareira brancos no estilo Adam e, no fundo, um conjunto de quartos que ficava três degraus abaixo do nível geral da casa.

O estúdio de Blake, um aposento amplo na parte sudoeste, dava vista para o jardim da frente de um dos lados, ao passo que suas janelas na parte oeste — diante de uma das quais estava sua escrivaninha — tinham uma vista para o cimo da colina e proporcionavam um esplêndido panorama dos tetos esparramados da parte baixa da cidade e dos flamejantes, místicos crepúsculos por trás deles. No distante horizonte estavam os purpúreos declives do campo. Contra eles, a alguns quilômetros de distância, surgia a espectral corcunda da Federal Hill, onde se apinhavam telhados e agulhas de torres cujos remotos contornos tremulavam misteriosamente, assumindo formas fantásticas quando a fumaça da cidade subia enovelada e os envolvia. Blake tinha uma sensação curiosa de que estava contemplando algum mundo desconhecido, etéreo, que poderia ou não se desmanchar em sonho se ele tentasse examiná-lo e penetrar nele pessoalmente.

Tendo mandado buscar em sua casa a maioria de seus livros, Blake comprou alguns móveis antigos adequados a seus aposentos e dedicou-se a escrever e pintar — morando sozinho e cuidando pessoalmente das tarefas domésticas. Seu estúdio ficava numa sala do lado norte do sótão, onde as vidraças do teto solar lhe proporcionavam uma luz maravilhosa. Durante aquele primeiro inverno, ele produziu cinco de seus contos mais conhecidos — "O coveiro das profundezas", "Os degraus da cripta", "Shaggai", "No vale de Pnath" e "O festeiro das estrelas" — e pintou sete telas, estudos de monstros sem nome, não humanos e paisagens profundamente estranhas, não terrestres.

Ao pôr do sol, ele muitas vezes ficava sentado a sua escrivaninha, contemplando sonhadoramente o leste estendido diante de si — as escuras torres do Memorial Hall logo abaixo, o campanário georgiano do Palácio da Justiça, os altivos pináculos do centro da cidade e, na distância, o tremeluzente monte coroado por agulhas de torres, cujas ruas desconhecidas e labirínticas cumeeiras provocavam tão fortemente sua fantasia. De seus poucos conhecidos locais, ele soube que na encosta mais distante ficava um vasto bairro italiano, embora as casas fossem remanescentes da época mais antiga de ianques e irlandeses. De vez em quando, ele dirigia seu binóculo para aquele mundo inatingível além da espiralada fumaça, escolhendo telhados, chaminés e torres individuais e especulando sobre os bizarros e curiosos mistérios que eles poderiam abrigar. Até mesmo com esse auxílio ocular, a Federal Hill parecia um pouco estranha, meio fabulosa e vinculada aos irreais, intangíveis prodígios dos próprios contos e quadros de Blake. O sentimento persistia por muito tempo depois que a colina havia desaparecido no crepúsculo violeta, e as estrelas das lâmpadas de rua e a inundação das luzes do Palácio da Justiça e do avermelhado farol da torre da Industrial Trust se haviam acendido para tornar a noite grotesca.

Dentre todos os objetos distantes da Federal Hill, era uma certa igreja enorme e escura que mais fascinava Blake. Destacava-se com características distintas a certas horas do dia, e na hora do crepúsculo a grande torre e o campanário pontiagudo pairavam negros contra o flamejante céu. Ela parecia repousar num terreno particularmente elevado, pois a fachada encardida e a lateral norte que aparecia oblíqua com seu teto inclinado e os vértices das grandes janelas pontiagudas erguiam-se intrépidos acima do emaranhado cinturão de cumeeiras e coifas de chaminés. Peculiarmente sinistra e austera, ela parecia uma construção de pedra, manchada e desgastada pela fumaça e tempestades de um século ou mais. O estilo, pelo que o binóculo podia mostrar, era uma forma experimental do mais antigo reflorescimento gótico que precedeu o majestoso período Upjohn e conservou alguns dos contornos e proporções da época georgiana. Talvez essa igreja tivesse sido erigida por volta de 1810 ou 1815.

À medida que os meses iam passando, Blake contemplava a distante e ameaçadora estrutura com um interesse estranhamente crescente. Como as vastas janelas nunca estavam iluminadas, ele sabia que ela devia estar abandonada. Quanto mais ele contemplava, mais sua imaginação trabalhava, até que com o tempo ele começou a imaginar coisas curiosas. Ele acreditava que uma vaga, singular aura de desolação pairava sobre o lugar, de modo que até os pombos e as andorinhas evitavam seus enegrecidos beirais. Em torno de outras torres e campanários, seu binóculo mostrava grandes bandos de pássaros, mas ali eles nunca pousavam. Pelo menos, isso é o que ele pensou e anotou em seu diário. Referiu-se várias vezes ao lugar falando com amigos, mas nenhum deles sequer estivera na Federal Hill ou fazia e menor ideia do que aquela igreja era ou tinha sido.

Na primavera, uma profunda inquietação se apoderou de Blake. Ele havia começado seu romance planejado muito tempo antes — baseado no suposto reflorescimento de um culto de bruxaria no estado de Maine —, mas sentia-se estranhamente incapaz de progredir nesse projeto. Cada vez mais ele ficava sentado à sua janela com vista para o oeste observando a colina distante com sua negra torre sombria que os pássaros evitavam. Quando as delicadas folhas começaram a aparecer nos galhos do jardim, uma nova beleza encheu o mundo, mas a inquietação de Blake simplesmente aumentou. Foi então que ele pensou pela primeira vez em atravessar a cidade e subir pessoalmente aquela ladeira e penetrar no onírico mundo envolto em fumaça.

No fim de abril, pouco antes da festa de Santa Valburga e suas tenebrosas eternidades, Blake fez sua primeira viagem rumo ao desconhecido. Percorrendo as infinitas ruas do centro e as sombrias e deterioradas praças mais além, ele por fim chegou à ascendente avenida de degraus desgastados pelo século, de pórticos dóricos caindo aos pedaços e de cúpulas escurecidas que, a seu ver, deviam levá-lo ao inatingível mundo além das névoas, conhecido dele havia muito tempo. Havia nas ruas desbotadas placas de sinalização em azul e branco que para ele nada significavam, e logo ele notou os estranhos, escuros rostos na multidão errante e os anúncios estrangeiros em curiosas lojas que ficavam em edifícios marrons marcados por décadas de intempéries. Em parte alguma ele conseguiu encontrar algum dos objetos antes divisados de longe, de modo que mais uma vez ele chegou a imaginar que a Federal Hill daquela paisagem distante era um mundo onírico que nunca seria pisado por pés de seres humanos vivos.

De quando em quando uma dilapidada fachada de igreja ou um pináculo em ruínas aparecia, mas nunca a torre enegrecida que ele procurava. Quando Blake perguntou a um lojista sobre uma igreja grande de pedra, o homem sorriu sacudindo a cabeça, embora falasse inglês fluentemente. À medida que Blake ia subindo, a região parecia cada vez mais estranha, com sombrios meandros de apinhadas ruelas escuras sempre rumo ao sul. Ele atravessou duas ou três avenidas largas, e uma vez pensou ter vislumbrado uma torre familiar. Novamente ele perguntou a um comerciante sobre a maciça igreja de pedra, e dessa vez ele poderia jurar que a alegação de ignorância foi fingida. No rosto escuro desse homem havia uma expressão de medo que ele tentava esconder, e Blake o viu fazendo um sinal curioso com a mão direita.

Depois, de repente, um negro pináculo assomou contra o céu nublado à sua esquerda, acima das camadas de telhados marrons que riscavam o emaranhado de ruelas ao sul. Blake soube de imediato o que era, e enveredou naquela direção, percorrendo esquálidas ruas de terra que subiam a partir da avenida. Duas vezes ele se perdeu, mas não ousou de forma alguma perguntar a nenhum dos cavalheiros ou donas de casa sentados nas soleiras de seus domicílios, nem a nenhuma das crianças que gritavam e brincavam na lama das ruas escuras.

Finalmente, ele viu a torre nitidamente projetada contra o sudoeste, e uma enorme estrutura de pedra surgiu sombria no fim de uma ruazinha. Dali a pouco, ele estava parado numa ampla praça aberta e sem árvores, pavimentada com bizarras pedras, com um alto muro de contenção no extremo oposto. Sua busca chegara ao fim, pois sobre o amplo platô que o muro suportava, rodeada por uma cerca de ferro tomada pelo mato — um mundo à parte, menor, que se elevava dois metros acima das ruas circundantes — assomava uma sinistra estrutura titânica cuja identidade, apesar da nova perspectiva de Blake, era indiscutível.

A igreja desativada encontrava-se num estado de grande decadência. Alguns dos altos pilares de pedra haviam caído, e vários arremates delicados se perdiam em meio ao mato e o capim escuro. As janelas góticas cobertas de fuligem estavam em geral inteiras, embora faltassem muitos dos mainéis de pedra. Blake se perguntou como as vidraças obscuramente pintadas puderam sobreviver tão bem, tendo em vista os conhecidos hábitos dos meninos do mundo inteiro. As portas maciças estavam intactas e firmemente fechadas. Em volta do topo do muro de contenção, rodeando completamente o recinto, havia uma enferrujada cerca de ferro cujo portão — no alto de um lance de escadas que partia da praça — estava visivelmente trancado com cadeado. O caminho do portão até a construção estava completamente coberto de mato. Desolação e deterioração pairavam como um manto funéreo sobre o lugar, e nos beirais sem pássaros e nos negros muros sem heras Blake sentiu um toque do vago sinistro que ia além de sua capacidade de definir.

Havia poucas pessoas na praça, mas Blake viu um policial no lado norte e se aproximou dele com algumas perguntas sobre a igreja. Tratava-se de um alto e robusto irlandês, e pareceu estranho que ele pouco mais fizesse além de benzer-se e murmurar que as pessoas nunca falavam daquele edifício. Pressionado por Blake, ele disse muito às pressas que os padres italianos alertavam todo mundo contra aquela igreja, jurando que um mal monstruoso ali habitara outrora e deixara sua marca. Ele mesmo ouvira sussurros sinistros sobre ela da boca de seu pai, que se lembrava de certos sons e rumores dos tempos da infância.

Tinha ali existido uma seita nos velhos tempos — uma seita ilegal que evocava coisas de algum desconhecido abismo da noite. Fora exigida a ação de um bom sacerdote para exorcizar o que ali chegara, embora houvesse quem dizia que a simples luz poderia resolver o caso. Se o Padre O'Malley fosse vivo, ele poderia contar muitas coisas. Mas agora não havia nada a fazer, a não ser deixar a coisa em paz. Aquilo já não prejudicava ninguém, e seus donos estavam mortos ou distantes dali. Haviam fugido como ratos depois da conversa ameaçadora de 1877, quando o povo começou a prestar atenção à maneira como as pessoas da vizinhança de quando em quando desapareciam. Algum dia a cidade iria interferir e desapropriar o local por falta de herdeiros, mas pouca coisa boa adviria se alguém mexesse naquilo. Melhor deixar que os anos a derrubassem, para não despertar coisas que deveriam ficar para sempre em seu negro abismo.

Depois que o policial foi embora, Blake ficou olhando para o lúgubre campanário do enorme edifício. Emocionou-se pensando que aquela estrutura parecia tão sinistra para outros como para ele, e perguntou-se que resquício de verdade poderia estar por trás das histórias que o policial havia repetido. Provavelmente eram simples lendas evocadas pela maligna aparência do lugar, mas mesmo assim eram como um estranho reavivamento de uma de suas próprias histórias.

O sol da tarde apareceu por trás de nuvens que se dispersavam, mas parecia incapaz de iluminar as paredes manchadas e fuliginosas do velho templo que assomava sobre seu elevado platô. Era estranho que o verde da primavera não tivesse afetado o capim seco do adro elevado dentro de sua cerca de ferro. Blake viu-se caminhando para junto da área elevada e examinando o muro de contenção e a cerca enferrujada em busca de possíveis maneiras de ingresso. Havia um terrível fascínio naquele templo enegrecido a que não era possível resistir. A cerca não apresentava nenhuma abertura perto dos degraus, mas, após uma esquina no lado norte, algumas barras de ferro estavam faltando. Ele poderia subir os degraus e caminhar em volta sobre o estreito muro fora da cerca até chegar àquela abertura. Se as pessoas temiam tanto o lugar, ele não sofreria nenhuma interferência.

Ele já estava sobre o muro de contenção e quase dentro da cerca antes que alguém o notasse. Depois, olhando para baixo, viu algumas pessoas na praça afastando-se cautelosamente e fazendo com a mão direita o mesmo sinal que o lojista da avenida fizera. Várias janelas foram fechadas com violência, e uma senhora gorda correu para a rua e arrastou algumas criancinhas para dentro de uma casa frágil e sem pintura. Foi fácil passar pelo vão da cerca, e Blake logo se encontrou caminhando no meio do apodrecido mato do adro abandonado. Aqui e ali o resto de uma pedra tumular lhe dizia que outrora houvera sepulturas naquele espaço; mas isso, percebeu ele, devia ter sido muito tempo antes. O simples tamanho da igreja era opressivo agora que ele estava perto dela, mas ele dominou seus sentimentos e aproximou-se para tentar passar por uma das três grandes portas da fachada. Estavam todas muito bem trancadas, e por isso ele começou a andar ao redor do ciclópico edifício em busca de uma abertura menor e mais transponível. Mesmo nesse momento ele não tinha certeza de que desejava entrar naquele antro de abandono e sombra. Mas a atração de sua natureza estranha o arrastava automaticamente.

Nos fundos, uma janela do porão escancarada e sem proteção ofereceu-lhe a abertura necessária. Espiando para dentro, Blake viu um abismo subterrâneo de teias de aranha e pó ligeiramente iluminado pelos raios do sol poente. Entulho, velhos barris, caixas quebradas e móveis de vários tamanhos apareceram diante de seus olhos, embora tudo estivesse sob um lençol de pó que suavizava os contornos definidos. Os restos enferrujados de um sistema de calefação mostravam que o prédio havia sido usado e mantido até meados da era vitoriana.

Agindo quase inconscientemente, Blake entrou rastejando pela janela e foi descendo até atingir o chão de concreto coberto por um tapete de pó e entulho. O porão abobadado era vasto e não tinha divisórias. Num canto mais distante à direita, entre densas sombras, ele viu uma arcada escura que evidentemente conduzia para cima. Teve uma sensação peculiar de opressão por estar de fato dentro do grande edifício espectral, mas controlou-se enquanto cautelosamente investigava ao seu redor — descobrindo um barril ainda intacto em meio ao pó e rolando-o para junto da janela aberta a fim de usá-lo mais tarde na saída. Depois, criando coragem, atravessou o vasto espaço enfeitado de teias de aranha na direção do arco. Quase engasgou devido à onipresença do pó e, coberto de espectrais fibras de teias, avançou e começou a subir os desgastados degraus de pedra na direção das trevas. Ele não tinha nenhuma lanterna, mas guiava-se tateando com as mãos. Depois de uma curva acentuada, ele percebeu diante de si uma porta fechada e, apalpando-a por uns segundos, descobriu sua tranca antiga. A porta se abria para dentro, e além dela ele viu um corredor fracamente iluminado revestido com lambris carunchados.

Quando chegou ao piso térreo, Blake iniciou uma exploração apressada. Todas as portas internas estavam destrancadas, de modo que ele foi passando livremente de recinto a recinto. A nave colossal era um lugar sinistro com sua quietude e acúmulo de pó sobre bancos da igreja, o altar, o púlpito com sua ampulheta, a concha acústica e suas titânicas cordas de teias estendendo-se entre os arcos pontiagudos da galeria e enlaçando as apinhadas colunas góticas. Por sobre toda essa desolação sufocada projetava-se uma horrível luz plúmbea à medida que o sol poente enviava seus raios através das estranhas e enegrecidas vidraças das grandes janelas da abside.

As figuras pintadas naquelas janelas estavam tão obscurecidas pela fuligem que Blake mal conseguiu decifrar o que elas haviam representado, mas, a partir do pouco que conseguiu distinguir, ele não as apreciou nem um pouco. Os desenhos eram em grande medida convencionais, e seu conhecimento do obscuro simbolismo lhe disse muito sobre alguns dos padrões antigos. Os poucos santos pintados tinham expressões que se prestavam a críticas óbvias, enquanto uma das janelas parecia mostrar simplesmente um espaço escuro com espirais de curiosa luminosidade espalhadas a sua volta. Deixando de lado as janelas, Blake notou que a cruz coberta de teias em cima do altar não era a do tipo comum, mas parecia a primordial *ankh* ou cruz ansata do misterioso Egito.

Numa sacristia nos fundos, ao lado da abside, Blake descobriu uma escrivaninha apodrecida e estantes subindo até o teto, nas quais livros bolorentos se desintegravam. Aqui pela primeira vez ele positivamente sentiu um choque de horror objetivo, pois os títulos daqueles livros lhe diziam muitas coisas. Eram as tenebrosas obras proibidas que a maioria das pessoas sãs jamais viu ou delas ouviu falar, ou somente ouviu em sussurros furtivos, temerosos; os banidos e temidos repositórios de segredos equívocos e fórmulas imemoriais que nos foram trazidos pelo rio do tempo desde a juventude do homem e dos obscuros dias míticos anteriores à existência humana. Ele mesmo havia lido muitos deles — uma versão latina do detestado *Necronomicon*, o sinistro *Liber Ivonis*, o infame *Cultes de Goules,* do Comte d'Erlette, o *Unaussprechlichen Kulten,* de von Junzt, e o *De Vermis Mysteriis,* do velho infernal Ludwig Prinn. Mas havia outros que ele conhecera apenas pela fama ou que simplesmente desconhecia — os Manuscritos Pnacóticos, o *Livro de Dzyan* e um volume caindo aos pedaços, em caracteres completamente não identificáveis, mas contendo certos símbolos e diagramas assustadoramente reconhecíveis para o estudioso do ocultismo. Ficava claro que os persistentes boatos locais não haviam mentido. O lugar fora outrora a sede de um mal mais antigo que a humanidade e mais amplo que o universo conhecido.

Na escrivaninha arruinada, havia um livrinho de registros encadernado em couro e repleto de anotações transcritas numa forma criptográfica. A escrita consistia em símbolos tradicionais empregados hoje em astronomia e antigamente em alquimia, astrologia e outras artes dúbias – os emblemas do sol, da lua, dos planetas, de aspectos e signos do zodíaco – aqui acumulados em compactas páginas de texto, com divisões e paragrafação sugerindo que cada símbolo correspondia a alguma letra do alfabeto.

Esperando resolver o criptograma depois, Blake colocou esse volume no bolso do casaco. Muitos dos grandes tomos nas estantes o fascinaram de modo indizível, e ele se sentiu tentado a tomá-los emprestados em alguma ocasião futura. Ele se perguntava como essas obras puderam ficar imperturbadas por tanto tempo. Seria ele o primeiro a dominar o angustiante, agudo medo que durante quase 60 anos protegeu de visitantes aquele lugar abandonado?

Tendo explorado cuidadosamente o andar térreo, Blake foi de novo abrindo caminho através do pó da nave espectral em direção ao vestíbulo da frente, onde ele havia visto a porta e as escadas que deveriam conduzi-lo à enegrecida torre e seu pináculo – objetos que havia tanto tempo lhe eram familiares à distância. A subida foi uma experiência sufocante, pois o pó era espesso, e as aranhas haviam trabalhado com capricho nesse lugar exíguo. A escada era uma alta espiral, com estreitos degraus de madeira, e de vez em quando Blake passava por uma nebulosa janela vertiginosamente projetada sobre a cidade. Embora não houvesse visto cordas lá embaixo, ele esperava encontrar um sino ou um carrilhão na torre cujas estreitas janelas ogivais com persianas ele estudara muitas vezes com seu binóculo. Aqui ele estava fadado à decepção, pois, quando atingiu o alto da escada, encontrou o recinto da torre desprovido de sinos e claramente dedicado a finalidades muito diferentes.

Com cerca de cinco metros quadrados, o recinto tinha uma iluminação fraca proveniente de quatro janelas ogivais, uma de cada lado, envernizadas na parte interna de seu revestimento feito de deterioradas persianas de madeira. Essas haviam sido por sua vez protegidas com telas cerradas e opacas, agora já muito desgastadas. No centro do chão poeirento, erguia-se um pilar de pedra angulado, de aproximadamente um metro e vinte centímetros de altura e sessenta centímetros em média de diâmetro, coberto nas laterais com bizarros hieróglifos grosseiramente esculpidos e totalmente irreconhecíveis. Sobre esse pilar repousava uma caixa de metal de forma peculiarmente assimétrica; sua tampa com dobradiça estava aberta, e ela continha o que, sob o pó de décadas, parecia ser um objeto oval ou irregularmente esférico de dez centímetros de diâmetro. Em volta do pilar, formando uma espécie de círculo, estavam sete cadeiras góticas de espaldar alto ainda praticamente intactas, ao passo que atrás delas, dispostas ao longo das paredes com painéis escuros, havia sete carcomidas imagens colossais de gesso pintado de preto que faziam lembrar, mais do que qualquer outra coisa, os misteriosos megálitos esculpidos da Ilha de Páscoa. Num dos cantos cobertos de teias, havia uma escada engastada na parede que conduzia para a porta do alçapão fechado da agulha da torre sem janelas, lá no alto.

À medida que foi se acostumando à luz fraca, Blake notou singulares baixos-relevos no exterior da estranha caixa de metal amarelado. Aproximando-se, ele tentou remover o pó com as mãos e um lenço e viu que as figurações eram de uma espécie monstruosa e totalmente desconhecida, representando entidades que, embora aparentemente vivas, não se pareciam com nenhuma forma de vida existente neste planeta. A aparente esfera de dez centímetros resultou ser um poliedro quase preto, com estrias vermelhas e muitas superfícies planas e irregulares. Ou se tratava de alguma espécie de cristal muito extraordinário, ou era um objeto artificial feito de matéria mineral esculpida e muito bem polido. Ele não tocava o fundo da caixa, mas estava preso e suspenso por uma fita metálica em volta de seu centro, com sete suportes estranhamente projetados e distribuídos horizontalmente pelos ângulos da parede interior da caixa perto do topo. Assim que ficou exposta, essa pedra exerceu um fascínio quase alarmante sobre Blake. Ele mal conseguia desviar dela os olhos, e enquanto fixava suas facetas cintilantes, ele quase imaginou que ela era transparente, contendo em si maravilhosos mundos em formação. Vieram-lhe à mente flutuantes imagens de orbes estranhos com grandes torres de pedra, e outros orbes com titânicas montanhas e nenhum sinal de vida, e espaços ainda mais remotos onde apenas uma agitação no vago negror acusava a presença de consciência e vontade.

Quando ele desviou o olhar, foi para observar um estranho montículo de pó no canto oposto perto da escada que conduzia à agulha da torre. Por que aquilo simplesmente lhe chamou a atenção ele não sabia dizer, mas algo em seus contornos enviava uma mensagem para seu inconsciente. Abrindo caminho em direção àquilo e afastando as teias suspensas enquanto avançava, ele começou a discernir algo sinistro ali presente. A mão e o lenço logo revelaram a verdade, e

Blake quase perdeu o fôlego numa desconcertante mistura de emoções. Era um esqueleto humano, e devia estar ali havia muito tempo. As roupas estavam em farrapos, mas alguns botões e fragmentos de tecido revelavam o terno cinza de um homem. Havia outras pequenas provas — sapatos, fivelas de metal, abotoaduras enormes, um alfinete de gravata num padrão antigo, um distintivo de repórter com o nome do antigo jornal *Providence Telegraph* e uma carteira de couro que se desintegrava. Esta foi cuidadosamente examinada por Blake, que dentro dela encontrou várias cédulas antiquadas, um calendário de celuloide com anúncios de 1893, alguns cartões com o nome "Edwin M. Lillibridge" e um pedaço de papel com memorandos anotados a lápis.

Esse papel tinha uma natureza intrigante, e Blake o leu com cuidado à fraca luz da janela que dava para o oeste. Seu texto desconexo incluía frases tais como:

"Prof. Enoch Bowen volta do Egito maio 1844 — compra a velha Igreja Batista Livre em julho — sua obra arqueológica e estudos de ocultismo são famosos."

"Dr. Drowne da 4ª Batista adverte contra Sabedoria Estelar em sermão 29 de dez., 1844."

"Congregação 97 no fim de 1845."

"1846 — três desaparecimentos — primeira menção do Trapezoedro Brilhante."

"Sete desaparecimentos 1848 — começam histórias de sacrifícios de sangue."

"Investigação de 1853 não dá em nada — histórias de ruídos."

"Pe. O'Malley fala de adoração do demônio com caixa descoberta nas grandes ruínas egípcias — diz que elas evocam algo que não pode existir na luz. Foge ante um pouco de luz, é banido por luz forte. Depois precisa ser evocado novamente. Provavelmente soube disso na confissão feita no leito de morte por Francis X. Feeney, que aderiu à Sabedoria Estelar em 1849. Essas pessoas dizem que o Trapezoedro Brilhante lhes mostra o céu & outros mundos, & que o Assombrador das Trevas de algum modo lhes conta segredos."

"História de Orrin B. Eddy, 1857. Eles o evocam olhando fixamente o cristal, & falam uma língua secreta que é só deles."

"Duzentos ou mais na congregação de 1863, exclusiva para homens no front."

"Rapazes irlandeses atacam igreja em 1869 depois do desaparecimento de Patrick Regan."

"Artigo velado no *Journal*. 14 de março, 1872, mas ninguém fala disso."

"Seis desaparecimentos 1876 — comissão secreta visita Prefeito Doyle."

"Ação prometida fev. de 1877 — igreja fecha em abril."

"Gangue — Rapazes da Federal Hill — ameaçaram Dr. — e membros do Conselho Paroquial em maio."

"Cento e oitenta e uma pessoas deixam a cidade antes do fim de 1877 — nenhum nome mencionado."

"Histórias de fantasmas começam por volta de 1880 — tentativa de verificar a verdade de que nenhum ser humano entrou na igreja desde 1877."

"Pedir a Lanigan fotografia do lugar tirada em 1851."...

Recolocando o papel na carteira e pondo-a no bolso, Blake voltou a observar o esqueleto no pó. As implicações das anotações eram claras, e não poderia haver dúvida: esse homem viera para o edifício deserto 42 anos antes em busca de um furo jornalístico que ninguém fora suficientemente ousado para enfrentar. Talvez ninguém mais tinha tido conhecimento de seu plano — quem poderia dizer? Mas ele nunca voltara para seu jornal. Será que algum medo corajosamente reprimido aparecera para vencê-lo e provocar um repentino ataque cardíaco? Blake curvou-se sobre os ossos esbranquiçados e notou seu estado peculiar. Alguns deles estavam muito espalhados, e alguns pareciam estranhamente *dissolvidos* nas extremidades. Outros estavam estranhamente amarelados, com vagas sugestões de queimaduras. As queimaduras estendiam-se a alguns dos fragmentos das roupas. O crânio estava num estado muito peculiar — com manchas amareladas e com uma abertura carbonizada no topo, como se algum potente ácido houvesse carcomido o sólido osso. O que havia acontecido com o esqueleto durante suas quatro décadas de inumação neste lugar Blake não conseguia imaginar.

Antes de se dar conta disso, ele estava novamente fixando o olhar na pedra e deixando que sua curiosa influência evocasse uma nebulosa pompa em sua mente. Viu procissões de figuras paramentadas e encapuzadas cujos perfis não eram humanos e contemplou infinitas léguas de deserto orlado de monólitos esculpidos que atingiam os céus. Viu torres e muros em profundezas noturnas sob o mar e vórtices de espaço onde nuvens de fumaça negra flutuavam diante de tênues bruxuleios de uma névoa de cor púrpura. E além de tudo ele vislumbrou um imenso abismo de trevas, onde formas sólidas e semissólidas eram conhecidas apenas por suas agitações ruidosas e nebulosos padrões de força pareciam dominar o caos e apresentar uma chave para todos os paradoxos e arcanos dos mundos que conhecemos.

Depois, de repente, o encantamento foi quebrado por um acesso de pânico devorador, indeterminado, medonho. Blake sentiu falta de ar e desviou os olhos da pedra, consciente de alguma presença estranha e informe a seu lado, observando-o com horrível atenção. Sentiu-se enredado em alguma coisa — algo que o seguia sem cessar com uma percepção que não era a da visão física. Evidentemente, o local estava afetando seus nervos — o que bem poderia ser possível em vista de sua repulsiva descoberta. A luz também estava diminuindo e, como não tinha consigo nenhuma lanterna, ele sabia que teria de sair logo dali.

Foi então, na hora do crepúsculo, que ele julgou ter visto um leve sinal de luminosidade na pedra estranhamente angulada. Ele havia tentado desviar dela o olhar, mas alguma obscura compulsão trouxe de volta seus olhos. Será que havia nela uma sutil fosforescência de radioatividade? Que diziam as anotações do morto a respeito do *Trapezoedro Brilhante*? O que era, afinal, este antro abandonado de maldade cósmica? Que acontecera ali, e o que poderia ainda estar oculto nas sombras evitadas pelos pássaros? Blake tinha agora a impressão de que um toque evasivo de fedor se originara de algum ponto perto dele, embora não pudesse determinar sua origem. Blake tocou a tampa da caixa aberta havia tanto tempo e a fechou com violência. Ela se moveu com facilidade sobre suas estranhas dobradiças e fechou-se completamente sobre a pedra que, sem dúvida alguma, brilhava.

Após o ruído seco da caixa se fechando, um leve som buliçoso pareceu advir da eterna escuridão da agulha da torre, acima do alçapão. Ratos, sem dúvida — os únicos seres vivos capazes de revelar sua presença nesse antro maldito desde que ele ali entrara. E, no entanto, aquele ruído no pináculo o assustou de modo horrível, e assim ele precipitou-se quase aos trambolhões pela espiral da escada, atravessou a nave macabra, passou pelo porão abobadado e saiu para a praça deserta onde o crepúsculo se adensava, desceu pelas apinhadas ruelas e avenidas assombradas pelo medo de Federal Hill rumando para as ruas normais do centro e para as familiares calçadas da área da faculdade.

Durante os dias subsequentes, Blake não contou a ninguém sobre sua expedição. Em vez disso, fez muitas leituras de certos livros, examinou longos anos de arquivos de jornal no centro da cidade e trabalhou febrilmente no criptograma daquele volume de capa de couro que retirara da sacristia cheia de teias de aranha. O código, ele logo percebeu, não era simples; depois de um longo período de esforço, teve certeza de que sua língua não podia ser o inglês, o latim, o grego, o espanhol, o italiano ou o alemão. Evidentemente ele teria de haurir conhecimento dos mais profundos poços de sua estranha erudição.

Todas as tardes o velho impulso do olhar para oeste voltava, e ele via a negra torre, como outrora, entre os apinhados tetos de um mundo distante e meio fabuloso. Mas agora ela tinha para ele um novo cunho de terror. Ele conhecia a herança de tradição maligna que ela mascarava, e com esse conhecimento sua visão descontrolava-se violentamente de modo esquisito e estranho. Os pássaros da primavera estavam de volta e, enquanto ele contemplava seus voos ao sol poente, imaginava que eles agora evitavam a lúgubre, solitária torre mais do que nunca. Quando um bando se aproximava dela, pensava, ele desviava e se espalhava em confuso pânico — e ele podia adivinhar o chilreio assustado que não chegava até seus ouvidos através dos quilômetros de permeio.

Foi em junho que o diário de Blake contou sua vitória sobre o criptograma. O texto estava escrito, descobriu ele, na obscura língua Aklo, usada por certos cultos de maligna antiguidade, língua que ele conhecera aos sobressaltos por meio de pesquisas anteriores. O diário é estranhamente reticente acerca do que Blake decifrou, mas está claro que ele experimentou assombro e desconcerto diante de seus resultados. Há referências a um Assombrador das Trevas despertado pelo fitar do Trapezoedro Brilhante, e insanas conjecturas acerca de negros abismos de caos de onde ele foi evocado. Fala-se desse ser como sendo o detentor de todo conhecimento e exigindo monstruosos sacrifícios. Alguns dos registros no diário de Blake mostram medo de que a coisa, que ele parecia considerar como evocada, saísse por aí; embora ele acrescente que a iluminação das ruas constitui um baluarte que ele não pode ultrapassar.

Sobre o Trapezoedro Brilhante, ele fala com frequência, chamando-o de janela para todo tempo e espaço e traçando sua história desde os dias em que ele foi formado no tenebroso Yuggoth, antes até que os Ancestrais o trouxessem para a Terra. Ele foi entesourado e colocado em sua curiosa caixa pelos seres crinoides da Antártica, resgatado de suas ruínas pelos homens-serpentes de Valúsia e contemplado eternidades depois em Lemúria pelos primeiros seres humanos. Ele cruzou terras e mares desconhecidos e afundou com Atlântida antes que um pescador minoico o apanhasse em sua rede e o vendesse a morenos mercadores da tenebrosa Khem. O faraó Nefrem-Ka construiu ao redor dele um templo com uma cripta sem janelas, o que fez que seu nome fosse apagado de todos os monumentos e registros. Depois ele dormiu nas ruínas daquele templo do mal que os sacerdotes e o novo faraó destruíram, até que a pá do escavador mais uma vez o trouxe de volta para amaldiçoar a humanidade.

No início de julho, os jornais suplementam de modo extravagante os registros de Blake, embora de forma tão breve e casual que apenas o diário chamou a atenção geral para a contribuição deles. Parece que um novo temor vinha crescendo na Federal Hill depois que um estranho entrara na temida igreja. Os italianos falavam sussurrando de incomuns ruídos e batidas e arranhões na negra torre sem janelas, e recorreram a seus sacerdotes para expulsar uma entidade que assombrava os sonhos deles. Alguma coisa, diziam, estava constantemente fitando uma porta para verificar se estava escuro o suficiente para aventurar-se a sair. Notas de jornal mencionavam as já antigas superstições locais, mas não lançavam muita luz sobre o contexto histórico do horror. Era óbvio que os jovens repórteres de hoje não são antiquários. Escrevendo sobre essas coisas em seu diário, Blake expressa uma curiosa espécie de remorso e fala do dever de sepultar o Trapezoedro Brilhante e de expulsar o que ele havia evocado mediante a introdução da luz do dia na hedionda torre pontiaguda. Ao mesmo tempo, porém, ele expõe a perigosa extensão de seu fascínio e admite um desejo mórbido — que impregna até mesmo seus sonhos — de visitar a maldita torre e contemplar de novo os cósmicos segredos da pedra reluzente.

Foi então que algo no *Journal* da manhã de 17 de julho precipitou o autor do diário numa verdadeira febre de horror. Era apenas uma variação dos outros artigos semi-humorísticos sobre a agitação da Federal Hill, mas para Blake aquilo de algum modo era de fato muito terrível. Durante a noite, uma tempestade havia interrompido o sistema de iluminação durante uma hora inteira e, naquele intervalo de escuridão, os italianos haviam quase enlouquecido de medo. Os que moram perto da temida igreja haviam jurado que a coisa na torre havia aproveitado a ausência de iluminação nas ruas e descera para o corpo da nave, baqueando e trombando pelo recinto de um modo repugnante, absolutamente horrível. No fim, ela subiu aos trambolhões para a torre, onde houve sons de vidro sendo estilhaçado. Ela podia ir até onde chegavam as trevas, mas a luz sempre a afugentava.

Quando a luz voltou novamente, viu-se que havia ocorrido uma enorme confusão na torre, pois até a fraca luz que se infiltrava através das encardidas e negras persianas das janelas era demais para a coisa. Ela havia serpenteado aos trambolhões subindo para sua tenebrosa torre ainda a tempo — pois uma longa exposição à luz a teria enviado de volta para o abismo de onde o maluco forasteiro a havia evocado. Durante a hora de trevas, multidões haviam se reunido sob a chuva para orar em volta da igreja segurando velas acesas e lamparinas e protegendo-as de algum modo com papel dobrado e guarda-chuvas — uma guarda de luz para salvar a cidade do pesadelo que ataca nas trevas. Uma vez, declararam os que estavam mais perto da igreja, a porta da saída rangeu terrivelmente.

Mas isso não foi o pior. Naquela noite, no *Bulletin,* Blake leu sobre o que os repórteres haviam descoberto. Despertando finalmente para o valor das extravagantes notícias do pânico, dois deles haviam desafiado as desvairadas multidões de italianos e rastejado para dentro da igreja através da janela do porão, depois de tentarem em vão abrir as portas. Descobriram que no vestíbulo e na nave espectral o pó fora marcado de forma singular, e havia pedaços de almofadas podres e do revestimento de cetim dos bancos estranhamente espalhados pelo recinto. Havia um cheiro desagradável por todo o ambiente, e aqui e ali havia pequenas manchas amarelas e sinais que pareciam queimaduras. Abrindo a porta para a torre e parando um momento, com a suspeita de ter ouvido o som de algo sendo quebrado lá no alto, descobriram que a estreita escada espiral fora varrida e estava praticamente limpa.

Dentro da própria torre, constatou-se um estado semelhante de parcial varredura. Falava-se do pilar de pedra heptagonal, das cadeiras góticas derrubadas e das bizarras imagens de gesso; mas, muito estranho, a caixa de metal e o esqueleto mutilado não eram mencionados. O que mais perturbou Blake — à exceção das sugestões de manchas e queimaduras amareladas e mau cheiro — foi o detalhe final que explicava o estilhaçamento de vidros. Todas as janelas ogivais estavam quebradas e duas delas haviam sido escurecidas de um modo grosseiro e apressado enfiando-se pedaços do revestimento de cetim dos bancos e crina de cavalo das almofadas nas aberturas oblíquas das persianas externas. Mais fragmentos de cetim e tufos de crinas estavam espalhados sobre o chão recém-varrido, como se alguém tivesse sido interrompido no ato de restituir à torre a absoluta escuridão de suas cortinas bem fechadas.

Marcas amareladas e sinais de queimaduras foram descobertos na escada que conduzia à torre sem janelas, mas, quando o repórter subiu até lá, abriu o alçapão fazendo sua porta deslizar horizontalmente e dirigiu o facho de luz de sua lanterna para dentro das trevas, ele não viu mais que escuridão e uma heterogênea confusão de fragmentos informes perto da abertura. O veredicto, obviamente, foi charlatanice. Alguém pregara uma peça nos supersticiosos moradores da colina, ou então algum fanático se havia esforçado para aumentar seus temores para o suposto próprio bem deles. Ou talvez alguns dos mais jovens e mais sofisticados moradores locais houvessem encenado uma elaborada farsa para o mundo exterior. Houve uma consequência engraçada quando a polícia enviou um oficial para comprovar os relatos. Três homens sucessivamente acharam desculpas para livrar-se da tarefa, e o quarto foi muito relutante e logo voltou sem acrescentar nada ao que haviam dito os repórteres.

Desse ponto em diante, o diário de Blake mostra uma crescente maré de insidioso horror e nervosa apreensão. Ele se reprova por não fazer nada e especula fantasticamente sobre as consequências de uma nova queda de energia. Verificou-se que em três ocasiões — durante tempestades — ele telefonou para a companhia de força e luz num estado de espírito desvairado, pedindo que fossem tomadas precauções desesperadas contra o corte de energia. De vez em quando seus registros no diário mostram preocupação com o fato de os repórteres não terem encontrado a caixa de metal, a pedra e o esqueleto estranhamente chamuscado, quando exploraram o recinto escuro da torre. Ele supôs que essas coisas haviam sido removidas — para onde, por quem ou por que coisa, isso ele só podia imaginar. Mas seus piores medos diziam respeito a si mesmo e ao tipo de relacionamento espantoso que parecia haver entre sua mente e aquele horror à espreita na torre distante — aquela coisa monstruosa da noite que sua precipitação havia evocado lá dos espaços da suprema escuridão. Ele parecia sentir uma constante pressão sobre sua vontade, e quem o visitou nesse período se lembra de como ele ficava sentado distraído, olhando pela janela aberta para o oeste em direção àquela longínqua, meio horripilante, colina além das espirais de fumaça da cidade. Suas anotações se detêm monotonamente em certos sonhos terríveis e falam de uma intensificação desse relacionamento espantoso em seu sono. Há menção de uma noite em que ele acordou e se viu completamente vestido, na rua, e descendo automaticamente a College Hill rumo ao oeste. Muitas e muitas vezes ele insiste no fato de que a coisa na torre sabe onde encontrá-lo.

A semana seguinte ao dia 30 de julho é lembrada como a data do colapso parcial de Blake. Ele não se vestiu e pediu todas as refeições por telefone. Suas visitas observaram as cordas que ele mantinha junto à cama, e ele lhes disse que o sonambulismo o forçara a prender-se pelos tornozelos com nós que provavelmente ofereceriam resistência ou então que o acordariam se ele tivesse o trabalho de desfazê-los.

Em seu diário, ele relatou a horrenda experiência que havia causado seu colapso. Depois de se recolher na noite do dia 30, ele, de repente, se percebera tateando a sua volta num espaço quase totalmente negro. Tudo o que conseguia enxergar eram breves, fracas estrias horizontais de luz azulada, mas ele podia sentir um cheiro opressor e ouvir uma curiosa confusão de suaves, furtivos sons acima dele. Sempre que se movimentava, tropeçava em alguma coisa, e a cada ruído havia uma espécie de resposta sonora lá de cima — uma vaga agitação, misturada com o cauteloso deslizar de madeira sobre madeira.

Uma vez, suas mãos tateantes encontraram um pilar de pedra com um topo vazio, e mais tarde ele se viu agarrando os degraus de uma escada engastada na parede e procurando descobrir seu caminho subindo em direção a alguma região de cheiro mais forte onde uma baforada escaldante veio ao seu encontro. Diante de seus olhos, dançava uma variação calidoscópica de imagens fantasmagóricas, todas elas se dissolvendo a intervalos no quadro de um vasto, insondável abismo feito de noite, no qual turbilhonavam sóis e mundos de uma escuridão ainda mais profunda. Ele pensou nas antigas lendas do Caos Supremo, em cujo centro se esparrama o deus cego e idiota Azathoth, Senhor de Todas as Coisas, rodeado por cambaleantes hordas de estúpidos e amorfos dançarinos e embalado pelo fino e monótono som de uma flauta demoníaca segurada por patas inomináveis.

Depois um ruído agudo do mundo a seu redor irrompeu em sua letargia e o despertou para o indizível horror de sua posição. O que foi ele nunca soube — talvez tivesse sido o espocar atrasado dos fogos que se ouviam durante todo o verão na Federal Hill, quando os habitantes locais homenageavam seus diversos santos patronos, ou os santos de suas aldeias natais na Itália. De qualquer modo, ele gritou forte, caiu pesadamente da escada e foi aos trambolhões atravessando o chão obstruído do ambiente quase sem luz que o cercava.

Ele percebeu no ato onde estava e mergulhou precipitadamente pela estreita escada em espiral, tropeçando e machucando-se em cada volta. Houve uma fuga em pesadelo através de uma vasta nave cheia de teias de aranha, cujos arcos fantasmagóricos subiam até reinos de traiçoeiras sombras, uma passagem cega através de um porão sujo, uma escalada para regiões de ar e iluminação pública no exterior, uma corrida maluca descendo uma colina espectral de frontões farfalhantes, a travessia de uma cidade sinistra, silenciosa de negras torres e uma subida íngreme e precipitada para o leste em direção a sua própria porta antiga.

Ao recuperar a consciência na manhã seguinte, ele se viu deitado no chão de seu estúdio completamente vestido. Lama e teias de aranha o cobriam, e cada centímetro de seu corpo parecia dolorido e machucado. Quando olhou para o espelho, ele viu seu cabelo muito chamuscado, enquanto um estranho vestígio de mau cheiro parecia grudado à sua roupa. Foi então que ele sofreu o colapso nervoso. Depois disso, vagando exausto pela casa em seu roupão, ele pouco mais fazia do que olhar pela janela do lado oeste, estremecer ao ruído de um trovão e fazer desvairados registros em seu diário.

A grande tempestade se abateu pouco antes da meia-noite de 8 de agosto. Raios caíram repetidamente em todas as partes da cidade, e houve relatos sobre duas extraordinárias bolas de fogo. A chuva foi torrencial, e um constante metralhar de trovões trouxe a insônia para milhares de pessoas. Blake estava totalmente desesperado, temendo pelo corte do sistema de iluminação, e tentou telefonar para a companhia por volta de 1h da madrugada, embora a essa altura o serviço tivesse sido temporariamente interrompido por questões de segurança. Ele registrou tudo em seu diário — os grandes, nervosos e muitas vezes indecifráveis hieróglifos contando sua própria história de crescente delírio e desespero e de registros rabiscados às cegas na escuridão.

Ele foi obrigado a manter a casa às escuras para enxergar pela janela, e parece que passou a maior parte de seu tempo sentado à escrivaninha, espreitando ansiosamente, através da chuva e de cintilantes milhas de telhados do centro da cidade, a constelação de luzes distantes demarcando a Federal Hill. De vez em quando ele fazia um registro desajeitado em seu diário, de modo que frases soltas como "As luzes não podem se apagar"; "Ele sabe onde estou"; "Eu preciso destruí-lo" e "Ele está me chamando, mas quem sabe desta vez ele não queira fazer maldades" aparecem espalhadas em duas das páginas.

Em seguida, as luzes da cidade inteira se apagaram. Isso aconteceu às 2h12 da madrugada, segundo os registros da central elétrica, mas o diário de Blake não dá nenhuma indicação da hora. A anotação diz simplesmente: "*Luzes apagadas — Que Deus me ajude*". Na Federal Hill, havia vigilantes tão ansiosos quanto ele, e grupos de homens encharcados de chuva desfilavam pela praça e ruelas em volta da maligna igreja carregando velas protegidas com guarda-chuvas, lanternas elétricas, lamparinas a óleo, crucifixos e obscuros amuletos de muitas espécies comuns no sul da Itália. Eles davam graças a Deus a cada relâmpago e faziam crípticos sinais de medo com a mão direita quando uma súbita mudança na tempestade fez que todos os clarões de luz diminuíssem e por fim se apagassem completamente. Uma rajada mais forte de vento apagou a maioria das velas, de modo que o cenário ficou ameaçadoramente escuro. Alguns foram acordar o Padre Merluzzo da Igreja do Espírito Santo, e ele foi correndo para a escura praça a fim de proferir algumas palavras quaisquer que pudessem servir de ajuda. Sobre os inquietos e curiosos ruídos na negra torre, não podia haver nenhuma dúvida.

Acerca do que aconteceu às 2h35, nós temos os testemunhos do padre, um jovem inteligente e muito instruído; do patrulheiro William J. Monahan da Estação Central, um oficial da maior confiabilidade que havia parado naquele ponto de sua ronda para inspecionar a multidão; e da maioria dos 78 homens que se haviam juntado em volta do alto muro de contenção da igreja — especialmente daqueles na praça onde a fachada oriental era visível. É óbvio que não houve nada que se possa provar como sendo de fora da ordem da natureza. As causas possíveis de um evento desses são muitas. Ninguém pode falar com certeza dos obscuros processos químicos causados num prédio enorme, antigo, mal arejado, abandonado havia muito tempo e repleto de coisas heterogêneas. Vapores mefíticos — combustão espontânea — pressão de gases causados por uma longa decomposição — qualquer um de inúmeros fenômenos poderia ser responsável. Além disso, é claro que o fator de uma deliberada charlatanice não pode, de modo algum, ser excluído. A coisa em si foi realmente muito simples e durou menos de três minutos de tempo real. O Padre Merluzzo, sempre um homem preciso, olhou para seu relógio repetidas vezes.

Tudo começou com um aumento evidente dos surdos ruídos no interior da negra torre. Houvera por algum tempo uma vaga exalação de estranhos odores malignos provenientes da igreja, e isso agora se tornara acentuado e ofensivo. Depois, finalmente, ouviu-se o som de madeira se partindo, e um grande e pesado objeto caiu ruidosamente no adro sob a sombria fachada oriental. A torre estava invisível agora que as velas estavam apagadas, mas, à medida que o objeto se aproximou do chão, as pessoas perceberam que se tratava da persiana de madeira de uma janela da torre, encardida pela fumaça.

Logo em seguida, espalhou-se um fedor totalmente insuportável provindo das invisíveis alturas, sufocando os vigilantes e causando-lhes náuseas e quase derrubando por terra quem estava na praça. Simultaneamente o ar tremeu com uma vibração de asas batendo, e um vento repentino rumo ao leste, mais violento do que nunca, carregou chapéus e arrebatou guarda-chuvas da multidão. Nada definido se podia ver na noite sem a luz das velas, embora alguns espectadores pensassem ter vislumbrado um grande borrão de negror mais denso que se espalhava contra o negro céu — algo semelhante a uma nuvem informe de fumaça que disparava com a velocidade de um meteoro rumo ao leste.

Isso foi tudo. Os vigilantes ficaram parcialmente paralisados de susto, assombro e aflição, mal sabendo o que fazer, ou se deviam realmente fazer alguma coisa. Sem ter noção do que havia acontecido, eles não relaxaram a vigilância; e no momento seguinte entoaram uma oração quando o forte clarão de um raio atrasado, seguido pelo ruído de um baque ensurdecedor, rasgou os céus inundados. Meia hora mais tarde a chuva cessou, e depois de mais 15 minutos as luzes das ruas se acenderam novamente, enviando os cansados, sujos vigilantes de volta para suas casas.

No dia seguinte, os jornais dedicaram a essas questões um espaço menor em conexão com as reportagens gerais da tempestade. Parece que o grande clarão do raio e a ensurdecedora explosão que aconteceu depois da ocorrência na Federal Hill foram ainda mais tremendos mais a leste, onde uma onda do singular fedor também foi constatada. O fenômeno foi mais marcante na College Hill, onde o ruído do trovão acordou todos os habitantes e provocou uma série de confusas especulações. Dos que já estavam acordados, somente alguns viram a anômala explosão de luz perto do topo da colina, ou notaram a inexplicável ventania que arrancou quase todas as folhas das árvores e destruiu as plantas nos jardins. Concluiu-se que o solitário, repentino raio deve ter caído nalgum lugar da redondeza, embora nenhum sinal de sua queda pudesse ser constatado depois. Um jovem da casa da fraternidade Tau Omega pensou ter visto uma grotesca e horripilante massa de fumaça no espaço aéreo no momento exato em que o clarão preliminar explodiu, mas sua observação não foi verificada. Todos os poucos observadores, porém, concordam no que diz respeito à violenta ventania vinda do oeste e à onda de insuportável mau cheiro que precedeu o estrondo atrasado; ao passo que provas a respeito do cheiro momentâneo de queimado depois do estrondo são igualmente genéricas.

Esses pontos foram discutidos com muito cuidado devido a sua provável conexão com a morte de Robert Blake. Estudantes da casa da fraternidade Psi Delta, cujas janelas do segundo andar davam vista para o estúdio de Blake, notaram o rosto de aspecto confuso na janela ocidental na manhã do dia 9 e se perguntaram o que havia de errado naquela expressão. Quando viram o mesmo rosto na mesma posição ao anoitecer, eles primeiro ficaram preocupados e aguardaram que as luzes se acendessem no apartamento. Mais tarde, tocaram a campainha da casa às escuras e finalmente chamaram a polícia para arrombar a porta.

O corpo rígido estava sentado perfeitamente ereto junto à escrivaninha diante da janela e, quando os intrusos viram os olhos vidrados e saltados e as marcas de rígido, convulsivo pavor nas feições contraídas, eles desviaram os olhos sentindo medo e náusea. Logo em seguida, o médico-legista fez um exame e, apesar da janela intacta, registrou como causa do óbito um choque elétrico, ou uma tensão nervosa induzida pela descarga elétrica. A horrível expressão ele ignorou completamente, acreditando tratar-se do resultado nada improvável do profundo choque experimentando por alguém dotado de uma imaginação tão anormal e emoções tão desequilibradas. Ele deduziu essas últimas qualidades baseando-se nos livros, quadros e manuscritos encontrados no apartamento, e nos registros rabiscados no diário sobre a escrivaninha. Blake havia prolongado suas delirantes anotações até o fim, e o lápis de ponta quebrada foi encontrado agarrado em sua mão direita espasmodicamente contraída.

As anotações feitas depois que as luzes se apagaram eram muito desconexas e apenas parcialmente legíveis. Delas certos investigadores tiraram conclusões que diferem muito do veredicto concreto oficial, mas essas especulações têm pouca probabilidade de aceitação entre os conservadores. O argumento desses imaginativos teóricos não recebeu muita ajuda da ação do supersticioso Dr. Dexter, que jogou a curiosa caixa e a pedra angulada — um objeto certamente dotado de luz própria como foi visto na escura torre sem janelas onde foi encontrado — no canal mais profundo da Baía de Narragansett. Imaginação excessiva e desequilíbrio neurótico da parte de Blake, agravados pelo conhecimento do culto maligno do passado cujos sinais assustadores ele havia descoberto, formam a interpretação dominante dessas frenéticas anotações finais. Eis as anotações — ou tudo o que delas se pode depreender.

"Luzes ainda apagadas — já faz cinco minutos agora. Tudo

depende da iluminação. Yaddith permita que ela aguente!... Alguma influência parece vibrar através dela... Chuva e trovões e vento ensurdece... A coisa está se apoderando de minha mente..."

"Problemas com memória. Vejo coisas que antes nunca vi. Outros mundos e outras galáxias... Escuro... O raio parece escuro e o escuro parece luz..."

"Não pode ser a colina e a igreja reais o que vejo nas trevas de breu. Deve ser impressão retiniana causada pelos clarões. Deus queira que os italianos estejam na rua com suas velas se os relâmpagos cessarem!"

"De que tenho medo? Ele não é um avatar de Nyarlathotep, que na antiga e sombria Khem chegou até assumir a forma de homem? Lembro-me de Yuggoth, do mais distante Shaggai e do extremo vazio dos negros planetas..."

"A longa fuga alada pelo vazio... não pode atravessar o universo de luz... recriado pelos pensamentos captados no Trapezoedro Brilhante... mandá-lo pelos abismos de resplendor..."

"Meu nome é Blake — *Robert Harrison Blake*, da Rua East Knapp, 620, Milwaukee, Wisconsin... Eu estou neste planeta..."

"Azathoth tenha compaixão! — os raios não fulguram mais — horrível — Posso ver tudo com um sentido monstruoso que não é visão — luz é escuridão e escuridão é luz... aquela gente na colina... guardas... velas e encantamentos... seus sacerdotes..."

"Sensação de distância desapareceu — longe é perto e perto é longe. Luz nenhuma — vidro nenhum — vejo aquele pináculo — aquela torre — janela — posso ouvir — Roderick Usher — estou louco ou ficando louco — a coisa está se mexendo e tentando achar seu caminho na torre — Eu sou a coisa e a coisa sou eu — Quero sair... preciso sair e unificar as forças... A coisa sabe onde estou..."

"Eu sou Robert Blake, mas vejo a torre nas trevas. Há um cheiro horrível... sentidos transfigurados... madeiramento naquela janela da torre estalando e cedendo... Iä... ngai... ygg..."

"Eu vejo a coisa — vindo para cá — vento infernal — borrão titânico — asas negras — Que Yog-Sothoth me salve — o olho ardente trilobulado..."

Relação dos Volumes Publicados

1. **Dom Casmurro**
Machado de Assis
2. **O Príncipe**
Maquiavel
3. **Mensagem**
Fernando Pessoa
4. **O Lobo do Mar**
Jack London
5. **A Arte da Prudência**
Baltasar Gracián
6. **Iracema / Cinco Minutos**
José de Alencar
7. **Inocência**
Visconde de Taunay
8. **A Mulher de 30 Anos**
Honoré de Balzac
9. **A Moreninha**
Joaquim Manuel de Macedo
10. **A Escrava Isaura**
Bernardo Guimarães
11. **As Viagens - "Il Milione"**
Marco Polo
12. **O Retrato de Dorian Gray**
Oscar Wilde
13. **A Volta ao Mundo em 80 Dias**
Júlio Verne
14. **A Carne**
Júlio Ribeiro
15. **Amor de Perdição**
Camilo Castelo Branco
16. **Sonetos**
Luís de Camões
17. **O Guarani**
José de Alencar
18. **Memórias Póstumas de Brás Cubas**
Machado de Assis
19. **Lira dos Vinte Anos**
Álvares de Azevedo
20. **Apologia de Sócrates / Banquete**
Platão
21. **A Metamorfose/Um Artista da Fome/Carta a Meu Pai**
Franz Kafka
22. **Assim Falou Zaratustra**
Friedrich Nietzsche
23. **Triste Fim de Policarpo Quaresma**
Lima Barreto
24. **A Ilustre Casa de Ramires**
Eça de Queirós
25. **Memórias de um Sargento de Milícias**
Manuel Antônio de Almeida
26. **Robinson Crusoé**
Daniel Defoe
27. **Espumas Flutuantes**
Castro Alves
28. **O Ateneu**
Raul Pompéia
29. **O Noviço / O Juiz de Paz da Roça / Quem Casa Quer Casa**
Martins Pena
30. **A Relíquia**
Eça de Queirós
31. **O Jogador**
Dostoiévski
32. **Histórias Extraordinárias**
Edgar Allan Poe
33. **Os Lusíadas**
Luís de Camões
34. **As Aventuras de Tom Sawyer**
Mark Twain
35. **Bola de Sebo e Outros Contos**
Guy de Maupassant
36. **A República**
Platão
37. **Elogio da Loucura**
Erasmo de Rotterdam
38. **Caninos Brancos**
Jack London
39. **Hamlet**
William Shakespeare
40. **A Utopia**
Thomas More
41. **O Processo**
Franz Kafka
42. **O Médico e o Monstro**
Robert Louis Stevenson
43. **Ecce Homo**
Friedrich Nietzsche
44. **O Manifesto do Partido Comunista**
Marx e Engels
45. **Discurso do Método / Regras para a Direção do Espírito**
René Descartes
46. **Do Contrato Social**
Jean-Jacques Rousseau
47. **A Luta pelo Direito**
Rudolf von Ihering
48. **Dos Delitos e das Penas**
Cesare Beccaria
49. **A Ética Protestante e o Espírito do Capitalismo**
Max Weber
50. **O Anticristo**
Friedrich Nietzsche
51. **Os Sofrimentos do Jovem Werther**
Goethe
52. **As Flores do Mal**
Charles Baudelaire
53. **Ética a Nicômaco**
Aristóteles
54. **A Arte da Guerra**
Sun Tzu
55. **Imitação de Cristo**
Tomás de Kempis
56. **Cândido ou o Otimismo**
Voltaire
57. **Rei Lear**
William Shakespeare
58. **Frankenstein**
Mary Shelley
59. **Quincas Borba**
Machado de Assis
60. **Fedro**
Platão
61. **Política**
Aristóteles
62. **A Viuvinha / Encarnação**
José de Alencar
63. **As Regras do Método Sociológico**
Émile Durkheim
64. **O Cão dos Baskervilles**
Sir Arthur Conan Doyle
65. **Contos Escolhidos**
Machado de Assis
66. **Da Morte / Metafísica do Amor / Do Sofrimento do Mundo**
Arthur Schopenhauer
67. **As Minas do Rei Salomão**
Henry Rider Haggard
68. **Manuscritos Econômico-Filosóficos**
Karl Marx
69. **Um Estudo em Vermelho**
Sir Arthur Conan Doyle
70. **Meditações**
Marco Aurélio
71. **A Vida das Abelhas**
Maurice Materlinck
72. **O Cortiço**
Aluísio Azevedo
73. **Senhora**
José de Alencar
74. **Brás, Bexiga e Barra Funda / Laranja da China**
Antônio de Alcântara Machado
75. **Eugênia Grandet**
Honoré de Balzac
76. **Contos Gauchescos**
João Simões Lopes Neto
77. **Esaú e Jacó**
Machado de Assis
78. **O Desespero Humano**
Sören Kierkegaard
79. **Dos Deveres**
Cícero
80. **Ciência e Política**
Max Weber
81. **Satíricon**
Petrônio
82. **Eu e Outras Poesias**
Augusto dos Anjos
83. **Farsa de Inês Pereira / Auto da Barca do Inferno / Auto da Alma**
Gil Vicente
84. **A Desobediência Civil e Outros Escritos**
Henry David Toreau
85. **Para Além do Bem e do Mal**
Friedrich Nietzsche
86. **A Ilha do Tesouro**
R. Louis Stevenson
87. **Marília de Dirceu**
Tomás A. Gonzaga
88. **As Aventuras de Pinóquio**
Carlo Collodi
89. **Segundo Tratado Sobre o Governo**
John Locke
90. **Amor de Salvação**
Camilo Castelo Branco
91. **Broquéis/Faróis/ Últimos Sonetos**
Cruz e Souza
92. **I-Juca-Pirama / Os Timbiras / Outros Poemas**
Gonçalves Dias
93. **Romeu e Julieta**
William Shakespeare
94. **A Capital Federal**
Arthur Azevedo
95. **Diário de um Sedutor**
Sören Kierkegaard
96. **Carta de Pero Vaz de Caminha a El-Rei Sobre o Achamento do Brasil**
97. **Casa de Pensão**
Aluísio Azevedo
98. **Macbeth**
William Shakespeare

99. **Édipo Rei/Antígona**
Sófocles

100. **Lucíola**
José de Alencar

101. **As Aventuras de Sherlock Holmes**
Sir Arthur Conan Doyle

102. **Bom-Crioulo**
Adolfo Caminha

103. **Helena**
Machado de Assis

104. **Poemas Satíricos**
Gregório de Matos

105. **Escritos Políticos / A Arte da Guerra**
Maquiavel

106. **Ubirajara**
José de Alencar

107. **Diva**
José de Alencar

108. **Eurico, o Presbítero**
Alexandre Herculano

109. **Os Melhores Contos**
Lima Barreto

110. **A Luneta Mágica**
Joaquim Manuel de Macedo

111. **Fundamentação da Metafísica dos Costumes e Outros Escritos**
Immanuel Kant

112. **O Príncipe e o Mendigo**
Mark Twain

113. **O Domínio de Si Mesmo pela Auto-Sugestão Consciente**
Émile Coué

114. **O Mulato**
Aluísio Azevedo

115. **Sonetos**
Florbela Espanca

116. **Uma Estadia no Inferno / Poemas / Carta do Vidente**
Arthur Rimbaud

117. **Várias Histórias**
Machado de Assis

118. **Fédon**
Platão

119. **Poesias**
Olavo Bilac

120. **A Conduta para a Vida**
Ralph Waldo Emerson

121. **O Livro Vermelho**
Mao Tsé-Tung

122. **Oração aos Moços**
Rui Barbosa

123. **Otelo, o Mouro de Veneza**
William Shakespeare

124. **Ensaios**
Ralph Waldo Emerson

125. **De Profundis / Balada do Cárcere de Reading**
Oscar Wilde

126. **Crítica da Razão Prática**
Immanuel Kant

127. **A Arte de Amar**
Ovídio Naso

128. **O Tartufo ou O Impostor**
Molière

129. **Metamorfoses**
Ovídio Naso

130. **A Gaia Ciência**
Friedrich Nietzsche

131. **O Doente Imaginário**
Molière

132. **Uma Lágrima de Mulher**
Aluísio Azevedo

133. **O Último Adeus de Sherlock Holmes**
Sir Arthur Conan Doyle

134. **Canudos - Diário de uma Expedição**
Euclides da Cunha

135. **A Doutrina de Buda**
Siddharta Gautama

136. **Tao Te Ching**
Lao-Tsé

137. **Da Monarquia / Vida Nova**
Dante Alighieri

138. **A Brasileira de Prazins**
Camilo Castelo Branco

139. **O Velho da Horta/Quem Tem Farelos?/Auto da Índia**
Gil Vicente

140. **O Seminarista**
Bernardo Guimarães

141. **O Alienista / Casa Velha**
Machado de Assis

142. **Sonetos**
Manuel du Bocage

143. **O Mandarim**
Eça de Queirós

144. **Noite na Taverna / Macário**
Álvares de Azevedo

145. **Viagens na Minha Terra**
Almeida Garrett

146. **Sermões Escolhidos**
Padre Antonio Vieira

147. **Os Escravos**
Castro Alves

148. **O Demônio Familiar**
José de Alencar

149. **A Mandrágora / Belfagor, o Arquidiabo**
Maquiavel

150. **O Homem**
Aluísio Azevedo

151. **Arte Poética**
Aristóteles

152. **A Megera Domada**
William Shakespeare

153. **Alceste/Electra/Hipólito**
Eurípedes

154. **O Sermão da Montanha**
Huberto Rohden

155. **O Cabeleira**
Franklin Távora

156. **Rubáiyát**
Omar Khayyám

157. **Luzia-Homem**
Domingos Olímpio

158. **A Cidade e as Serras**
Eça de Queirós

159. **A Retirada da Laguna**
Visconde de Taunay

160. **A Viagem ao Centro da Terra**
Júlio Verne

161. **Caramuru**
Frei Santa Rita Durão

162. **Clara dos Anjos**
Lima Barreto

163. **Memorial de Aires**
Machado de Assis

164. **Bhagavad Gita**
Krishna

165. **O Profeta**
Khalil Gibran

166. **Aforismos**
Hipócrates

167. **Kama Sutra**
Vatsyayana

168. **O Livro da Jângal**
Rudyard Kipling

169. **De Alma para Alma**
Huberto Rohden

170. **Orações**
Cícero

171. **Sabedoria das Parábolas**
Huberto Rohden

172. **Salomé**
Oscar Wilde

173. **Do Cidadão**
Thomas Hobbes

174. **Porque Sofremos**
Huberto Rohden

175. **Einstein: o Enigma do Universo**
Huberto Rohden

176. **A Mensagem Viva do Cristo**
Huberto Rohden

177. **Mahatma Gandhi**
Huberto Rohden

178. **A Cidade do Sol**
Tommaso Campanella

179. **Setas para o Infinito**
Huberto Rohden

180. **A Voz do Silêncio**
Helena Blavatsky

181. **Frei Luís de Sousa**
Almeida Garrett

182. **Fábulas**
Esopo

183. **Cântico de Natal/ Os Carrilhões**
Charles Dickens

184. **Contos**
Eça de Queirós

185. **O Pai Goriot**
Honoré de Balzac

186. **Noites Brancas e Outras Histórias**
Dostoiévski

187. **Minha Formação**
Joaquim Nabuco

188. **Pragmatismo**
William James

189. **Discursos Forenses**
Enrico Ferri

190. **Medéia**
Eurípedes

191. **Discursos de Acusação**
Enrico Ferri

192. **A Ideologia Alemã**
Marx & Engels

193. **Prometeu Acorrentado**
Ésquilo

194. **Iaiá Garcia**
Machado de Assis

195. **Discursos no Instituto dos Advogados Brasileiros / Discurso no Colégio Anchieta**
Rui Barbosa

196. **Édipo em Colono**
Sófocles

197. **A Arte de Curar pelo Espírito**
Joel S. Goldsmith

198. **Jesus, o Filho do Homem**
Khalil Gibran

199. **Discurso sobre a Origem e os Fundamentos da Desigualdade entre os Homens**
Jean-Jacques Rousseau

200. **Fábulas**
La Fontaine

201. **O Sonho de uma Noite de Verão**
William Shakespeare

202. Maquiavel, o Poder
José Nivaldo Junior

203. Ressurreição
Machado de Assis

204. O Caminho da Felicidade
Huberto Rohden

205. A Velhice do Padre Eterno
Guerra Junqueiro

206. O Sertanejo
José de Alencar

207. Gitanjali
Rabindranath Tagore

208. Senso Comum
Thomas Paine

209. Canaã
Graça Aranha

210. O Caminho Infinito
Joel S. Goldsmith

211. Pensamentos
Epicuro

212. A Letra Escarlate
Nathaniel Hawthorne

213. Autobiografia
Benjamin Franklin

214. Memórias de Sherlock Holmes
Sir Arthur Conan Doyle

215. O Dever do Advogado / Posse de Direitos Pessoais
Rui Barbosa

216. O Tronco do Ipê
José de Alencar

217. O Amante de Lady Chatterley
D. H. Lawrence

218. Contos Amazônicos
Inglês de Souza

219. A Tempestade
William Shakespeare

220. Ondas
Euclides da Cunha

221. Educação do Homem Integral
Huberto Rohden

222. Novos Rumos para a Educação
Huberto Rohden

223. Mulherzinhas
Louise May Alcott

224. A Mão e a Luva
Machado de Assis

225. A Morte de Ivan Ilicht / Senhores e Servos
Leon Tolstói

226. Álcoois e Outros Poemas
Apollinaire

227. Pais e Filhos
Ivan Turguêniev

228. Alice no País das Maravilhas
Lewis Carroll

229. À Margem da História
Euclides da Cunha

230. Viagem ao Brasil
Hans Staden

231. O Quinto Evangelho
Tomé

232. Lorde Jim
Joseph Conrad

233. Cartas Chilenas
Tomás Antônio Gonzaga

234. Odes Modernas
Anntero de Quental

235. Do Cativeiro Babilônico da Igreja
Martinho Lutero

236. O Coração das Trevas
Joseph Conrad

237. Thais
Anatole France

238. Andrômaca / Fedra
Racine

239. As Catilinárias
Cícero

240. Recordações da Casa dos Mortos
Dostoiévski

241. O Mercador de Veneza
William Shakespeare

242. A Filha do Capitão / A Dama de Espadas
Aleksandr Púchkin

243. Orgulho e Preconceito
Jane Austen

244. A Volta do Parafuso
Henry James

245. O Gaúcho
José de Alencar

246. Tristão e Isolda
Lenda Medieval Celta de Amor

247. Poemas Completos de Alberto Caeiro
Fernando Pessoa

248. Maiakósvski
Vida e Poesia

249. Sonetos
William Shakespeare

250. Poesia de Ricardo Reis
Fernando Pessoa

251. Papéis Avulsos
Machado de Assis

252. Contos Fluminenses
Machado de Assis

253. O Bobo
Alexandre Herculano

254. A Oração da Coroa
Demóstenes

255. O Castelo
Franz Kafka

256. O Trovejar do Silêncio
Joel S. Goldsmith

257. Alice na Casa dos Espelhos
Lewis Carrol

258. Miséria da Filosofia
Karl Marx

259. Júlio César
William Shakespeare

260. Antônio e Cleópatra
William Shakespeare

261. Filosofia da Arte
Huberto Rohden

262. A Alma Encantadora das Ruas
João do Rio

263. A Normalista
Adolfo Caminha

264. Pollyanna
Eleanor H. Porter

265. As Pupilas do Senhor Reitor
Júlio Diniz

266. As Primaveras
Casimiro de Abreu

267. Fundamentos do Direito
Léon Duguit

268. Discursos de Metafísica
G. W. Leibniz

269. Sociologia e Filosofiia
Émile Durkheim

270. Cancioneiro
Fernando Pessoa

271. A Dama das Camélias
Alexandre Dumas (filho)

272. O Divórcio / As Bases da Fé / e outros textos
Rui Barbosa

273. Pollyanna Moça
Eleanor H. Porter

274. O 18 Brumário de Luís Bonaparte
Karl Marx

275. Teatro de Machado de Assis
Antologia

276. Cartas Persas
Montesquieu

277. Em Comunhão com Deus
Huberto Rohden

278. Razão e Sensibilidade
Jane Austen

279. Crônicas Selecionadas
Machado de Assis

280. Histórias da Meia-Noite
Machado de Assis

281. Cyrano de Bergerac
Edmond Rostand

282. O Maravilhoso Mágico de Oz
L. Frank Baum

283. Trocando Olhares
Florbela Espanca

284. O Pensamento Filosófico da Antiguidade
Huberto Rohden

285. Filosofia Contemporânea
Huberto Rohden

286. O Espírito da Filosofia Oriental
Huberto Rohden

287. A Pele do Lobo / O Badejo / o Dote
Artur Azevedo

288. Os Bruzundangas
Lima Barreto

289. A Pata da Gazela
José de Alencar

290. O Vale do Terror
Sir Arthur Conan Doyle

291. O Signo dos Quatro
Sir Arthur Conan Doyle

292. As Máscaras do Destino
Florbela Espanca

293. A Confissão de Lúcio
Mário de Sá-Carneiro

294. Falenas
Machado de Assis

295. O Uraguai / A Declamação Trágica
Basílio da Gama

296. Crisálidas
Machado de Assis

297. Americanas
Machado de Assis

298. A Carteira de Meu Tio
Joaquim Manuel de Macedo

299. Catecismo da Filosofia
Huberto Rohden

301. Rumo à Consciência Cósmica
Huberto Rohden

302. Cosmoterapia
Huberto Rohden

303. Bodas de Sangue
Federico García Lorca

304. Discurso da Servidão Voluntária
Étienne de La Boétie

305. Categorias
Aristóteles

306. MANON LESCAUT
Abade Prévost

307. TEOGONIA / TRABALHO E DIAS
Hesíodo

308. AS VÍTIMAS-ALGOZES
Joaquim Manuel de Macedo

309. PERSUASÃO
Jane Austen

310. AGOSTINHO - *Huberto Rohden*

311. ROTEIRO CÓSMICO
Huberto Rohden

312. A QUEDA DUM ANJO
Camilo Castelo Branco

313. O CRISTO CÓSMICO E OS ESSÊNIOS - *Huberto Rohden*

314. METAFÍSICA DO CRISTIANISMO
Huberto Rohden

315. REI ÉDIPO - *Sófocles*

SÉRIE OURO
(Livros com mais de 400 p.)

1. LEVIATÃ
Thomas Hobbes

2. A CIDADE ANTIGA
Fustel de Coulanges

3. CRÍTICA DA RAZÃO PURA
Immanuel Kant

4. CONFISSÕES
Santo Agostinho

5. OS SERTÕES
Euclides da Cunha

6. DICIONÁRIO FILOSÓFICO
Voltaire

7. A DIVINA COMÉDIA
Dante Alighieri

8. ÉTICA DEMONSTRADA À MANEIRA DOS GEÔMETRAS
Baruch de Spinoza

9. DO ESPÍRITO DAS LEIS
Montesquieu

10. O PRIMO BASÍLIO
Eça de Queirós

11. O CRIME DO PADRE AMARO
Eça de Queirós

12. CRIME E CASTIGO
Dostoiévski

13. FAUSTO
Goethe

14. O SUICÍDIO
Émile Durkheim

15. ODISSÉIA
Homero

16. PARAÍSO PERDIDO
John Milton

17. DRÁCULA
Bram Stocker

18. ILÍADA
Homero

19. AS AVENTURAS DE HUCKLEBERRY FINN
Mark Twain

20. PAULO – O 13º APÓSTOLO
Ernest Renan

21. ENEIDA
Virgílio

22. PENSAMENTOS
Blaise Pascal

23. A ORIGEM DAS ESPÉCIES
Charles Darwin

24. VIDA DE JESUS
Ernest Renan

25. MOBY DICK
Herman Melville

26. OS IRMÃOS KARAMAZOVI
Dostoiévski

27. O MORRO DOS VENTOS UIVANTES
Emily Brontë

28. VINTE MIL LÉGUAS SUBMARINAS
Júlio Verne

29. MADAME BOVARY
Gustave Flaubert

30. O VERMELHO E O NEGRO
Stendhal

31. OS TRABALHADORES DO MAR
Victor Hugo

32. A VIDA DOS DOZE CÉSARES
Suetônio

34. O IDIOTA
Dostoiévski

35. PAULO DE TARSO
Huberto Rohden

36. O PEREGRINO
John Bunyan

37. AS PROFECIAS
Nostradamus

38. NOVO TESTAMENTO
Huberto Rohden

39. O CORCUNDA DE NOTRE DAME
Victor Hugo

40. ARTE DE FURTAR
Anônimo do século XVII

41. GERMINAL
Émile Zola

42. FOLHAS DE RELVA
Walt Whitman

43. BEN-HUR — UMA HISTÓRIA DOS TEMPOS DE CRISTO
Lew Wallace

44. OS MAIAS
Eça de Queirós

45. O LIVRO DA MITOLOGIA
Thomas Bulfinch

46. OS TRÊS MOSQUETEIROS
Alexandre Dumas

47. POESIA DE ÁLVARO DE CAMPOS
Fernando Pessoa

48. JESUS NAZARENO
Huberto Rohden

49. GRANDES ESPERANÇAS
Charles Dickens

50. A EDUCAÇÃO SENTIMENTAL
Gustave Flaubert

51. O CONDE DE MONTE CRISTO (VOLUME I)
Alexandre Dumas

52. O CONDE DE MONTE CRISTO (VOLUME II)
Alexandre Dumas

53. OS MISERÁVEIS (VOLUME I)
Victor Hugo

54. OS MISERÁVEIS (VOLUME II)
Victor Hugo

55. DOM QUIXOTE DE LA MANCHA (VOLUME I)
Miguel de Cervantes

56. DOM QUIXOTE DE LA MANCHA (VOLUME II)
Miguel de Cervantes

58. CONTOS ESCOLHIDOS
Artur Azevedo

59. AS AVENTURAS DE ROBIN HOOD
Howard Pyle